袍哥旧事

张鸣 著

华龄出版社
HUALING PRESS

责任编辑：李梦娇
责任印制：李未圻
选题策划：常岩松

图书在版编目（CIP）数据

袍哥旧事 / 张鸣著. -- 北京：华龄出版社，2021.4
ISBN 978-7-5169-1880-7

Ⅰ. ①袍… Ⅱ. ①张… Ⅲ. ①长篇小说－中国－当代
Ⅳ. ① I247.5

中国版本图书馆 CIP 数据核字（2021）第 003013 号

书　　名：袍哥旧事
作　　者：张鸣

出版发行：华龄出版社
地　　址：北京市东城区安定门外大街甲 57 号　　邮　　编：100011
电　　话：010-58122246　　传　　真：010-84049572
网　　址：http://www.hualingpress.com

印　　刷：河北华商印刷有限公司
版　　次：2021 年 4 月第 1 版　　2021 年 4 月第 1 次印刷
开　　本：880mm×1230mm　1/16　　印　　张：19
字　　数：225 千字
定　　价：58.00 元

此小说纯属虚构。

有的人名虽是实有其人的，也不过是借人讲故事，千万不要当真。

引子 …… 001

一、黄七爷 …… 003

二、开香堂 …… 009

三、祸事来了 …… 014

四、红袍记 …… 018

五、川剧天后 …… 022

六、劫狱 …… 025

七、精神讲话 …… 031

八、吴大帅送的枪 …… 036

九、满妹 …… 040

十、七爷娶妻 …… 044

十九、小红出走 …… 081

二十、赌场陷阱 …… 084

二十一、朝天门码头 …… 087

二十二、绑票 …… 091

二十三、吴大帅倒了 …… 096

二十四、装孙子 …… 101

二十五、余寡妇 …… 104

二十六、新兵蛋子 …… 107

二十七、收缴烟枪 …… 112

二十八、机枪丢了 …… 116

二十九、官商交易 …… 120

目录

十八、七太太出轨 …………… 077

十七、税收问题 …………… 073

十六、关二爷的像 …………… 067

十五、七太太 …………… 063

十四、袍哥之敌 …………… 059

十三、小翠跑了 …………… 055

十二、羊子野心 …………… 051

十一、二刘叔侄 …………… 048

三十七、华新之 …………… 149

三十六、不想当官 …………… 146

三十五、铁姐妹 …………… 143

三十四、神偷栽了 …………… 139

三十三、刘神仙 …………… 136

三十二、摸营 …………… 131

三十一、神偷 …………… 128

三十、七太太出逃 …………… 124

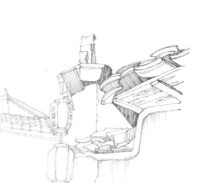

三十八、宣传工作 …………… 152

三十九、独立旅长 …………… 155

四十、棉花阵 ……………… 158

四十一、余寡妇之死 ………… 161

四十二、复仇 ……………… 164

四十三、整军经武 …………… 168

四十四、起哄 ……………… 171

四十五、斗气大戏 …………… 174

四十六、空军 ……………… 178

四十七、两只藏獒之间的一根骨头 … 181

六十九、捣乱 ……………… 256

六十八、停战疑云 …………… 253

六十七、赖心辉 …………… 249

六十六、电报战 …………… 245

六十五、马寡妇 …………… 242

六十四、作战计划 …………… 239

六十三、新编川剧 …………… 233

六十二、刺杀刘湘 …………… 230

六十一、小翠的纠结 ………… 227

六十、暴露 ……………… 224

五十九、狗咬羊子 …………… 220

四十八、杀手登场…………… 184

四十九、手枪风波…………… 187

五十、行刺………………… 190

五十一、色鬼杨森…………… 194

五十二、崇拜………………… 197

五十三、策反………………… 200

五十四、通用女人…………… 203

五十五、票戏………………… 206

五十六、讨公道……………… 209

五十七、感恩室……………… 213

五十八、潜伏………………… 217

七十、义气与告密…………… 259

七十一、两个男人…………… 264

七十二、冷落………………… 267

七十三、不祥之兆…………… 270

七十四、神军出征…………… 274

七十五、溃败………………… 280

七十六、救人………………… 284

七十七、战成都……………… 287

七十八、没有结局的结局…… 292

七十九、回声………………… 296

引 子

辛亥年，保路风潮起，皇帝退了位，袍哥遍地。士农工商开山堂，嗨袍哥，哪个能不讲道理？军阀混战，军头打架，袍哥垫底。川剧变脸，你变过来，我变过去。哥弟护卫乡里，哪个若是不仗义，莫怪我翻过面皮。雀儿牌要摸，铜钱儿要耍，一杯儿茶，见天儿喝，一杆儿大枪，横竖都是拖。过日子看心情，吃讲茶拼道理，若是哪个龟儿，不讲江湖道义，那就是三刀六洞，么得客气。

又有散曲一则：

顽皮脸不羞，一落腔强扭，散言语胡屑辏。描眉补鬓逞风流，要好须钱够。腔高身轻，寻争觅斗。使性儿变脸喷火，扎硬靠翻跟头。生成的骨头，学成的嘴口，至死也难医就。

这说的是川剧。川剧讲究的是一人唱，众人和。唱得是高腔，响遏行云。绝活儿是变脸，神鬼莫测。不看川剧，不嗨袍哥，不懂川人。

一、黄七爷

民国十三年，春天。

成都附近的金堂镇的街口，有一个茶馆。茶馆的显眼处，坐着一位额头上带着疤的中年人，脸上的皱纹在暗处放着光，手里搓着一对尺寸蛮大的铸铁球，油黑铮亮。几位茶客正喝茶，有一位起身，吆喝了一句："老板，舵爷的茶钱，算我账上！"

那位中年人只欠了欠身，说了声"哪里，你忙你的"。

不一会儿，一大拨人吵吵嚷嚷地进了茶馆。人们进来之后，前前后后地向中年人作揖，"舵爷""七爷""舵爷""七爷"地叫着。

中年人努努嘴："坐。"回身喊了一嗓子，"老五，来一哈啥。"

一个精瘦的中年汉子也不知从哪里钻了出来，招呼一干人在一个角落坐下。叽叽咕咕说了一阵儿，精瘦的汉子回过身来，对舵爷说："不中了，还是七爷您老来吧。"

原来，这是一桩财产纠纷。一个寡妇带一个遗腹子，族人说遗腹子不是他们王家的种，所以，寡妇名下的房产地契得交出来。

舵爷静静地听完双方的陈诉，只问了一句："这孩子姓王吗？"

"是姓王。"

"你们说他不是王家的种，可有真凭实据？"

经过一阵儿沉默之后，族人中有一个人站出来说："我们怀疑……"

"证据！"

这一次，大家都沉默了。

舵爷说："家去吧。"

寡妇拉着半大的儿子，给舵爷磕了一个响头，走了。她的一帮族人也讪讪地走了。

在不经意间，茶馆的一角多了一个穿长衫的客人。他在茶桌上摆了两个茶杯，斟满了茶，茶杯旁还摆了两支红烛。这个姿态，源于袍哥的海底，是一种正式的联络方式，人称切口，一般没有急事，不会使用。

精瘦的中年汉子走上前去，端起其中一个茶杯，就要一饮而尽。舵爷拦住了他。舵爷当然知道这是袍哥的切口，是有急事相求的意思，按规矩，是该接下。但舵爷发现来人袍褂干净，一点疲色也无，多半是成都过来的，而且从他的打扮来看，多半是个大堂口的人，有事就小不了。

"来客可是成都仁字堂口的人？"

"舵爷圣明。"

"仁字堂口的老大，是我们的前辈，有事吩咐就好。"

来客站起身来，走到舵爷身边，"七爷，我这次来，是给杨督理办事。"

七爷站起身来，戏谑地来了一个有点不规则的立正敬礼："长官好！"

穿长衫的人马上躬身施礼，"不敢不敢。"

七爷放下手，"你知道，金堂小地方，以前杨督理的兵一直都是黑军装，这下冷不丁换了黄军装，我一时置办不齐，我们这个营，还没换装呢。"

"军装好说，我这次来，不是为的这个。"说罢，他附在舵爷耳朵边儿，嘀咕了几句。七爷的脸色沉了下来。

川人不在帮的几乎没有。袍哥分清水和浑水两种，清水在乡，浑水在山。所谓在山，就是绿林土匪；而在乡，就是正常的士农工商。但清水袍哥也有武装。

原来，袍哥属于第三社会，在正常的上流和下层社会之外存在，类似于今天我们说的黑社会，但又不完全像。随着清末以来统治力量的削弱，袍哥作为民间力量，越来越走强。而四川又是个移民社会，士绅势力原本不强，宗法网络不密，袍哥在官方统治力减弱的情况下，逐渐浮出水面。辛亥的保路运动，让袍哥正式走到了前台。清亡之后，无论上流还是下层，嗨袍哥，成为一个时尚。袍哥也成为在乱世整合全川社会的一个融合剂。无论士绅还是草民，无论官还是兵，都成了袍哥。尽管我们说，官还是官，民还是民，绅还是绅，匪还是匪，但大家有了一个可以交流的平台。上下左右，都有了沟通的可能。

在别的地方，帮会还是个特殊的第三社会；在四川，可以说，袍哥就等于整个社会本身。

但是，上流和底层社会要想完全融合，也是不可能。上流社会中人进入袍哥之后，把他们原来的特质也带入了袍哥。四川一向市场经济发达，无论士绅还是绅粮，本质上都是生意人。但是，他们对于乡土又有强烈的责任感。所以，袍哥领袖也就替代了过去的乡绅，成为社会的组织力量、护卫乡里的力量，同时，也是乡里纠纷的调解人和仲裁者，喝茶谈事，喝茶排解纠纷。特别明显的变化，是原来士绅的儒家伦理，现在被悄然掺和了些江湖道义，而且，还占有特别明显的地位。当然，他们都是传统的中国人，在意自己的家人，在意自己的乡亲。血缘和地缘的纽带，是维系他们、让他们活下去的最根本的要素。

川中各路军头也有好多是袍哥大爷，军队的编制跟袍哥的组织高度重叠。身边带着走的，那是自己的嫡系，剩下的，都是各县袍哥，谁得势，就算谁的队伍。假如一个军头，比如说刘文辉，三万大军，至少一万多都是各县的武装，你刘文辉赢了，就都是你的队伍，穿你的军装；如果你败了，比如眼下是杨森得势，那么，大家就都是杨森的队伍，至少在杨森的辖区，都是杨森的队伍，换杨森的服装，挂杨森的旗帜。

旗帜倒是好说，当时的国旗是五色旗，但没有人挂，人人都挂自己的旗帜，就是一面大白旗，或者红旗，上面一个大大的姓氏，姓杨的，就是一个杨字；姓刘的，就是一个刘字。

无论换谁的旗，穿谁的军装，其实都无所谓。多少年，都这样换来换去的。若是非要要求地方的袍哥忠于哪个，在四川，就是笑话。不仅地方袍哥组织如此，连队伍可以拉起来走的所谓正规军，也是这样。一个师长、旅长，甚至团长，今天跟这个，明天跟那个，都挺正常。大家都是生意人，利益最重要；大家都是袍哥，江湖道义都要讲，跟哪个走，无所谓的，但如果不讲江湖道义，那就比较麻烦。江湖道义，里面也有忠义，但不会是忠于哪个人，而是忠于江湖道义的大框框。

袍哥和袍哥是兄弟，这是泛泛而言的。具体地说，一个堂口，有过交情的，才真的是兄弟。但是，即便当年是乡亲，在一个堂口，如果分别隶属各个军头，那么，袍哥之间也会刀兵相见。打仗是跟饭碗有关的公事，不得不打。但袍哥之间的纽带，不会因战争而损坏。如果隶属一个袍哥堂口的人，原来关系密切，因为分属不同的军头，各自带一帮人，最终在战场上相见，显然是会有点尴尬的，真的打起来，如果没有巨大的利益纷争，很大的可能，彼此是会徇私的。袍哥的情义，分分钟可以压倒主公的目标。也就是说，只要有可能，他们可以罢兵不打了，找个借口，各自撤兵回家。

眼下杨森得势，金堂又在杨森的辖区，金堂的袍哥队伍算是他的部下了。镇里原本有他服色的军装来着，但是，杨森这回不做督军做督理，跟北京保持一致，占了成都，要跟北京的吴佩孚主张的一样，甚至学吴佩孚的部队，都穿黄军装。军装猛地一换，小小的金堂县，一时半会儿，竟然没有备齐。

袍哥有各个舵，又叫"堂口""公口""山堂"不等，大体上分为仁、义、礼、智、信五个类别。但是，一般来说，常见的是仁、义、礼三种，仁字堂口一般多为有地位的士绅，义字堂口则是有钱的绅商，而礼字堂口则比较杂，什么人都有。在清朝，喜欢打架斗殴的都在礼字堂口。所以又说，仁字讲顶子，义字论银子，礼字耍刀子。其实，这就是一种说法，具体的堂口，并没有这样泾渭分明的界限。民国之后，袍哥公开化了，所谓的分别就更模糊，反正都是袍哥，仁义礼智信五个字随便安，只有清浊之分还比较清晰。

袍哥的堂口有一个舵主，又叫龙头大爷，其下有一个二排，一般都是本地的乡绅，地位高，但不管事，俨然象征着关二爷——袍哥的祖师爷，也是袍哥的神。管事的是三爷，负责堂口的财政。而真正操心庶务的是老五，人称红旗老五。地位最低的是十排小幺，也可由女人来做，地位虽低，却谁也惹不起，尤其这个位置上的人是女人的时候。

金堂县的舵主，是黄七爷，同时也是营长。这个营长，是不跟着军头们出征的，谁得势，就算谁的人，柜子里备下了好几种军装和旗帜。刘湘的部队就是黑军装，刘湘的叔叔刘文辉的部队就是灰军装，杨森的部队也是黑军装，但帽子带红边儿。谁得势，几个头目就穿谁的军装。再加上几种旗帜，谁来了，就挂谁的。若一时变得急，没换过来，上面也不会怎么怪罪。

送走长衫人，黄七爷忙忙把帮中小幺满妹喊了过来。俩人屏退所有人，黄七爷对满妹说："你知道吗？杨森的七姨太跑了。"

"她跑她的，跟我有什么关系。"

"你这话，说的有名堂。说实话，你知不知道下落？"

"我怎么会知道？"

"当真不知？"

"当真不知。"

"果然不知？"

"果然不知。"

"那你敢当着祖师爷发誓吗？"袍哥的祖师爷有两位，除了关云长关老爷，另一位是隋唐好汉王伯当。

满妹沉默了一会儿，说："敢。"

"我知道，你们是过命的姐妹。但是，这可是天大的事儿。杨森是有了名的色鬼、小气鬼、醋缸。要说他失势的时候，跑也就跑了，这种时候跑，你就是跑到天边上，他都得派人给抓回来。我们这小小的金堂县，可担不了这么大的事儿。我们可以不要命，那一县的百姓，都不要过活啦？"

满妹是帮里的十排小幺，可是个响当当的女娃子，枪法好、武艺高，还喜欢唱几口川剧，要不是她的父亲是重庆一带响当当的大士绅大商人，她早就下海唱戏去了。她跟著名的川剧班子长乐班的当家花旦小红，是铁磁铁磁的姐妹儿。去年，杨森逼着小红做了他的七姨太，那是靠断了全班人的生路得逞的。只要小红不答应，整个戏班子就不能离开成都，还不许唱戏。吃开口饭的人，讲的就是一个义字，小红一咬牙，牺牲了自己。

现在小红居然跑了，满妹知道吗？

二、开香堂

黄七爷要开香堂了!

金堂镇的袍哥人家,随着锣声,都来到了茶馆。

按道理说,开香堂的事由应该保密,不能让人都知道,但是,黄七爷太着急,因为事情关系到全镇人的身家性命,竟然疏忽了。

后来为这疏忽,他也付出了代价。

小幺满妹不是个等闲之辈。那年月,川中漫说金堂县这种土造军队,就算是几个大军头的嫡系,武器跟外面的军人比,也差一个档。四川偏僻,外面的武器运不大进来,不像云南,不仅可从缅甸进英国造,还可以从越南进法国造。当时人说中国是世界武器博览会,一战时期各国的武器都通过走私进到了中国。而国内几个兵工厂,汉阳兵工厂、巩县兵工厂、太原兵工厂和沈阳兵工厂,都开足马力,拼命造枪。即便如此,好一点的武器进川也难。川军用的家伙,多半是成都兵工厂的土造步枪。这种步枪,由于钢火差,打上十枪上下,子弹就自动从枪口掉下来,得冷却一段,或者浇泡尿才能继续打。但是,人家小幺满妹,却有两支大镜面的德国造驳壳枪,那是自贡盐商自卫队的头子——满妹的表哥送她的。盐商自卫队,是川中最有钱的队伍,武器全是高价进口货。整个金堂县,这两支枪,拔了份儿了。还不说人家满妹枪法好,武艺高强，挥枪指鼻子不打眼，别看在帮里不过是十排小幺，就是老大，也得让她不止三分。

开香堂是为了让满妹向祖师爷发誓，她不知道小红的下落。满妹答应了，因为她真的不知道小红的下落。这也是黄七爷一时疏忽，如果他问满妹见过小红没有，这满妹不会发誓说没见过。事实上，小红逃走之后，的确是经她的手把小红藏起来的。但是，藏好之后，小红就不见了，满妹也在找呢。

上过三炷大香，满妹当着祖师爷发誓，她的确不知道小红的下落，如有谎言，三刀六个窟窿。

开过香堂之后，红旗五爷对黄七爷说："您老宽宽心，这事儿，肯定没满妹什么事儿，您据实回报就是。"

可黄七爷心里还是不踏实，觉得这事有哪儿不对，但又想不明白。按说，满妹如果瞒了实情，有一百个脑袋，她也不会当众发誓的，可是……

没容黄七爷想明白，事儿又来了。

这些年，成都换主子跟走马灯似的。一般来说，仗都在城外打，谁打输了，走人就是，自己的家眷和房产都不急着带走，因为新主子来了，会给失败的人发个电报，告诉他：你家一家大小平安，老太爷子，兄弟替你供养着，请你放心。过一阵换回来，还是这样。彼此都是袍哥哥弟，哪里会把事做绝。成都呢，年复一年，还是老样子，茶照喝，戏照唱，麻照搓，街巷的事儿，五老七贤，几位前清就做过大官的大士绅说了算，不管哪个当政，都得给面子。

然而，这回轮到杨森了。他可不一样，他要干大事，做事比较狠，不怕得罪人，大刀阔斧，要在成都修马路、搞建设，进一步，改换四川的精神面貌。他不单是做督理，而是要做全川人的领袖。

成都的变化最大。他派了识几个字的大兵，沿街磕磕绊绊地念着："杨森说，抽鸦片不好！杨森说，女人不许裹小脚！杨森说，行人要靠右边走！杨森说，穿长衫浪费！杨森说，不许留长指甲！"然后把杨森语录贴满了成都的大街小巷。每条语录，开头都是"杨森说"。这不，派人发下一堆的标语，发到金堂这样的小地方，让沿街贴上。

茶馆跑堂的，拿起标语，一条一条地念。

黄七爷说："别念了，派人下去，都给贴在街上吧。"

不一会儿，连猪圈、牛棚都贴满了，好些都贴倒了。这还真不是有意的，贴标语这活儿，这地方的人，祖宗八辈都没人干过，不知道该怎么贴。

贴标语的事儿刚完，另一宗费钱的事儿又来了，也是前所未有的。

这一回，一个副官骑着马，带着两个大兵开了过来，传达杨森的指令，要黄七爷出四百枚瓷质像章的钱。因为杨森要求，凡是他的部下，每人都要在胸前佩戴他的像章。像章是在外省定制的，每枚大洋五角，一共两百大洋。当年，五毛钱大洋都可以买一袋子的米了。这明摆着是具体管事的要讹人钱财。

黄七爷觉得匪夷所思。但是，只能对杨森的副官说容他想想办法。打发走了杨森的人，黄七爷连骂了一百多个龟儿子。

红旗老五觉得这事太荒唐，没法再忍，干脆反了，上山去。

满妹干脆说："你点个头，我一个人去，把这几个乌龟王八蛋都干了，剁了喂狗。"

"莫急，容我想想。"黄七爷手中的铁球发出了咯咯吱吱的响声。

"备滑竿，老子要出趟门。"黄七爷说着，站起了身。

就在这个时候，门外进来一个穿长衫的人。此人五短身材，额头上有几个俏麻子，手里一柄扇子，走到哪儿，摇到哪儿。

"刘麻子！你怎么来了？"满妹一声惊呼。

"自古未闻屎有税，于今只有屁无捐。"刘麻子开口，吟了一句诗。

"道兄，这是怎么个讲法？"黄七爷跟刘麻子拱了拱手。

"杨森这龟儿子在成都开征卫生费，农民一担大粪抽两个大子。眼下，农民都不进城挑粪了。整个成都臭得人都没法子待。"刘麻子端起桌上的茶碗，喝了一口，"这不，我来贵方逃难来了。"

当年，中国好多城市没有下水道，城里的粪便都是农民进城去挑，每担大粪象征性地付一点钱。

"农民不进城挑粪，八成是你鼓动的。"满妹插了一句。

"被杨森发现了，才跑的？"红旗老五也追了一句。

"不管那么多，反正我来了，你们管吃管喝，每顿的老酒，都算在小幺身上。"

"那你得给我们讲三国。"

"莫得问题。"

刘麻子是成都有名的文人，前清的秀才，本名刘师亮，文笔好，为人仗义，说话滑稽、幽默，嬉笑怒骂皆成文章，喜欢骂这些有权有势的军头。不管是哪个，落到他的笔下，就没有好事。他做过《新蜀报》的主笔，当过学堂的教师，现在赋闲在家，因额头上有几颗俏麻子，人们就叫他刘麻子，本名倒是被忘了。

红旗老五说："听说成都要修马路，杨森正在拆房子？"

"我就是为这事儿来的。杨森这龟儿子狠，修马路拆迁，一个子儿的补偿都不给。五老七贤出来说情，面子也给踢了。眼下压路的碾子都开动了，惨，房倒屋塌，小百姓一个个被大兵赶出来，拖儿带女的，无家可归。五老七贤再次去说情，直接被他踢回来，还放话说'五老七贤的脑壳是铜铁做的吗，我不信就砍不脱'。"刘麻子没说，他自己开的浴室，也因为杨森强令要把所有的浴室木桶改成瓷缸，他应付不来，就关门了。

"可恶，这个死娼妇养的！"满妹说着，把枪掏出来，敲着桌子。

"你这一支枪不行，全金堂镇的枪也不行。我得去找一个人。七爷，你跟刘文彩关系不错，给我写一封荐书。"刘麻子是想去游说刘文彩的弟弟刘文辉反杨，他对自己的三寸不烂之舌很有自信。

"我跟你一道去。"

"不用，我一个人就好，人多了，反而麻烦。"

刘麻子走了，茶馆恢复了平静。黄七爷依旧搓着俩铁球，间或抿一口茶。

在这时候，一乘滑竿飘然而至，飘来一阵香气。一个丽人从滑竿上款款下来，"黄七爷，我可是投奔你来了！"

"可是小翠? 翠妹儿，翠妹儿，我可想死你了！"

"小翠要在你这里躲几天。"

"金堂就是你的家。过来,过来,让七爷浑身上下瞧上一瞧。老五！"

红旗老五知趣地走到茶馆门口，支开了所有人，自己在门口放风。

小翠是成都最有名的妓院叠翠楼的头牌，黄七爷的老相好。黄七爷几乎是扑了过去，小翠正正撞在七爷的怀里。两人撕扯着，就进了支在后面的蚊帐。听着里头的动静，红旗老五不由得伸头，看了一眼又一眼。

三、祸事来了

小翠最近跟叠翠楼的老板起了口角。老板要她陪警备司令部的司令，杨森的一个远房侄子，无论给不给钱都得过夜。那个警备司令部的司令，长得贼眉鼠眼的，是个烟灰儿（瘾重的大烟鬼），一嘴的口臭。小翠看着他就烦，一赌气，就溜出来了。小翠在叠翠楼是自由身，老板没有办法，只好找另外的姑娘应付了过去。小翠到金堂躲躲风头，其实也没打算长待。

金堂镇的茶馆，靠近门口的一个大桌子给让了出来，一个教书先生正一笔一划地在一块白布上画画，画几笔，还要拿起来端详一下。

红旗老五对着教书先生说："我说老先生，你这么画，两百个头像，得画到什么时候去啊？"

"杨督理就是这么个鬼样子，又是在布上，怎么快得了嘛！怎么，我也得比着照片呀。"

"画个人头，有鼻子有眼，戴个帽子，再加一笔八字胡子，就中了嘛！"

"当真？"

"不过就是个胸章，干吗那么当真，这个龟儿子八辈子也不来咱们金堂镇，胸章是什么鬼样子，他哪里会知道？你画个鬼头都中。"

由于没有人乐意出那二百大洋，因此硬是拖，拖下去，反正袍哥们有的是时间。杨森手下办事的，也拗不过这些袍哥大爷，经过讨价还价，成都周边的几个县，杨森的像章可以从简，每个士兵胸前戴一个布制的就可以了。金堂就这教书先生会画两笔，就被请来办这个事儿。

一幅胸章画好了，教书先生将之举起来，凑着阳光，左看看，右看看："这也不像啊。"

"像，那个龟儿子，就是这个死娼妇养的样儿。"茶馆跑堂的接了话。

"我说，你干脆把他画成鬼就结了。"红旗老五说。

"你把个鬼挂在胸前？"

"我可不挂，他们挂。"跑堂的努努嘴，指着外面一个挂着枪的汉子，"胸前挂个鬼，夜里走路不见鬼。"跑堂的又补了一句。

里面的人正在忙活，一个跑腿的慌慌张张跑了进来："七爷，七爷，七爷！大事不好了！"

跑堂的说："慌什么，七爷不在这里。"

"杨督理的大兵来了！好多人哪，还抬着机关枪。"

满妹闪了出来："七爷呢？"

跑堂的说："自打小翠来了之后，七爷就不来茶馆了。"

满妹跺了跺脚："我知道在哪儿能找到他。"

正说着呢，黄七爷到了，后面跟着穿紧身小袄的小翠，袅袅婷婷，一走三摇地扭过来了。只要小翠一出现，房间里的男人，眼睛不由自主地都长在了她身上。

"怎么，杨森派兵来了？"

"回爷的话，快进镇了。"

"八成是冲我来的。"小翠搭了一句。

小翠的话音刚落，呼啦啦，杨森的大兵把茶馆就给围上了。一个团副手持皮鞭，足蹬皮靴，大踏步地走了进来。

"马团副，这是怎么个意思？"

"黄七爷，得罪了。上峰有令，鄙人也是不得已啊！快把那个人交出来吧。"

"哪个？"

"这你知道。杨督理手下侦缉队有可靠的情报，说那个女人就是躲到你这儿了。"

"杨团副，这里的女人，除了我，就是满妹，你是要哪一个呦？"小翠扭上来了。

"翠妹子，翠妹子，我说怎么好久看不到你了，怪想的呢。"

"扯你妈的狗屁！"

"翠妹子，没你什么事儿，我是在办公事。"

"上回仁字号堂口的人传话给我，我不是查过了，正式回话告诉过杨督理，我这里没他要的人。"

上次，杨森的侦缉队还只是怀疑，所以，通过袍哥堂口来跟黄七爷联系，让黄七爷自查。这一回，他们认为自己得到了确切的消息，就不客气了。

马团副说："那我不管，我只是奉命行事。来人，给我搜！"

"慢，你真要搜？"

"得罪了。"

"袍哥人家，不兴拉稀摆带，我黄某人说话一口唾沫一个钉，说没有，就没有，你若是还要搜，哼哼，莫怪我翻脸不认人。"

"哼哼，搜！"

"来人！"

随着黄七爷一声断喝，房上房下，左右四边，都站满了手持各种家伙的汉子。马团副的腰上，则被顶上了一根黑洞洞的枪管。那是满妹的。

"下了他们的枪。"

稀里哗啦，所有杨森的人，枪都被缴了。也就一个排的样子，不知为何要抬一挺机枪，估计是吓唬人的。队伍里领头的排长想跑，只听"啪"的一声，黄七爷一颗铁球出手，把那个家伙砸了个跟头，倒在地上直叫唤。

"七爷，我也只是上命差遣。"

"回去告诉杨督理，我说不知道，就是不知道，要找我黄七的麻烦，那就明说，打不过，我可以上山。大不了，还有命一条。"黄七爷转过身来，大刺刺地坐下，搓了一会儿被下属捡回来的铁球。

"把枪还给他们，但是，子弹退下来，另给个袋袋装起走。走吧。"

"七爷，就这样让他们走了？太便宜了。"满妹抓起教书先生留下的笔，蘸了浓浓的墨，在每个杨森的大兵的脸上打了一个叉。

"滚吧。"

四、红袍记

成都可园，台上正在演川剧《红袍记》。

《红袍记》说的是五代时后汉开国皇帝刘知远（刘暠）发迹的故事，杨森特别喜欢，说他从刘知远身上看到了自己。

剧中的主人公刘暠（小生）唱："进庙廊，肚中饥饿实难当。祝告马鸣王，诉衷肠！叹刘暠东飘西荡，似孔子在陈绝粮。别人家财运兴旺，赌十次要赢九场。到我手偏偏变样，幺二三对对成双。"

台下当中的茶桌上，坐着现任四川督理杨森。他穿着西服衬衫，摇着扇子，边看还边跟着哼。那年月，别的军头除了军装，都喜欢穿长袍马褂，杨森偏偏喜欢穿西装。旁边坐着的，是可园的主人，名列成都五老七贤的尹仲锡，字昌龄。此老身穿长衫，一边看，一边用手打着鼓点。

"昌老，当年俺老子走背字儿的时候，也是逢赌必输。"

尹仲锡此时显然心不在焉，没听见杨森说什么，抬了抬头，"呃，呃。"然后瞥了瞥台上，台上的刘暠正在偷鸡。

杨森知道，这回修马路，得罪了成都赫赫有名的五老七贤，这几位在前清就做过高官的大士绅。在四川对他非议的人不少，现在主马路将要竣工，他出钱请上一台大戏，邀请五老七贤喝茶，算是缓和一下气氛。可是，人都不来，只有戏园子的主人尹仲锡不得不出来，他怕杨森的大兵把戏园子砸了。尹仲锡是个戏迷，也是个票友兼川剧创作者，爱他的戏园子跟命似的。

杨森对五老七贤不给面子并不怎么在意。五老七贤是绅，而他是军，乱世军比绅要牛。四川的士绅，地位不及江南的，但以往的军头对他们都还客气。换了杨森，规矩就改了，他要想干什么，绅不挡驾还行，如果挡驾，他就不给面子。

现在马路快修好了，前一段他生硬地卷了五老七贤的面子，舆论上反弹强烈，于是，出来装装样子，做个姿态，反正他缓和的意思已经有了，马路也修好了，成都的人此后就会沿着马路做生意，很快就会繁荣起来。那些被拆迁的倒霉小民，有谁真的操心呢？

他担心的是，刘文辉最近对他很不买账，在其卵翼下的文人，频繁在报纸上写文章臭他。其他的军头，邓锡侯、田颂尧、赖心辉和刘存厚还好，但刘湘就不阴不阳的。

不过，这些年都这样，谁人主成都，其他的军头们就心怀不满，然后一起出坏把他拱下来。再早一点，众军头拱下了熊克武，换上刘湘。刘湘不做督军，改称总司令兼省长。随后，他杨森在吴佩孚的支持下，又拉着众军头，把刘湘拱下来，换成他自己，在举国喊废督的情况下，不做督军做督理。

但是，他上台了，就要打破这种走马灯换人的局面。对此，他是有底气的，因为他有常胜将军吴佩孚鼎力相助。吴佩孚看好他，跟人说过，川中的将军，他就觉得杨森有出息。吴佩孚刚刚还从汉阳兵工厂给他调来了一万支步枪、十挺马克沁重机枪，一个大子儿不要，白送的。此时，湖北已经在吴佩孚的部下萧耀南手里。湖北可是个好地方，不仅汉口是中国一流的大商埠，一个汉阳兵工厂，一个武昌造币厂，天下无两。

　　吴佩孚如此大方，是看好了杨森。杨森呢，自然是他在四川布下的一个棋子。

　　但是，人总难免有烦心事儿。杨森最烦心的是，刚刚纳的小妾小红不见了。这个小红，号称川剧天后，真正的色艺俱佳，在当年没主政成都时，他就惦记上了，好不容易弄到手的，现在活活地就不见了。好在，侦缉队长告诉他，小红的去向已经查清，已经派人去抓，很快会有结果。正想着这事儿，一个贴身副官走了进来，伏在杨森的耳朵边说了几句。杨森脸色一沉，起身走了出去。

　　在可园门外，一个烟鬼状的小兵缩在台阶下。杨森用手杖把这兵的下巴抬起来："说话！"

　　小兵冷不丁站起来打了个立正："报告督理，马团……团副他们都被杀了。"

　　"杀了？"

　　"我到路边树林里去解手，等我回来，队伍都没了。见事不好，我就逃回来了。"

　　"马团副回来啦！"只听一声喊，那个去金堂的团副到了眼前。

　　马团副一个立正："报告督理，黄七反了。"

　　"反了？你怎么没死？"

　　"他下了我的枪。"

　　"枪？你腰里挎的是什么？"

　　"他还了，但还差一挺机枪。"

　　"什么？！"

　　"机枪被他扣下了。"

　　"胆儿硬是肥了，这个黄七。把杨汉域喊来。"

一会儿，杨森的侄子杨汉域来了。这个杨汉域，现在做着师长。

"你带一个整团，平了金堂。还有，挖地三尺，把那个骚娘们给我揪出来！"

就在这时，有卫兵来报，说有人要来见督理，是金堂镇来的。

来人是金堂镇茶馆跑堂的，带来了一封信，还有一个滑竿抬来的一挺马克沁重机枪。杨森看完了信，挥挥手，让杨汉域暂停，然后把马团副喊了过来。

"机枪真的是被黄七扣了？"

马团副已经看到了滑竿上的机枪，一句话不说，耷拉着脑袋。

"妈卖皮，卖了多少钱？"

"一万大洋。"

"钱呢？"

"在我姘头家里。"

杨森努努嘴，两个卫兵上来，下了马团副的枪，带着他拿钱去了。

原来，杨森待下甚严。马团副觉得此番回去，团副肯定不用当了，干脆把机枪卖了，被撤了之后，可以弄点钱花，反正把账赖到黄七头上，杨森肯定派兵去打，打起来，黄七必死，死无对证，就成了糊涂账。当年川军的一挺机枪，可是大事。没想到，买枪的人却被黄七撞到，枪又给送了回来。

按说，看在机枪的份上，杨森应该放过黄七。然而，如果是这样，杨森就不是杨森了。机枪虽然跟黄七无关，但敢触碰杨督理的尊严，把他派去的人的枪给下了，一定得严惩，他得严肃法纪。一挥手，杨汉域的队伍还是出发了。

可园的戏台上，戏还在演着，已经有偏将在变脸了。

五、川剧天后

　　黄七如此表现，小红多半不在他那里。可小红在哪儿呢？杨森很是困惑。这一阵儿，成都跑的人挺多，诋毁他、攻击修路的刘麻子，在捉拿之前跑了。听下面的人说，连叠翠楼的头牌小翠姑娘也不见了，说是找她的军官太多，好些不给钱。

　　那个年月，川军将领大抵好色，讨小老婆是寻常事，一个比着一个讨。但是，人和人不一样。比如杨森跟范绍增，这两个女人最多的家伙就大异其趣。

　　范绍增的女人多，但如果哪个跑了，跑了也就跑了，哪怕跟小白脸跑了，拐带了他的财产，他也不急不恼。如果他心情好，送他们一笔川资，也不是不可能。

　　但杨森不同，无论哪个小妾跑了，哪怕这个小妾已经失宠，他都要追回来，两个人一并弄死。这回，是他最在意的小红跑了，哪有不着急上火的道理？

　　其实，小红没有走远，就在成都城里，甚至就在杨森的眼皮底下。小红最初是躲到了金堂，但是她想了想，这样可能会连累自己的朋友。她想到了一个更好的去处。于是，就趁着黑夜，溜回了成都郊外一个自己熟悉的小客栈，然后神不知鬼不觉，被人接进城，就在可园待下了。

事情要从五老七贤之一的尹仲锡说起。

那还是晚清时节，中了进士的尹仲锡在北京做官，做到国子监司业，做得没意思了，托人找关系外放，当了汉阳知府，后来又升了江汉道。他在汉阳做官期间，他的幕僚屠守谦，也是他的挚友，死活恋上了汉口一个小妓女。武昌起义之前，尹仲锡辞官还乡。屠守谦也是成都人，跟尹仲锡一起走，顺便带走了这个妓女，做了自己的妾，他只带了这个妾在成都过活。

屠守谦一支笔，在成都没得比，鼎革之后，他做了《新蜀报》的主笔，日子过得还不错。哪承想，做报社主笔的屠守谦，由于写剧评的需要，经常带着小妾泡戏园子，这个来自湖北的小妾迷上了川剧，尤其是喜欢变脸。变脸人家又轻易不肯教，三弄两不弄的，她经常一个人泡在戏园子里，想要弄明白里面的奥秘。小妾人生得俏，心思也花哨，最后竟然跟一个浮浪子弟跑了，走的时候，还怀着三个月的孕。

屠守谦的这个小妾，就是小红的娘，后来肚子大了，行走不便，那个混小子就把她给扔下了。她流落街头，被戏班子一个演小生的发现了。因为当年她想学戏，演小生的觉得她面熟得很，就把她救了。

小红生下来，就在戏班子里。演小生的，就成了小红的养父。她在戏班子里长大，生得好看，人又伶俐，学什么像什么，生旦净末丑，神仙老虎狗，无一不能，变脸得其养父的亲传，尤其出神入化。

自己的女人离开后，原本烟瘾很深的屠守谦颓废之甚，恨不得只抽大烟不吃饭，很快就死了。后来，小红的娘也得痨病亡故，临死前，告诉她亲爹的秘密，但要她发誓，不到万不得已，不能去找她亲爹，因为是自己对不住人家，还给了她一个翠玉的扳指，告诉她，这个扳指是尹仲锡送给她亲爹的，万不得已，没有活路的时候，可以拿着这个扳指去找亲爹，只要拿出这个扳指，对方就明白了。如果亲爹不在了，可以去找尹仲锡。再后来，她养父也死了，小红成了这个班子的头牌。再后来，她在成都搭班唱戏，也知道了生父的下落，但已经天人永隔，无从相见了。

一直以来，虽说磕磕绊绊，但小红活得还行。这回，可是到了危急时刻，她实在没地方去，又再也忍不了杨森了。别的姨太太跑不了，她小红逃跑倒是不难。那天，她就是托人把这个翠玉扳指捎给了尹仲锡。尹仲锡见到了亡友的信物，就想办法把她弄进了城。原本，尹仲锡见小红，只是想了解她是从哪儿弄到这个扳指的，结果见面之后，发现这个原本就很熟的红班主，竟然是自己亡友的遗孤。于是，小红就在可园待下了。

收留了小红，尹仲锡的心一直悬着。杨森是个不讲袍哥规矩的人，尽管他名列五老七贤，在成都乃至全川，名头很响，但是，一旦让杨森知道他收留了杨森的逃妾，后果也是不堪设想的。问题是，在这成都城里，哪个不认识小红老板呢？夜长梦多，不知哪天，消息就会被泄露。所以，一定要想一个万全之策，把事情办妥。

六、劫狱

　　黄七爷太大意了，他原本习惯了在袍哥的规矩里讨生活，以为既然让杨森的机枪失而复得，杨森再缺德，也不会兴师问罪了，所以，一点都没做防备。冷不防，就被人家包围得严严实实，只有满妹一个人逃了出去，还干掉了杨汉域的几个人，打穿了杨汉域一只耳朵。

　　只是，一个小女子而已，杨森的人也没有太在意。

　　要说，虽然袍哥不能打，但黄七爷还是条硬汉，七爷的队伍也不孬，土匪都不敢惹。重兵包围之下，黄七爷知道抵抗没有意义，只能白白牺牲，于是下令一枪不放，他自己走出来缴械，跟杨汉域讲，有事由他一个人承担就是了，跟其他人不相干。但是，整个金堂的坛口，所有人的枪都被下了。缴枪的时候，好些人都挨了揍，鼻青脸肿的。

　　黄七爷被五花大绑带回了成都。还有一个人，也被杨汉域带回了成都，那就是小翠。带走了人，杨汉域没放小翠回叠翠楼，而是让他的副官把这女子掠到了自己家里。那意思非常清楚——这是战利品。

　　杨汉域简单包扎了一下耳朵，来见杨森，问杨森，该把黄七爷怎么处理？

　　杨森说："把他关起来。"

　　杨汉域说："叔叔，他还骂你了。"

杨森说："他骂我什么？"

"他骂你不江湖。"

杨森笑了："你告诉他，他是我的部下，有犯上之罪。不仅他有罪，他的那个营也被取消了。几支破枪，你就收起来吧。"

当杨汉域把这话转告黄七爷的时候，黄七爷什么话都没说，只是往地上狠狠地吐了一口吐沫。

杨森看着杨汉域离开的身影，想起一段往事。那时，保路运动中的保路同志军已经成了气候，天下大乱。清军悍将，也是署理四川总督的赵尔丰，手里只有几百巡防营的兵，只能缩在成都。各路枭雄四起，新军也造反了。当时，他在刘存厚的队伍做联络参谋，刘存厚命令他去联系一支当时最大的袍哥队伍——王子尼的部队。

他好不容易找到了王子尼所部，只见这些人乱七八糟，不成行列，穿着各式各样的衣服，拿着各式各样的武器，有刀矛，也有火枪，只有少数人有快枪。要说走，王子尼就挥挥手，大嗓门喊上几嗓子；要说停，再喊几嗓子。没有旗帜，没有军号，王子尼连个副手都没有。人员也是一会儿多，一会儿少。有人加入，有人退出。

原来，这个王子尼只是成都附近郫县的一个袍哥十排小幺，当地袍哥大佬是一个当地最大的绅粮。大家都在搞同志军，绅粮摸不清楚当时的局势，怕担风险，于是就推王子尼做了当地同志军的首领，心想：反正出了事儿，朝廷怪罪，就拿他顶罪。

由于给王子尼家许了一笔银子，所以，王子尼的爹看在银子的份上让他干。

哪知道，王子尼带上队伍之后，事儿越闹越大，朝廷不仅不能镇压同志军，摆平不了四川，反而自身也岌岌可危。王子尼的队伍没有被消灭，反而人越来越多，他也就只能跟着往前走。

王子尼为人仗义，有饭大家吃，一路上，零星的袍哥队伍都跟上他走，还碰巧缴了一个巡防营小队的枪。

队伍越来越大，给养就成了问题。杨森到的时候，他的队伍已经好些天没吃上一顿饱饭了。正巧，赶上一个放鸭子的赶着一大群鸭子过来，王子尼一声号令："打赵尔丰[1]！"于是，这帮人就一拥而上，扑向鸭子，把鸭子打了个稀里哗啦，转过头来，烧把火，这些鸭子大半都进了他们的肚子。

这样的队伍，一直到辛亥革命结束，都活得好好的。杨森早就离开这支队伍，但对袍哥队伍的印象却挥之不去。袁世凯做了总统，整编四川的各路同志军，由于王子尼的队伍人数最多，居然编了一个团，王子尼做了团长。后来他让出了位置，也成了一个大富翁。杨森从此以后，对袍哥和袍哥队伍再也没有敬意。后来，他自己拉队伍，也只招行伍之人，或者纯朴的农民。这也是为什么，他可以如此轻易解决金堂袍哥的缘故。

杨森不知道，解决黄七爷这事，让成都平原上的各个袍哥坛口起了不小的波澜。别看大家平时随风倒，哪个军头占了成都，大家都成了他的下属，做个团长、营长的，但彼此心照不宣，不过是应个景儿。这杨森还当真把兄弟伙当下属了，把黄七爷按军法处置。今天能把黄七爷废了，明天兴许就能把大家伙也废了。老说杨森是羊子，听说他还不许老百姓杀羊来着，现在看来这哪里是羊子，分明是狼子。人们传说，当年杨森被滇军俘虏，就是因为人家看在他眼睛像狼眼放绿光，才放了他。

但是，怎么办呢？起来反抗杨森？这些串联起来，一个个议论纷纷的袍哥大爷们，谈到这个份上，大眼瞪小眼，你看我，我看你，都没话了。

---

[1] 赵尔丰是当时清朝的四川总督，与保路同志会为敌的人。

真的，自打开坛口，就没碰到过这样的事儿。清水袍哥，拖泥带水的事儿就是多。真要打起来，一个个拖家带口的，哪里能没有牵挂。

只有满妹这口气消不了，她觉得很委屈，好好的一个坛口，说被端就被端了，一点道理都没有。黄七爷被抓走，坛口的弟兄被揍得稀里哗啦。红旗老五到处找人诉冤，满妹却端坐在茶馆，半晌一动不动。这个时候，满妹脑子里想的只有两个字：劫狱。

为了劫狱这事儿，满妹去找过做盐商自卫队副督长的表哥，哪里知道，表哥的自卫队已经被杨森缴械了。这个自卫队也是的，看起来很风光，来真格的，都怂了。那么好的装备，居然一枪没放，上好的枪械都便宜了杨森。不过，那个年代的商团，差不多都是这样，枪械不错，服装好看，人物也精彩，就是不能打仗。

当然，还可以找浊水的人。但是，满妹信不过土匪，觉得他们特不靠谱，口气挺大，办起事来却缩回去半截。

想来想去，只能靠自己了。

满妹混进了成都。那时的成都有城墙，分为内城与外城，按时关闭城门，但是成都是个特别好往里混的城市，城门虽然有人防守，但基本等于不设防，每次换主人，都不会怎么打仗。据城而守这样的苦事，从来是没人做的。所以，无论什么闲杂人等想混进来，都容易得很。

没有费太大的事儿，黄七爷关在哪里，就打听清楚了。成都也到处都是袍哥的堂口，遍地都是袍哥，有些人跟满妹还是老相识。杨森的政府机关、军队里，也尽是袍哥。对于袍哥兄弟，通报消息这个不难，顺嘴就说了，只是要找个帮忙劫狱的人，倒是很有难度。

成都的监狱，就是原来的四川按察使大牢，狱卒还都是清朝时那些人，犯人还用旧式的木枷。清末搞的监狱改良，还没到四川，民国则谁也顾不上这个地方。狱卒们在前清就个个都嗨了袍哥。只有监狱长和副监狱长是杨森派的。

黄七爷在里面，倒没有受苦。一个袍哥舵主，怎么可能没人照应？按理，把人投入大牢，得先经过审判这一关。晚清司法改革，一些先进的地方已经成立了各级审判庭。但是，四川偏僻，还是地方官断案。所以，这样的案子，应该成都县知事审。但军人经常不管不顾，抓了人，要是当时没枪毙的话，就塞进大牢，地方官也就不管了。黄七爷，就属于这种情况。一般来说，如果有关系，塞点钱，当军人把这事忘了，人就可以出来。满妹要劫狱，把黄七爷带出来，就凭满妹一个，似乎也不成问题。问题是，出来之后，一旦杨森的人觉察了，怎么脱身？

想了半晌，满妹没想明白。想不明白，她也就不想了，干脆，干了再说，怎么走出城，是下一步的事儿，走一步看一步，管他那么多！

为了更方便地混进监狱，开始，她想扮成送饭的家人，正准备到一个饭铺买点吃食带上，走在路上，看见好些杨森的兵，转念一想：不如弄一套杨森队伍的狗皮，岂不是更方便？

在去监狱的路上，满妹走过街角，刚好看见一个杨森的排长，正在街的角落里把一幅幅剪下来的大褂下襟往一个布口袋里装。

原来，杨森主政之后，他的新政提倡节俭，出幺蛾子，不许男人穿长衫，还派了队伍，在大街上拦截盘查。拦截的另一项事务，就是劝阻女人不许裹小脚。但拦女人麻烦，人家裹了脚，当街把裹脚布揭下来，味道太大，婆娘又哭又闹，无论是打还是骂，都一时半会儿拿不下来，关键又没有什么油水，当兵的不大乐意。但对穿长衫的，他们却喜欢行动，只要看见穿长衫的，当即拦下，把下襟给剪下来，一方面能让平时比较神气的长衫一族难堪，一方面可以搞点布料。干这事儿的人，不设固定关卡，而是随机行动。那年月，有身份的人哪里有不穿长衫的道理？长衫和短褂，是身份的象征。穿长衫的，意味着是体面人的身份。所以，尽管有禁令，这些人不大肯脱，就总是被剪。剪下来的长衫大襟，也算是块不小的布料，在那个时代，也值一点钱。这个排长大约是想把这些下襟收起来，拿回去卖钱。

　　这家伙正在专心塞布料，满妹凑了过去，趁他不备，一个窝脖，把这家伙打昏，然后拖到角落，把他的衣服扒下来，自己换上，还顺走了一把破驳壳枪。

七、精神讲话

满妹晃晃荡荡的，就来到了监狱，声言督府找监狱长有事，把门的觉得此人嗓音太细，但人家是个少尉排长，胳膊上还有稽查的袖章，没有多想，就把人放了进去。

此后一直都挺顺利，找到黄七爷所在的号子，还是一个狱卒用嘴努给她看的。满妹还大模大样地让狱卒开了锁，把黄七爷的枷也给开了，拉上人就走。但就在快要走出来的时候，一个刚来的空子，不明就里，发现满妹塞在帽子里的头发掉了出来，不大对劲，就喊了一嗓子，惊动了监狱长。监狱长拎着枪跑出来。满妹顺手把他的脖子给拧断了。这下，劫狱的事儿瞒不住了，只能硬闯。幸好监狱外面的守兵吊儿郎当，两枪就让满妹结果了两个，剩下的都钻到了岗楼里瑟瑟发抖。看监狱的大兵，哪里交过火、用过枪呢？

两人风风火火，闯到了大街上。满妹塞给七爷一把缴获来的驳壳枪，拉着他往城外跑。

然而，事儿都到这个份上了，黄七爷却不肯痛快地走，他要去杨汉域家救小翠，越劝越犟，死活都要去。满妹拗不过他，只好跟他一起去。

找到杨汉域的家，也没有费太多的事儿。袍哥人家，打听点事儿，那是便当。这也是歪打正着的事儿，就在满城戒严，搜捕黄七爷的当口，俩人摸到了杨汉域家门口，反而躲过了大搜捕。他们两人玩似的就把杨汉域家门口俩卫兵做掉了，然后在一楼把正在打盹的副官捆了起来，嘴上塞了抹布。

摸到了二楼，只听里面嘿咻之声不断。大白天的，这个杨汉域，耳朵还有伤，竟然也没让小翠闲着。黄七爷一脚踹开房门，一把薅着头发，抓起这个赤条条的淫贼，抬手就要毙了他。小翠躺在床上，叉着两腿，也没想收收，看来还挺享受，见状忙叫："七爷且慢！"

"怎么？"

"这厮事还没做绝，留他一条生路。喏，他给我钱了，还不少。"

"那也不能饶他个龟儿子！"

杨汉域冒了一句："饶了我吧，杀了我，你们也走不脱的。"

"不管，非宰了你不可！"

满妹想了一想，"慢，宰了他也没有大意思，我们可以让他带我们出城。"说着，满妹拿着枪敲着杨汉域的脑壳，"你肯是不肯？"

"肯，肯。"

小翠和杨汉域都穿好了衣服。杨汉域心还挺细，又找了一套军服，让黄七爷换上，然后让副官从门口叫来两顶轿子，小翠和满妹一人一顶，黄七爷和副官跟着他。满妹让杨汉域走在她轿子的前面，说："你要敢要滑，让你满身窟窿。"

杨汉域在杨森的子侄里，算是出类拔萃的，前程大好，没觉得有拿自己的命为这些草莽小民冒险的必要。识时务者为俊杰，他的背后，满妹拿枪指着呢，所以，尽管他知道自己在干什么，但他一点都没想过出幺蛾子，乖乖地把满妹一行送出了城。封锁城门的大兵，见是杨汉域，也不敢废话。出了城，他还一直把人送到了金堂，回来一声都不响，还特别吩咐，不许副官多嘴。

结果杨森始终都没弄明白,这个黄七爷怎么就跑了,跑哪儿去了。只不过,抓黄七爷不算是什么大事,他都差不多给忘了。

不过,自打做了督理,弄不明白的事儿也太多了,他有大事要忙。这是学吴佩孚的,不是做将军、做督理,而是要做官兵的领袖。做领袖,就得给官兵做精神讲话。

精神讲话,是当年的时髦词儿,实际上就是今天的政治课,或者说领导训话。在大校场上,上万的队伍,排列成行,听他每星期一次的精神讲话。这在川军,是独一份儿。

川人没有时间概念,无论开什么会,都是拖拖拉拉的,说九点开会,十一点能到就不错了。这让杨森很头痛,整顿了好几次,撤了若干主官,手下的人才勉强准时了。

杨森登上校阅台,喊了一嗓子:"士兵们好!"

台下的人齐声喊:"领袖好!"

这是杨森新规定的,在军队,他是领袖,不能喊督理,也不能喊将军。这个规矩,在四川,绝对是耳目一新的。此前没有人在四川做领袖,要士兵无条件效忠于哪个,就像是个笑话。现在改规矩,但就是这一声"领袖好",都得教上半天。

杨森手上没有稿子。现场也没有扩音器。他的声音不大,但很尖利,声音效果还不错。

杨森讲话很有意思,每一句都得加上"杨森说"。

"杨森说,我这个督理,是洛阳吴大帅封的!""杨森说,吴大帅是常胜将军,战无不胜!""杨森说,我叫子惠,吴大帅叫子玉,我和吴大帅是兄弟!""杨森说,吴大帅还给了我们枪,我们兵强马壮!""杨森说,我们要建设一个强大的四川,富足的四川!我要让你们,每个人都娶上媳妇!"

杨森的讲话，时间不长，结束的时候，场上响起了雷鸣般的掌声。其实拍巴掌的人里，百分之九十都不知道拍巴掌意味着什么。

虽然士兵们巴掌拍得山响，但是杨森发现，尽管士兵们刻意收拾了一下，他的兵还是跟其他军头的兵一样，蓬头垢面，军服很脏。他觉得自己提倡的清洁卫生运动，也没见成效，这事儿还得抓一抓。

杨森部队的军营里的标语，有这样一类："杨森说，要讲究个人卫生！""杨森说，衣服要常洗！""杨森说，虱子、跳蚤、蟑螂和老鼠要消灭！"但是，部队发下来的军服不多，谁也舍不得多洗。再说，谁给洗呢？所以，虱子、跳蚤依旧肆虐。某些抽大烟的士兵，人不仅脏，而且一脸烟容。部队扩张太快，顾得上买枪，就顾不上买军装。所以，他的部队虽然服装统一了，但仔细一看，仍然邋遢得很。这事儿，他也知道。他买枪舍得，给士兵多发军装却不舍得。

至于老鼠和蟑螂，更是消灭不了。不仅营房的公共卫生没有人搞，而且搞也就是他来检查的时候装装样子。这一套，杨森都明白，但也没办法。

下属汇报说："没有什么问题，营房里根本看不见蟑螂、老鼠，这些害人的东西都被打扫干净了。"

有知情者说："是的，老鼠、蟑螂是有的，但都挺老实，因为都跟好些士兵一样，它们有了大烟瘾，每天跟着抽免费的鸦片，不怎么出来溜达。只要军队换防，原来的营房里，都有大批的蟑螂、老鼠因抽不上免费的大烟而死掉。"

讲究卫生是好事儿，也是时髦的事儿，只是在这种时候，即便是杨森，也办不了这样的事儿，下属更办不了。霸道的人，总是按自己的想法，喜欢命令下属办一些根本没法完成的事儿，最终人家办不来，最后呢，也就稀里糊涂算了。

但是，精神讲话、精神灌输不一样。他觉得这个事儿兹事体大，关系到他的威望，士兵对他的崇拜，而且绝对能办得到。所以，他不辞辛苦，总是来讲。讲得次数多了，听着下面的鼓掌声和周围人的奉承，他感觉还真的挺过瘾，越讲时间越长。其实呢，也不过是懒婆娘的裹脚布。

杨森事事都学吴佩孚，但吴佩孚是个秀才，爱看书，肚子里有点墨水，喜欢故弄玄虚，时不时地会说一些很玄的话，让部下摸不到头脑。杨森没有这两下子，说的话，倒是大家都能懂，但士兵们听没听进去，就不知道了。

八、吴大帅送的枪

自打小红进了可园，小红倒没什么，有时候在有变脸的戏时，还作为替身，上台比划比划，没事跟乐器师傅学学乐器，打打鼓，只要戏园子和戏班子里的人嘴严，就没大关系。戏班子的人，都挺江湖，即使没有袍哥这一层，他们原本就是江湖儿女，那年月，吃开口饭不容易，大家一起学出来，都跟亲兄弟姐妹一样，哪有人会告密？但是，尹仲锡一直忧心忡忡，盘算着怎么找个机会，把小红送出去。有消息传来，说是杨森又新纳了一个中学生为妾，尹老紧绷的心弦才稍微松了一点。

是的，杨森又新纳了一位妾，是省立女子中学的校花。这所中学是公立的，自打杨森主政，可是拨款不少。有人说，督理大人就是安着这个心，拨款就是冲着校花去的。不过校花过门，还是第八位小妾，杨家的下人称之为八夫人。第七的位置，还是给小红留着。杨森显然还没有死心，只是有新人上位，他得新鲜几日。小红久久没有找到，校花才转为七太太。

这个没有毕业的校花，是个富贵人家的女儿，长得很洋气，是下江人，个子高挑，在四川比较少见，身材凸凹有致，喜欢在房间里穿旗袍，里面不穿内衣，走起路来，扭得好。这个骚劲，之前的姨太太没法比。一连半个月，杨森的新鲜劲儿还没过呢，多少有点耽误公事。

一日，大白天的，情绪上来了，他正在房里跟新人云雨，得意之处，未免大汗淋漓，待下了床，披上睡衣，走出房门，劈面就看见自家的一个副官战战兢兢地候在那里。这个副官是负责联络吴佩孚送来那批步枪的，他突然感觉事情可能不大顺——莫非，运枪的船沉了？

副官见他出来，扑通一声就跪下了："报告督理，大事不好，那批枪出事了！"

杨森深吸一口气："嗯？"

"枪都被刘湘给扣下了。"

"我不是让你们低调吗，巴壁虎，他是怎么知道的？"

副官肚子里骂"你都嚷嚷得满世界都知道了，还叫我们低调"，嘴上却说："码头上都是刘湘的人，什么事能瞒得住他。"

"那你没去交涉，说是吴大帅送我的枪？！"

"嘴皮子都磨破了，人家说'吴大帅的赏赐，见者有份'。"

"他妈的，这个巴壁虎，这个王八蛋，他是活腻歪了。传杨汉域，点起队伍，给我抢回来！"

四川的省会是成都，成都平原沃野千里，出产丰富。但是，作为水陆码头的重庆，却是全川进出口的咽喉。别的不讲，只要各地军头想要从外面进点像样的武器，非经过重庆不可。而重庆多年以来，一直就是刘湘的地盘。谁进好武器，他都要抽头。川中军阀混战，先后做督军的有好几个，但刘湘不显山不露水，从来不争成都，自打占了重庆，就赖在重庆，因重庆有巴县和璧县，遂被人称作巴壁虎，就是壁虎。你可以蔑视他，但川中军头，就数他的部队装备好。

论起来，刘湘跟杨森同为四川速成军事学堂的同学。刘湘其貌不扬，又很笨，学习成绩不好。还在清末弁目学堂的时候，刘湘就是个差生，还是老师看他可怜，才勉强让他毕业的。成绩最好的杨森一直看不起他。

可慢慢的，这个学渣也成了一方诸侯，还不可小觑，这不，揩油揩到杨森这个督理头上了。

先不说杨森要跟刘湘动武，且说黄七爷，回到金堂之后，发誓重整河山。正在这个时候，刘麻子回来了。刘麻子跟黄七爷嘀咕了一阵之后，俩人一起走了，回来的时候，带了一串驮子，驮来两百支枪，是从刘文辉那里借来的。金堂的武装重整旗鼓，这回，挂上了刘字的大旗，黄七爷自称是刘文彩部下的游击支队司令。当然，黄七爷这回已经做好了准备，只要成都来兵，他就躲进山里去。

消息很快就传到了成都。

其实，刘麻子不来游说，刘文辉也安了心想给杨森找麻烦。不过，刘麻子的分析也的确让他感到佩服。

就这样，黄七爷的堂口成了刘文辉埋在成都附近的一颗钉子，如果被杨森端了，那他们损失也不大。

金堂就在成都眼皮底下，黄七拉起队伍，却挂刘文辉的哥哥刘文彩的旗，这是什么居心呢？况且，那边刘湘又截了他的枪，这叔侄俩到底想干吗？扣枪这事，如果开战，那就是大战了。把枪械抢回来，并不容易，而且，事情不是抢回枪械那么简单。刘湘也不弱，贸然动武，万一吃了亏，一万支枪一支都拿不回来了，自己的大业也将受到影响。况且，这眼皮底下，眼睁睁就出事了。

于是，杨汉域没有出动，反倒是杨森派了一个体己的人，带了一万块大洋，写了封道贺的信，说是祝贺刘湘新纳了小妾（其实没有的事儿），区区一点意思，只字不提枪的事儿。

刘湘接到大洋之后，心照不宣，就把一万支枪发还了六千，机枪倒是没扣。可是这六千支步枪到了成都之后，杨森发现，至少有两千都是成都造的土家伙，还是些根本不能用的破玩意，明摆着给人掉了包。

好玩的是，刘湘在送还枪械的时候，附了一封言辞谦恭的信，说枪械二次装船时，不幸有几箱落水，属下将尽力打捞，在捞上来之前，先给督理垫上，凑足枪数云云。杨森看完信之后，一边连骂几声妈卖皮，但刘湘自称属下，他的心里还是舒坦多了。其实他也知道，如果不给这一万大洋，说不定掉到江里的，就不止这几箱子了。

九、满妹

杨森惹了袍哥，跟眼皮底下的金堂堂口闹翻了。但他没能把金堂给灭了，没把金堂县的人杀光，更没有这个本事，干脆宣布袍哥为非法，或者收编所有金堂这样的袍哥武装。这个事，就是要干也得等到统一全川之后才行。结果，每次出兵金堂，都有人去送信，次次扑空。围剿的大兵来回折腾，累得不行，而且，多少都会有点损失。

成都城里也开始有了骚动，大街小巷的每一张标语都被人打了叉。最可气的是，连督军府前面的巨大的杨森画像，也被人涂上了红脸蛋，鼻子尖也是红的，眉毛变成了倒八字的。关键是过了好久，才被杨森发现。

杨森看着自己跟小丑一样的画像，半晌没有说话，找了侦缉队长，让他限期破案。杨森嘱咐了一句："这家伙是个武林中人，能飞檐走壁，不然，这么高的像，上不去的。"

能飞檐走壁的，是满妹。这事儿，也的确就是她干的。为了女扮男装方便，她把一头秀发都剪了，就留在成都捣乱。

不过，能飞檐走壁的女人还不止她一个，躲在可园的小红也行。小红在戏园子里待着，又不能演戏，憋久了，但凡有变脸的戏，她就会穿上厚厚的盔甲，出去露一手过瘾。

但是，这事能瞒住别人，瞒不住满妹。她们是最要好的姐妹，对彼此的身形熟悉得就像自己的手指头。所以，满妹进可园看戏，一下子就认出了她，但是散戏后到后台去找，又找不到。戏班子里的人也不告诉她。戏园子管事的人，也是一问三不知。满妹又不能在成都久待，晃一晃就得走，所以，几次都没有找到人。

满妹是重庆一个富商兼士绅的女儿，富商儿子倒是不少，但女娃只有这个小幺。偏偏满妹不喜欢做女孩，自幼跟男孩子一样，喜欢打打杀杀，漫说女红，就是读书也坐不下来。没有办法，家里只好给她请了武林高手，教她习武，还任她玩枪打枪。待到谈婚论嫁的时候，满妹死活不肯。这回，家里不肯让步了，于是满妹自己逃了出来，隐名埋姓，浪迹江湖。到成都之后，她跟小红一见如故，然后在小红的安排下，在金堂开了一个武馆为生。由于她为人仗义，武艺高强，枪法又好，当地的袍哥堂口原是要让她做高一点的位置，但她就只肯做执事之中位置最低的十排。这回，发现了小红的踪迹，她就更是要在成都待下来了。

满妹进城，是为了找杨森的晦气，折腾折腾他，结果犯了小孩子的脾气，净搞恶作剧。但是，这种事儿不是玩笑，她这个人粗线条，又不谨慎，一来二去，作案作得频繁了，就被侦缉队嗅出了蛛丝马迹。

有一次，就在满妹夜里翻上高墙，进入疑似杨森公馆的一个院子时，几个侦缉队的高手就等在下面。满妹来不及掏家伙，就被五个武林高手围上了，眼看要被擒，只听"啪"的一声，为首的侦缉队头子脖子后面挨了一个瓦块，扑通倒地，其他人一惊，满妹拔出枪来，撂倒两个，翻墙就跑了。

第二天，可园戏台的后台，来了一个泼辣的妹子，一屁股坐下就不肯走。戏都散了，她还是不走，一句话也不说，别人也拉不动她。

戏园子里的人索性就不理她了，都后半夜了，戏园子连掉根针都听得见。妹子的双眼突然被一双手给蒙住了。妹子跳起来，回手一拳："就知道是你！"

不消说，来的是满妹，而蒙满妹眼睛的是小红。

"你干吗非要找我？"

"那天救我的是不是你？"

"妹妹，你闹大了，赶紧撤。"

"我就是咽不下这口气，竟敢把我们堂口给端了。"

"你们不是又恢复了吗？"

"你怎么什么都知道？"

"这是什么地方，四川各路消息总站，现在，我就是站长。"

"不行，我还得再弄点事儿再走。"

"你想弄什么事儿？"

"吓他一大跳，让他几天睡不安逸。"

小红想了想："这样吧，我来想办法。杨森最喜欢看《红袍记》，说里面的刘昌像他。《红袍记》里窦公见刘昌，有句台词，跟他倒是蛮对景的，是说他换一个地方又娶了一房妻子，就像一个石灰袋子，走到哪儿都要留个记号。我让扮窦公的老王到时候冲他说，让大伙笑上一笑。"

"这个，不解气。"

"那就这样。"小红贴着满妹的耳朵，放低声音，"《红袍记》结尾的时候，刘昌派了四个武士，捉拿虐待他结发妻子的哥哥，我们行里，玩花活儿的，四个武士追撵那人的时候，要变脸，还要喷火，当然，也可以追下台来。你就扮其中一个武士，待我们追到杨森身边，你就可以趁机拿走他的帽子，然后摘下帽徽，给他安上一个小王八。"

"那我不会变脸呀。"

"没事，还有几天，我教你。"

"对了，你在这儿不危险吗？"

"没事，不是有这么一句话嘛，大隐隐于市，戏班子里的人，跟我都特好，没事的。"

十、七爷娶妻

杨森大檐帽上的帽徽变王八，还是新娶的小妾发现的。在此之前，没有一个人告诉他，尽管发现此事的人还不少。甚至，他还戴着这顶帽子，去做了一次精神讲话，开了一次部下军官都参加的朝会，接受了与会者的一堆马屁。大家都看见了，但是谁敢告诉他呢？多一事不如少一事。

当学生出身的姨太太道破皇帝的新衣之后，尽管屋里的人都拼命憋住不敢笑，对于一个自命"领袖"的人来说，实在是太尴尬了。这一下，杨森可气炸了，找来警备司令部的司令和侦缉队队长，发现侦缉队长的脖子上还缠着绷带。被骂成狗之后，侦缉队长对杨森说："我们已经发现了作案者，但就要拿住他的时候，被人偷袭。看来，城里的反贼，还不是一个两个。"

丢人已经丢大发了，也就不在乎了。杨森召集部属开会，商议对策。

有人提出，最近督理尊严受损，问题的关键多半还在金堂，近在咫尺的金堂如果收拾不了，人心就乱了。

还有人出主意，说："小小的金堂，之所以如此张狂，肯定是有人背后撑腰，撑腰的人，看似是刘文辉，但八成是刘湘。我们派一些精兵，化装成土匪，去打他们一下，收拾掉离金堂最近的刘湘的一支队伍，金堂也就没戏了。"

这个主意很对杨森的胃口，前面扣枪的一箭之仇还没报，正好。

不久，刘湘的一个驻扎在靠近成都的营就遭到了偷袭，全军覆没，只跑了几个人。杨森占了便宜，还要卖乖，马上致电刘湘，说经他的人调查，是土匪干的，要求刘湘跟他一起联合剿匪。

刘湘这个时候有了一个谋士刘从云。这个刘从云是一贯道分支的孔孟道的教主，能掐会算，耳目众多，人称刘神仙。

刘神仙说："这个事儿，八成是杨森的队伍干的。四川的土匪，没有无缘无故袭击正规军的道理。"

又过了一天，刘从云说："可以肯定，这事就是杨森干的，杨森出了精锐的一个整团，为的，就是报扣枪的一箭之仇。"

可是，打了刘湘之后，金堂黄七爷那边还是动作不断。总有小股征粮的队伍遭到袭击，哨兵被摸，枪支的损失总是有。

在四川，枪比人值钱，哪怕是成都兵工厂的土枪，也比大兵值钱。原本成都兵工厂出产的枪械是要各个军头均分的，杨森下令，统统自己包了。由于害怕机枪被摸，他严令，各部队的机枪由长官亲自掌握，若有闪失，唯长官是问。害得各部队的长官，在常驻地都用铁链子把机枪锁上，钥匙自己随身带着。

军阀混战，打到1924年，中国境内的枪械已经相当多了。尽管西方各国出于中国军阀混战的顾虑，有武器禁运的政策，但架不住不法商人的武器走私。一战的剩余武器，通过各种渠道，纷纷来到了中国，加上国内几家正规兵工厂的日夜赶工，所以，到这个年月，连湖南都在淘汰省内制造的土造步枪。只有四川，成都造还在加班赶制。就算这样，好些部队，也是人多枪少，一个连百十个人，能有一半人有枪就不错了。杨森拼命地扩张队伍，新兵连一支成都造，都难以满足。

然而，参加朝会的各级军官们也出事了。最大的问题是他们随身带的手枪偶尔会丢失。有的军官为了掩饰自己的配枪丢了，干脆做了一支木头枪挂上，等到杨森发现，一查，麾下的军官已经有三支木头枪了。其实，他们都是被满妹袭击后，被下了枪的。

侦缉队队长说："这些怪事，多半还是跟此前那个人有关。若要破案，得跟当地的袍哥联系一下，请他们帮忙。"

杨森说："那是你的事儿，你去联系，让他们帮忙，告诉他们，若是不帮忙，别怪我不客气。"

侦缉队长当然不会有这样大的口气，但走了几个成都的袍哥堂口，拜会了若干龙头大爷，得到的回复都相当的含糊，没有一个人明确表示要帮忙的。侦缉队长偶尔对一位大爷发了一次火，第二天发现，自家婆娘出去买东西，莫名其妙地，头上的金钗就丢了；自家晚上出去找野鸡，那婆娘居然不接客了。他知道这里的名堂，于是，跟那位龙头大爷道了歉，送了一匣子点心。大爷说帮他找找，然后，婆娘的金钗就回来了。

至于金堂，倒是要有一件大事发生——黄七爷要娶小翠了。

小翠原本不想嫁给黄七爷。金堂虽好，黄七爷也好，但是，并不是她心中理想的对象。更何况，小地方太闷，没地方听戏，也没有地方耍，在这个地方待下去，活生生要被闷死，她还不到二十岁。但是，稀里糊涂跟着砸狱而出的黄七爷回了金堂，成都眼见得是回不去了，干脆就从了良，嫁人吧。

君子爱财，取之有道。君子好色，也好之有道。黄七爷碰着了，独占花魁，艳福可是不小。

龙头大爷要娶亲，金堂上上下下都在忙这个，披红挂绿，还有人准备了一排鸟铳，打算好日子的时候放。

这么大的动静，成都城里很快就知道了。杨森这回学精了，不从城里调兵，直接让驻扎在内江的王缵绪师调兵过来。

杨森不买袍哥的账，但王缵绪自己就是袍哥大爷，不能不江湖。让他打金堂，他是杨森的下属，命令不能违抗，但怎么个打法，却是他说了算。所以，他派了一个团，声势浩大地就开过来了，一边走，还一边放炮，放纵士兵抢东西。

这么大动静还不觉察，那就是哈儿。黄七爷喜事办了半截，见状只好收了，躲进山里，到山洞里入洞房，倒是也不耽误七爷快活。但对于小翠来说，心里有几多不爽，一辈子的事儿，一点都不热闹，寒酸得要死。

十一、二刘叔侄

刘湘吃了杨森的亏，一个营的兵力倒无所谓，乐意当兵的，被俘之后还会回来。只是，一千支步枪和两挺机枪丢了，让刘湘很肉疼。比起截下杨森那几千支步枪，他感觉自己亏了。直接打回去，时机不对，也未必能打得过。这种买卖，他这个巴壁虎可不能做。想来想去，他密令范绍增严查所有沿江运进来的武器，只要发现有杨森的，无论什么，都给他扣了，然后密令各个部队，提高警惕，加强戒备，严防偷袭。

就在这个时候，副官来报，说刘文辉来了。

刘文辉年纪比刘湘小一点，却是刘湘的堂叔。他是保定军校的毕业生，在四川，算是有洋学生范儿的人，现在盘踞着成都平原的西北半部，驻地宜宾。离成都不远的大邑，是他们两个的老家。两位虽是叔侄，但平时却并不亲。刘文辉的家境比刘湘家好，原本就存着一层隔膜。刘文辉进了保定军校之后，很看不起本省速成军校出身的土包子。四川的军头分为两个系统，一是速成系，一是保定系。四川整体上比他省更土，日本士官学校毕业的人屈指可数，而且没成气候。杨森跟刘湘是速成同学，早在清末的弁目学堂时，就已经是同学了。在杨森上位之前，刘湘跟杨森走得比刘文辉近，然而，面对杨森上台以来咄咄逼人的情势，叔侄两个开始变得亲密了。

刘湘在保路运动的时候已经是新军下层军官了。辛亥革命后，第一任四川都督尹昌衡是陆军小学校长，他的队伍大部分都是新军。当时由于革命党人利用袍哥，所以，嗨袍哥就是革命。所以，尹昌衡带头，四川军政界山堂林立，大家都加入了袍哥队伍。而尹昌衡，也就成新封的袍哥双龙头大爷。其实，他们这些袍哥，跟原来的袍哥不是一回事。刘湘也是这个时候加入的袍哥，属于新袍哥，后来慢慢做大了，在拉队伍的时候，得了袍哥的济，所以对袍哥就比较友好，不仅比拒不加入袍哥的杨森，而且比他后来才回到四川的小幺叔刘文辉，跟袍哥关系都要密切。袍哥大爷范绍增，还成了他的大将。

　　刘湘无论形象还是谈吐，都比较憨而且土，刘文辉则风度翩翩。对刘文辉这个风流倜傥的小幺叔，刘湘一直都有点自惭形秽的感觉。两人见面，不像一家人，反倒客客气气的，像两个陌生人。

　　跟以前一样，两人见面，都是刘文辉说得多。

　　刘文辉说："甫澄啊，这个羊子，实在不像话，一天到晚给我发公文，还要我参加他的什么朝会，还说这是北京政府的意思，还真的给我们当起主子来了。"

　　刘湘说："这个龟儿子，他也给我发文。"

　　"你猜我怎么对付他？我给他的公文上批了两个字——'放屁'，照样发下去了。"

　　刘湘笑了笑，指了指地上的字纸篓："你看，那里面是什么？"

　　"这个羊子，是个狼崽子。这个狼崽子，早晚得把我们都吃了。"

　　"就你这块骨头，他都吞不下，一定得卡死他。"

　　"我觉得，他先冲你下手的可能性比较大。要想吞并全川，首先必须成渝合体。"

　　"他看不起我，一直都看不起。上学的时候，他成绩比我好多了。"

"我看你比他强。甫澄，你这回得给他露一手。"说着，刘文辉做了一个掐死人的手势。

刘湘笑了笑："我们可能还得等等，等北京那边变了，这边才好变。"

两人咬了一阵耳朵。刘湘喊了一嗓子："开宴！吃完了，今天给你看看我们重庆的川剧班子的绝活，《闹齐廷》，大变脸！"

刘文辉笑道："变脸、变脸，咱们川人川军，就是会变脸，今天变过来，明天变过去，再加上一个闹，小闹、大闹，上面闹、下面闹。"

"待会儿让你见一个人。"

"让我猜猜，莫非是刘从云刘神仙，你的诸葛亮？"

"正是。"

"久闻大名。什么时候借我一用。"

"见刘从云，有漂亮的女娃作陪呦。"

其实，川中的将领，大概也只有刘湘重视刘从云，别的人，像刘文辉这样有点洋派的军头，对这种有着教主头衔、装神弄鬼的人，并不感兴趣。

十二、羊子野心

小幺叔和刘从云都认为，下一步杨森将拿他开刀。刘湘想到这里，还是有些不安。也许，让出重庆，会避免战火。他自己摇了摇头，没有了重庆，他这巴壁虎，就真的成了壁虎，一钱不值了。

送走了刘文辉，刘湘躺在躺椅里，一个最近喜欢的丫头在给他捶着腿。刘湘喜欢女人的方式跟其他人都不一样。他不喜欢左一个右一个地收在房里，一堆姨太太。他喜欢上一个，玩些日子，就送她一大笔钱给打发了。眼前的这个丫头，却待了有年头了，这是因为这个丫头喜欢夸他，而且夸得让他感到很贴切，夸得让他周身舒服。刘湘是个笨人，一路走来，很少得到夸奖，总是被人踩乎，身边有这样一个巧嘴的女子，挺让他放松的。刘湘最后死，就死在一个巧嘴护士手上。他养病的时候，睡了人家，然后答应将她送出国，但是，开出的价钱让这个护士不大满意。由此，被琢磨他的人钻了空子，借这个女人，套出来他跟韩复榘密谋反蒋的秘密。韩复榘被枪毙，刘湘则又惊又怕，恰在病中，翘了。

刘湘在躺椅上发呆时，杨森在成都体育场打网球，对手是他的督府秘书长。秘书长会打网球，也是他教的。那个年月，中国只有通商口岸租界里的洋人，再加上少数高等华人，才玩这个。但是，当年认识杨森的传教士也会这个，教会了杨森。这个体育馆是他的成都建设规划中的一个环节，因为他自己要急用，所以率先建成了。

跟诸多四川军头不一样，杨森虽然没有留过洋，甚至都没有出川去上过学，却是川军将领中最洋气的一个。人家穿长衫、袍褂，他穿西装；人家打麻将、推牌九，他打网球、骑马。那年月的将军，哪怕在军校学的是骑兵，也都喜欢坐轿子。有人的轿子还挺大，烟具和夜壶、马桶都能放进去。这样的轿子，可以在里面睡觉。行军打仗时，他们就让人用轿子抬着自己，打胜了还好，打败了，抬轿子的一跑，就可能当俘虏。但是杨森不一样，他始终都骑着马，骑的还不是四川的矮马，而是进口的阿拉伯高头大马。杨森最喜欢的女人，是女学生，当然，小红是个例外，因为他毕竟还是四川人，喜欢川剧。

杨森的个头很大，四川人中这样的高个子不多。他很有幸，在少年时碰上了一个喜欢他的传教士，传教士教给他很多东西。他这个人，从小就跟别人不一样，好奇心极强，对人家都怕的传教士，偏很亲和。要是没有传教士，他那个做典史的爹是不会让他考军校的。他爹爹虽然是个基层的杂佐小官，但多少也算是个读书人，觉得这个儿子很聪明，应该走科举之途，也为自己争口气。多少年来，他爹一直为自己是个武秀才而羞愧。

同样是先进弁目学堂，而后进了速成军校，刘湘想的是，毕业后能做新军的一个队官（连长），他就知足了，一个月能拿两百大洋呢！而杨森，却要做伟人。跟滇军打仗，他跟一堆川军军官都被俘虏了，滇军一个一个地枪毙，快轮到他了，剩下的人都筛糠了，只有他傲然挺立。不是他不怕死，而是他不相信自己会死，一个未来的伟人怎么会死？你别说，就看在他这股子牛气劲儿上，滇军饶了他一命。就这个机缘，他认识了黄毓成。黄毓成不仅拉他进了滇军，而且教给他好些在四川的军校学不到的军事学知识。

打完了球，杨森把双臂习惯性地一伸，副官就把外套给他轻柔地套上了身。杨森掏出一根香烟，秘书长马上划根火柴，给他点上。一只乌鸦从他头顶飞过，他瞬间掏出手枪，"啪"的一声枪响，乌鸦一头扎了下来。这就是杨森打完球必做的三部曲。成都的乌鸦多得是，打都打不完，万一一枪落了空，还可以再打一枪。他的配枪是一支漂亮的银柄左轮手枪。在川中军头中，杨森的枪法算是好的，不像刘湘、邓锡侯他们，自打官做大了，连枪都不摸了，只摸女人大腿或者大烟枪。

三部曲演完，杨森和督府秘书长进了体育场的休息室。两杯热热的咖啡端了上来。这个习惯也是传教士带给他的。传教士唯一没有带给他的，就是信教。

品着咖啡，杨森问秘书长："你说，为什么川剧有变脸，而别的剧种都没有呢？"

秘书长假装想了一想："卑职不知。"

"你妈卖皮，这都不知道，川人就好变脸哪。谁强，就都跟着他变。他倒了，再变一回。"

"卑职明白了。"

"这回，我要让他们再也不要变了，要让他们崇拜我一个人。"

"卑职明白，卑职就崇拜督理。"

"单让你崇拜不行，所有人，全川的所有人，都得崇拜我。不崇拜我的，就跟这乌鸦一样，不能再活。"

"对，不能再活。"

"可是，巴壁虎、多宝道人（刘文辉的外号）、水晶猴子、田冬瓜，他们还都他妈的不服从我！"

"他们不敢。"

"错，他们敢。等到我一统全川，他们才不敢。但是，在这之前，我得造气氛，气氛，明白吗？这得靠你啦。"

"卑职不明白。"

"宣传，一定要宣传。这是个新词儿，日本人造的新词，就是弄一个招数，让所有的人都崇拜我。这个事儿，得你来办。"

"卑职已经要所有城市、所有乡村都贴上督理的标语了。"

"这不够，不够，不够，远远不够！你到各个中小学，让他们组织中小学生到街上去宣讲我的建设规划，而且你还得拿出一部川剧来，写我的川剧，让全川都传唱，家喻户晓。剧名嘛，就叫作《领袖杨森》。"

秘书长点头如同鸡啄米："卑职这就找人去办。"

十三、小翠跑了

小翠要进城去耍，黄七爷作了难。要说不让她去吧，小小的金堂，实在太闷，没有好吃的、好耍的，几天下来，小翠就快要被闷死了。在成都生活惯了的女孩子，在别的地方是没法习惯的。但是，小翠这样一个叠翠楼的头牌，跟黄七爷走了，此事已经尽人皆知，她去成都肯定有风险，黄七爷陪着她去，几乎就等于送死。商议了半晌，最后决定让满妹陪着小翠进城，先化装成农妇混进城去，找个客栈躲起来，然后晚上出来，看看戏、吃吃东西，然后再回来。

开始一切顺利，然而，后来就完全失控了。

川军无论谁占了成都，城门检查都是形同虚设，杨森的兵也好不到哪儿去。所以，混进城去，易如反掌。进了城，成都是小翠的地盘，小翠在这里如鱼得水。但认识小翠的人太多了，尽管在暮色里，但一路逛过来，回头者不断。

小翠的露面没引起杨森侦缉队的注意，却被一个人发现了。这个人，也是小翠的老相好，新蜀报的记者华新之。一个有名青楼的头牌，不可能只有一两个相好。华新之是个读书人，大户人家的子弟。这么说吧，如果华新之肯娶小翠，小翠首选肯定是他。

见了华新之，小翠情不自禁，经过了一点点的犹豫，趁满妹一个不留神，就把她给甩了，然后两人拉拉扯扯，就钻进了华新之的住处。久别重逢，在华新之的寓所，两人烈火干柴，连衣服都没有扯光，就在椅子上做上了，事后，才想起身份的尴尬。尴尬就尴尬吧，已经这样了。小翠倒也是想起她们这行的一个禁忌：从良之后不能越轨。可是，她年纪太小，一冲动，就忘了。已经把事情做出来，也只好将错就错，小翠就待在华新之这里，两人同居了。

不幸的是，露了面的小翠，还是很快就被人发现了。惦记她的人还真不少，其中一个，就是被她拒绝的警备司令部的司令。

第二天，一次邂逅，二话没说，小翠就被警备司令这家伙给劫了。警备司令放了话，自己先走了。两个随从一拥而上，就把小翠带走。华新之只能跟在后面走，一句硬话都说不出。然而，在街角上，他们却被正寻找小翠的满妹发现了。满妹冲上去，三拳两脚，就把小翠救了下来。两个随从被打趴下了。

然而，被救下来的小翠死活不肯跟满妹回去了，说回去还不如死了。这里，也有一点不好意思见七爷的意思在里面。华新之喃喃地说，他想办法，可以让小翠在城里留下来。满妹有点生气，她也不会劝人，人不肯回去了，她有什么办法，总不能把两人都杀了。

督府秘书长接了任务，给学校派活倒是简单，写川剧本子却挺难。他到各大川剧班子去找人，但每个班子都说，他们只会演戏，编本子得找先生们。再一打听，满城只有刘麻子会编川剧，剩下的，就是尹仲锡以前也干过这个，但是现在年事已高，早就不动笔了。

刘麻子没地方能找到，秘书长先派人慢慢寻，托人捎话，说是此前的事儿一笔勾销了，请他先回成都。然后他再去找尹仲锡，尹仲锡干脆不让他进门，放出话来，说他岁数大了，无论如何都写不出来一个字了。秘书长满世界撒网，却碰到几个吹牛的秀才。他把人带回督府，好吃好喝招待，上等的烟土伺候，但是，那些秀才憋了若干天，一个字都没有，只好一人一顿军棍给打发了。

实在没办法了，秘书长组织人写了一本小册子《领袖杨森》。这几个人也都是前清的秀才，在小册子里，把杨森比作张飞，比作关羽，又比作吕蒙，都是三国人物也就罢了，还有黄三太、黄天霸这父子两个，吹得倒挺爽气，一丁点杨森所要的现代气息都没有。杨森一看小册子，马上下令毁版，民间反而流传开了。成都茶馆里，一时又有了新的谈资。大家说，杨森一身二任，既当爹（黄三太），又做儿子（黄天霸），不知何时才能做孙子。

不过，主马路修好了，成都的交通是方便多了。沿着主马路建起了好些大商铺，酒楼、饭庄加妓院都挪过来了。市面在修马路的时候，一阵慌乱，相当萧条，现在则又恢复了元气。但是，茶馆里摆龙门阵，却没有一个人说杨森好。刘麻子写的那些骂杨森的顺口溜，大家都在传——"马路已经修好，督理何时开滚？" "民房早已拆尽，将军何日开车？"明明白白，是要杨森快走人。还有人挂出了刘麻子写的一副对联，上联是"自古未闻屎有税"，下联是"于今只有屁无捐"。横批则是"民国万税"。成都人的嘴，真的不怕什么，除非刀砍到头上。不管茶馆老板怎样提示，莫谈国事，莫谈国事，但没有人理会。

就在这时候，里正拎着杨森的像，说是奉命在各个酒楼茶馆悬挂。

茶馆的人说："实在没有地方挂，如果非要挂的话，就只能挂门上了。"

茶客们轰然叫好，说："对呀，连门神都省了。"

里正打量半天，发现真的没地方可挂，只好在门楣上打个钉子，把杨森的像挂上了。然而，人们进来出去的，老是碰，还有人故意在杨森的脸上抹一把。没几天，杨森就没个孩子样儿了。像再挂几天，就破烂不堪了，就跟那些杨森语录一样，成了破烂纸片，在风中瑟瑟发抖。

　　然而，一队队的中小学生在大街上出现了，他们跟行人宣讲杨森的语录，宣讲杨森的十年规划。见路人都不停下听，他们就转战茶馆，但刚一开口，就被茶客们起哄，乱糟糟的，根本没法子讲。没过多久，这些学生娃子就被他们的先生叫回去了。因为作为校董的五老七贤，认为杨森这样干，干涉了学校的正常秩序，这是不能被允许的，自打前清以来，就没有这个规矩。军人，不能管学堂的事儿。

十四、袍哥之敌

刚做了几天娇客的黄七爷被甩了，心里很有些难过。然而，喝几顿酒，睡上几觉，事情也就过去了。男子汉大丈夫，哪里能老是儿女情长的。再说，黄七爷自我感觉，也养不住小翠那样的人，人家要走，就走好了。何况，金堂最近有了新的麻烦。

杨森突然出兵废了金堂的堂口，堂口的人自然同仇敌忾。但是，危机过后，小小的金堂，事实上处于跟成都的对立状态。一天两天的对立，人们可以忍受，但时间一长，金堂的百姓就有了新的麻烦。原本进成都的路，直接过去就好，现在得绕道，否则的话，成都就不让金堂的人进。进了成都，无论是干什么，做点小买卖，都不能透露自己是金堂人，否则，被人听去了，就会有麻烦。这些事儿，转过来，就都转化为对黄七爷的抱怨。

如果不是一件事情的出现，黄七爷的堂口对杨森的挑战，很可能慢慢被消解。黄七爷的舵主地位都有可能不保。袍哥的舵主可不是世袭的，得大伙推举。这件事情，就是杨森对自贡盐井的完全掌控。

在前清时节，自贡盐井的收益要占到四川财政收入的一半左右。进入民国，由于烟土收入的增加，其份额减了一点，但依然不小。这个收益，虽然分得并不均匀，也不公道，但大体上是要在几大军头之间分的。哪个做了督军，份额多一点，但也有限。然而，杨森一来，则独占了。他的独占，让其他几个军头大受损失是自然的。但是，此举顺便连民间的私盐途径，也差不多给都堵住了。

四川的土匪属于浊水袍哥。在几乎全民嗨袍哥之后，袍哥武装进入原来土匪的领地，土匪的领地被大大压缩。所以，民国时期，四川的匪患不仅不及山东、河南，甚至不及贵州。给他们剩下的空间，除了劫烟土、打劫外地的客商，就是贩私盐了。即便如此，也得跟众多袍哥堂口合作。所以，私盐也是很多相关袍哥堂口的一大进项。虽然私盐的贩卖会妨害井盐的公开销售，但在四川，就是得给人家留这么一条路。对于最底层的小百姓来说，没有私盐，他们就吃不起盐了。私盐被堵，好多地方的袍哥堂口都感到很愤怒。原来因为金堂堂口被端的愤怒，这回极大地被放大了。很显然，袍哥们的愤怒，就等于小百姓的愤怒。

收入大增的杨森，底气很足。他把自己的部队扩充为十个师，外加五个独立旅，超过了所有四川的军头。当时，内地的军头要想扩军，一般都是编不正式的补充团，如果要有正式编制，还需要争取陆军部批准。就算陆军部批了编制，中央政府也没钱发饷，你的枪械和薪饷还是得自己想办法。但是，像四川这样的地方，每个军头编多少部队，就看他的养兵能力和武器多寡，能编多少就编多少，中央政府不管，也管不了。

杨森唯一遗憾的是，他新扩充的队伍只能用成都土造步枪来装备，从外面进口的武器，过重庆这一关，一定会被截留。当然还可以从云南和关中这些渠道走，但一来山路崎岖，运输量太小，二来风险也大，沿途打劫的军人和土匪更多。

杨森跟刘湘之间的矛盾已经趋于白热化。刘湘堵截杨森的枪械，不仅是贪财，还因为他不能放任杨森势力迅速扩张。而杨森，不除掉刘湘，就不能一统全川。两边的人都知道，他们早晚得有一战。由于共同的利益，刘湘、刘文辉叔侄的二刘同盟已经形成。其他的军头，诸如刘存厚、邓锡侯、田颂尧、赖心辉之类，要他们参加打杨森，他们肯定不敢抻头。但如果杨森倒了，他们肯定会乐见其成。

刘从云又给刘湘提了一个建议——把贵州的袁祖铭拉进来。袁祖铭的队伍人数不多，却是一支劲旅，能打硬仗。其成员大多为云贵山里的惯匪，枪法好，人也剽悍，只要把大烟供上了，不愁他们不卖力气。当年西南的军阀，四川的兵，有一半是烟鬼，而贵州兵，则全部是烟鬼。烟鬼可是烟鬼，也只有犯瘾抽不上烟的时候很萎靡，过足了瘾，就生龙活虎。

为了拉袁祖铭入伙，刘湘准备了一吨上好的云土。鸦片这东西，不算进口的印度公班土，国产货中，云土第一。为此，袁祖铭来了好几次重庆，这个瘦骨嶙峋的大烟鬼，现在手头有点紧。

杨森把自己搞成了全川袍哥之敌，不仅清水，浊水的也算上。因为贩私盐，大抵是浊水的买卖，然而清水也有参与。断人财路，断人生路，是天下之大恶。只是杨森队伍太多，被袭击的部队，情况反馈不上来。好些队伍，比如王缵绪的那个师，就事事网开一面，跟袍哥打连连。有样学样，大家都照着学，只瞒着杨森一个。杨森政策的实际危害，除了盐政之外，落到地上，要小得多，但袍哥照旧恨他。

自己处于四处的敌意包围之中，杨森却浑然不觉。首先，手下的人不一定会告诉他。反过来，即使知道，他也不在意。他的发迹告诉他，称王称霸，靠的就是铁和血。只要他手里有最多的枪，再怎么霸道不讲理，别人也得听他的。不讲理、欺负人怎么啦，不欺负人，怎么能让人怕他？怎么显示出他的威风？对他来说，最爽的事情，莫过于明知道你不乐意、不喜欢、不想干，我就非逼得你假装乐意、喜欢，乖乖地去为我干。就算我到处拉屎，也得有人把这些屎都给吃了。你还别说，只要他的武力尚在，全川的袍哥一时还真拿他没有办法。

当然啦，要做伟人，他也知道，仅仅这些还不够，必须得有大成就，让四川现代化。洋人世界有的东西，四川也该有。不仅成都要有现代化的马路，现代化的商场、体育场、剧场，以后，自然还要修铁路，让川人见识一下火车。等他把这些杂七杂八的军头都灭了，他还要建海军、建空军，正经八百地做一个四川王。

其实，一旦做成四川王，就该想着称霸西南了。云南的唐继尧就是现成的例子。称霸了西南，就该想问鼎中原。在中原做了皇帝，就该想着自己是世界的主人。中国籍的强人，思维就是这样的活跃。

在心底，他其实并不彻底服气吴佩孚，如果条件成熟，他要超过这个现在的偶像。因为在他看来，吴佩孚太土，做事道德顾虑太多，关键时刻不心狠手辣，让众多草民做垫背，大事怎么可能成功？

但是，当年的袍哥就是要讲理的。否则，各地的堂口，舵主干吗要在茶馆为人评是非？不讲理，就不是袍哥，而是为人所不齿的恶霸。万事别不过一个理去，百事绕不过一个义字。

杨森这样的姿态，从根子上颠覆了袍哥文化。袍哥就是袍哥，不喜欢太强的强人，尤其是没理可讲的强人。跟上海的青帮不一样，全川的袍哥也没有一个领袖人物，各个堂口做各个堂口的事儿，其实就是过日子。

十五、七太太

　　伟人必须得有人崇拜，很遗憾，尽管杨森自己出马，同时逼着下属扯着嗓子造势，但就算是在成都，也没几个人崇拜他，怕倒是有人怕了，可也就是在大兵在场的时候。折腾了这么长时间，崇拜的气氛还是没起来。每次精神讲话，士兵们拍巴掌，像是例行公事，表情呆滞，没有一点发自内心的感动。甚至，尽管规定军官和公务人员要戴杨森的像章，但经常有人遗忘。各个店铺挂他的画像，迄今为止，没有挂好的。杨森这个伟人，忙活了半天，还没有个伟人样儿。

　　最可气的是，他要求军官和士兵背诵他的语录，下面汇报说，经过抽查，大家都合格了，百分之百都能背下来，但是等他亲自抽查，查一个露馅一个。背不下来还不是事儿，关键是背得七颠八倒的，意思都反了过来，比如"杨森说，不许抽大烟"，到了大兵嘴里，就变成了"杨森说，哪个能不抽烟"；"杨森说，不许裹小脚"，变成"杨森说，小脚的婆娘硬是好看"。

　　所以，他必须整顿，严肃整顿。下大力气，组织纠察队，定期巡查。在瓷质的像章没有到货之前，布制的像章也得佩戴。军官和公务人员，若有不佩戴像章，或者像章佩戴不符合规定者，一律免职，砸掉饭碗。让他们记得，是吃的谁的饭。各个公共场所和店铺，一定要挂好他的画像。店铺说没有地方挂他的像，店铺里不是有佛龛吗？佛龛里一般都是供奉着关公。关公既是成都的地方保护神，也是财神，更重要的，还是袍哥的祖师爷。在这种地方，把佛龛里的关公都撤了，摆上他的像，还宣称说是破除迷信。新政嘛，扫荡封建落后是必须的。对他的迷信，对他的崇拜，却是一定要有的。

经过扛着大刀、挎着盒子炮、高举杨森大令的纠察队的严厉整顿，情况大有好转，军官和公务人员干脆让自家的婆娘在外套上端端正正缝好了他的像章，只要出门，就一定披上外套。他们的婆娘比他们还要积极，出门的时候一定要先检查一遍，才放心让他们出去。各个店铺，原来的佛龛里的关公，现在都换成了杨森，只不过原来佛龛前面的贡品没了，杨森的像前也没有了香烛。

然而，成都人就是成都人，成都是玩乐之乡，成都人是玩乐之人，让他们这样政治化，实在太难。过不了几天，大家胸前的杨森像，有的开线，有的掉落。店铺里佛龛上的杨森像，则布满了灰尘，肮脏不堪。

杨森是个时髦的人，学吴佩孚，吴佩孚可是个讲究进步的人，所以男女平等也是写在杨森标语上的。不过，可能这个标语只是他从外面学来的，他并不大清楚里面的意义，所以，根本挡不住他左一个右一个地找姨太太。

他的姨太太不叫姨太太，就叫太太，正房叫大太太，此后依次二太太、三太太等。此时，不算小红，已经有了七位。这个杨森，对坏人家女孩儿的名节倒是不大客气，但是，对自己找到屋里的人，却很在乎她们的名节。所以，他不像一些军头，喜欢把妓女纳为小妾，他找的，大部分都是好人家的女儿。

第七位太太，是成都女子中学的校花。受过新文化运动熏陶的人，哪里会情愿做他的姨太太？但是，自己的父母兄弟都掌握在杨森手里，又被人盯死了，不由她不从。

别人讨姨太太，就是睡女人罢了，可他杨森不仅要睡，还要姨太太都崇拜他。嫁鸡随鸡，嫁狗随狗，这对于旧式女人不难，虽然不知道崇拜是怎么回事，仰望自己的丈夫没什么问题。但七太太怎么也别不过这个劲儿来，说什么也崇拜他不起来。一个女中学生，在当时就算知识分子了，时不时地还看点新小说，手边就有一册易卜生的《玩偶之家》。

在家里也端着的杨森，是越来越让七太太讨厌，从心里往外感到恶心。尽管杨森对姨太太一向大方，花钱随便，但是也抵不过七太太的反感。心生反感之后，看什么都不顺眼，连杨森的大个子，也成了让人讨厌的缺点——个子哈高哈高的，就像个苦力。

每次敦伦，杨森都是老一套，用西方人的话说，是传教士模式，只顾自己，完全不考虑对方的感受，七太太很被动。做爱之后，杨森倒是心满意足，可七太太心里都空落落的，感觉好像缺了点什么，好像非得做点什么，才能感觉踏实点。到底缺点什么呢？七太太自己也感到奇怪。要知道，这一年，她才十七岁，家境不错，使她发育得很好，杨森开发出了她的情欲，但使她感到不满足，甚至反感。尽管如此，七太太在面上并没有表现出来，她人很乖巧。

杨森的贴身杨副官，是个长相周正的老实人，却跟杨森不是同宗，是一个上过两年小学，因家境中落而辍学的年轻人。杨森的后宫，还是比不得真正的宫里，没有太监，贴身副官时不常地都能见到他的内眷。在此前的六房姨太太那儿，也从来没有过什么事。副官们都知道，杨森醋劲大，他的女人动不得，别说动了，就是有个一丝一毫的嫌疑，死都不会好死。

不过，有一天，杨副官在给七太太打门帘的时候，两人擦身而过。

杨副官年轻结实的肌肉，透过很薄的军服，隐隐可见，让七太太心里一动。

莫非，她心里空落落的，就应在这个人身上？

十六、关二爷的像

凡是政府额外提倡要办的事务，都可能是经办之人的发财机遇。办事，只要跟百姓打交道，对于操弄权柄的人来说，就是弄钱。

杨森的宣传攻势，给他管巡查的人一个机会，可以趁机敲诈。店铺旁边的标语破了，他们可以敲诈里正，店铺里杨森画像挂得不好，可以敲诈店家。敲诈敲上瘾了，大街上碰上一个人，就可以揪住他，让他背杨森语录，背不下来，就得挨揍，不拿钱，皮肉就得大受其苦。

有一次，出大事了。几个巡查队员横惯了，撞见一个进城买菜的老头，吃饱了撑的，居然也拉住这个乡下老头，非让他背诵杨森语录。老头连杨森是谁都不清楚，当然背不下来，但也不肯掏钱，这就挨了一顿拳打脚踢。没想到，老头不经打，躺在地上，一命呜呼了。

川人好事，在打人的时候就围了一群看热闹的。宣传攻势和巡查队早就让民怨沸腾，这一下大爆发了。几个巡查队员见势不妙，撒腿就跑，一溜烟躲进了警备司令部。然而，成都人的愤怒是真实的，好起哄也是天性，围观的人们成千上万，抬上老头的尸体，把警备司令部给堵上了。一传十，十传百，整个成都都沸腾了。眼见得，聚集的人是越来越多。

警备司令部的人先是出来说："巡查队是在执法，没有错。"这下，人们闹腾得更大了。他们只好出面说："这事得找督府，督府让我们怎么做，我们怎么做。"但是，人们就是围着警备司令部，因为肇事者逃到了那里。警备司令心一横，把机枪架上了，但人们还是不退。警备司令想想，没有杨森的命令，还是不敢开枪，就这么僵持着。辛亥年过去不远，大家对赵尔丰的事儿还有记忆。有枪的人，面对这么多示威的人，没人敢胡来。没有办法，警备司令部只好如实向杨森禀报。

幸好杨森还算明白，得报之后，马上下令把那几个巡查队员抓起来，当众枪毙，说让督府秘书长告知民众，自己从来也没有让老百姓背过他的语录，还把警备司令给暂时免职，下令给死去的老头一笔厚厚的抚恤金，才勉强把汹汹的民意给平息下去。

那个时代的军人，让他们向民众开枪，还是有心理障碍。当年的赵尔丰，也不过是在民众就要闯进衙门的时候冲天开了一阵枪，惊到了人，导致踩死踩伤几个，才被传成对民众开枪的。三人成虎，赵尔丰从此就被钉死在耻辱柱上了。后来赵尔丰被新都督尹昌衡欺骗，交出了队伍，尹昌衡说保证他的安全，结果反而杀了他。这事儿，是袍哥干得一件不怎么光彩的事儿，只是那时的尹昌衡刚嗨袍哥不久，实际上是个新军头目。从此以后，赵尔丰家的后人有了一个新的家规，再也不跟四川人来往。

卖菜老头事件出来之后，满妹进了城。城里的袍哥大佬对于杨森的让步还挺满意，一股子沾沾自喜。但是满妹不干，她说这还不够，差得远。因为她看见茶馆和店铺的佛龛里，原来关二爷所在的地方，现在放上了杨森的像。

满妹对大佬们说："关二爷是我们的祖师爷，祖师爷的地方被杨森占了，怎么能忍？"

其实，店铺里的关老爷，严格来讲，不是袍哥的祖师爷，其真面目是财神。但是满妹就是要这么说，也没有人能反驳。

满妹要求以大佬的名义跟杨森交涉，要他把画像撤回去。大佬们你推我，我推你，谁也不肯出头。但是，满妹不肯退，说得又义正辞严，特别在理，祖师爷的事儿，谁敢说不管不问呢？最后，实在被逼得没有办法了，仁字号堂口的双龙头大爷就请人写了一封语气特别缓和的信，乞求杨森把关二爷的地方还回来，可以另找地方悬挂杨森的像。

信发出去之后，杨森根本就没有搭理，连回信的意思都没有。他的新政，挂他的像，在他看来，属于一个事关他核心利益的措施，轻易不会动的。成都的袍哥，也就这样了。

然而，过了两天，杨森的督府大门上，有个纸条被一把匕首扎在上面。纸条上歪歪斜斜地写着："限你们三天之内，把各个店铺、茶馆里关二爷的地方腾出来。不然的话，给你们好看！"

卫兵把字条拿给杨森，杨森一笑置之。

三天过去了，第四天早上，成都街巷上几支巡查队先后遭到了袭击，子弹都不知道是哪儿飞来的，巡查队员不是被打掉了耳朵，就是被打瘸了腿。

然后，然后的问题很严重，再也没有巡查队敢出来了。

杨森生气了，认定就是袍哥干的，派人去仁字号的堂口拿人，但早已人去堂空。派侦缉队下去查，也没有个头绪。

第四天过去，警备司令家里出事了。司令回家，发现家里门窗敞开，他的婆娘，头发被人剪了个乱七八糟，捆着扔在床上，嘴里还塞上了一团抹布。问她是谁干的，她只会哭嚎，一句话都不说。家里的仆人都不见了。卫兵则被捆成了粽子，丢在门边上。

第五天过去，连杨汉域的女儿也遭了道，头发也没了，被捆着丢在阴沟里。家里的保姆跪在旁边，就知道哭。人家还放话了，再不撤画像，就割掉杨家军所有女眷的鼻子。写这话的字条，就用匕首扎在督府的大门上。

这一下，可把这帮女人吓坏了。成群结队的官佐家属，都跑到督府来哭闹，这一拨走了，那一拨又来，让杨森烦到要死。连杨森家的几个太太都给吓得不敢出门了。侦缉队长快被骂死，只好躲在家里不出头。

第六天，杨森在众部下的哀求之下，只好悄悄下令把店铺和茶馆里的杨森像给撤了。各个街坊的里正，在撤掉杨森像的时候，脸上堆着的都是笑意，把杨森的像换下来后，就顺手丢在阴沟里。看着失而复来的关二爷，茶客们纷纷多付了一份茶钱。

其实，事儿都是满妹干的，她当然有帮手，越干，帮的人越多，可是跟成都的袍哥堂口真的没什么关系。只是，事儿做出来之后，大家都以为是成都袍哥堂口的手笔，他们也不好否认。他们最初的反应，是赶紧躲起来，避避风头，回过头来，却又靦着脸装英雄，人家夸他们是好汉时，就默认了。当然，满妹也不在乎功劳被他们拿走，只要他们不出来坏事儿。

碰了壁，杨森还是觉得不是宣传有错，而是宣传力度不够，有人裹乱，才会有这样的结果。

吴佩孚出头，是利用媒体。当年五四运动的当口，吴佩孚一个小师长，天天在报纸上露面，痛骂卖国贼。从此以后，吴佩孚就成了媒体的红人，是媒体把他捧成了爱国大英雄。这一段，吴佩孚没有跟杨森说过。杨森这个洋气的土包子，也就没有效法。他就是想效法，四川也没有几张报纸，而且，他也没有什么跟爱国有关的事儿值得报纸去追捧。吴佩孚的起飞，是因为正好赶上了五四运动的风口。

事实上，此时的杨森对于报纸基本上没有感觉。他的宣传攻势，缺了报纸的忽悠，至少在外面的人看来，动静就不大。所以，杨森这样的折腾，四川之外几乎没有人知道。

其实，杨森是很在意四川的舆论的。四川的舆论场就在各处的茶馆里，这个他杨森是知道的。但如何占领茶馆这个舆论场？他此前采取的画像策略，是让人们喝茶就看到他的像，然而，又碰到袍哥的铁壁上，让他感觉有点泄气。但是，既然要做伟人，这个事儿还是得做。杨森想来想去，觉得要追求效果，还是得编一个川剧，传唱开来，这样他的威名就可以得到民众的认可。他就不信，这么大的四川，就找不到一个写本子的人。在他看来，只要吹捧他的剧一上演，锣这么一响，茶馆里的人们就都会谈论他了，兴许，老百姓就都会把他当关公或者诸葛亮那样景仰了。

巡查队惹的事儿，传到成都之外，就变成了杨森部下当街打死人，然后对民众开枪。人们甚至传说打死了多少多少人。这样一来，杨森不就成了第二个赵尔丰？

金堂的人很愤怒。红旗老五甚至提议要联络成都平原上的各个堂口，围攻成都，说是川外的老百姓都可以练红枪会，把军阀们的部队搞掉了不少，听说现在军人已经怕了红枪会了，他们还有枪，为何就让杨森这样欺负？

黄七爷听了，觉得有理。能不能攻下成都，是一回事，但哄他一下，羞臊羞臊他，总是可以的。

袍哥人家，说干就干。黄七爷亲自出马，到处游说。但是，义愤归义愤，真干是真干。骂杨森，无论谁都跟着骂，真要出人出兵围攻成都，大家就都顾左右而言他，支支吾吾了。毕竟，袍哥的豪气多表现在灶门口一带，个对个地捅刀子还行，但大规模作战，都没有练过，大家对于跟杨森真刀真枪地对阵，还是打怵，哪怕黄七爷说"我们不真打，做一次示威一下"，大家还是瞬间变成了哑巴。

黄七爷很沮丧，觉得袍哥弟兄平时天天讲忠义，怎么到了关键时刻，就都拉稀摆带了呢？妈了个卖皮，你们不去，我去。于是，他拉上一队弟兄，走到成都城下，向上放了几枪，然后大摇大摆地撤了。城上的守军，有的倒是听见了枪声，但等他们慢腾腾地反应过来，城下已经没有人了。守军还以为是有人家办事情放鞭炮了呢。

其实，袍哥原本就是脱离了宗法社会的人自发组织起来的一种互助组织，叫天地会、三合会、洪帮、袍哥，都无所谓。只是，这种组织跟纯经济性的会社有点不同，带有一些邪性，有时候为了维护团体的凝聚力，会用私刑。所以，清朝的时候，他们是被镇压的对象。即便如此，他们也不是像后来说的那样，有反清复明的宗旨，旨在推翻满清统治。袍哥在清末零星的造反行为，都是被朝廷逼的，或者是革命党人鼓动出来的。自打清末保路同志会起，参加同志会的袍哥武装真正跟清军较量的，也是闻所未闻。在民国，大批乡绅加入之后，袍哥武装的自保性质就更明显。所以，让他们拉出来跟一个实权的军头刀对刀、枪对枪地干，在当时，根本就没有这个可能。

十七、税收问题

跟北洋时期其他地区一样，除了厘金之外，四川也采取包税制的征收办法征税，就是把应收的税，统一包给包税人，先让包税人把税交了，然后包税人怎么把税收上来，政府就不管了。所以，在民国的北洋时期，包税人往往是地痞、流氓，或者养一堆流氓、痞棍。

然而，在四川，包税人就是袍哥的人，不跟当地袍哥堂口合作，税就收不上来。时间一久，包税就几乎成了袍哥堂口的事儿。袍哥一边保证老百姓要交税，一边要跟当局讨价还价，遇有灾害，就得减免，特别的是，不能随便加税、随便摊派。包税人倒是还在，但已经蜕变成了一个小角色。在这个过程中，袍哥大佬有没有好处？当然会有。

不消说，这样的袍哥高度参与的税收方式，跟杨森的宏伟大业的资金需求，构成了尖锐的矛盾。尽管他修马路搞拆迁不给百姓拆迁费，但诸多大工程所需的经费，却是以前的成都当局所没有的。在当年，修条马路、建一个体育馆，就是大事了。

四川没有属于中央陆军部的军队，各个军头的部队，理论上都是省属的，但是他们的经费都是自筹的。其他省份，割据一方的军头，经费虽然自筹，把割据地方的田赋，盐税和厘金以及各种杂税都囊括了，只要占了一个地方，首先就把税务局和厘卡的人换成自己的，但是可以堂而皇之地向省政府催要军饷。四川的军头不这样干，就在自己的地盘上搜刮，自收自支。所以，谁做督军，也不会有人向他要钱。反正谁占的地方大，地方肥，弄的钱就多。眼下，明显杨森占了大头。至少，在传统的财政来源上，他是第一号大金主。

杨森事事学吴佩孚，但吴佩孚跟其他的军头不一样，不给自己家族弄钱，而且约束直系将领，都不给自己捞钱，也不娶小老婆，不在租界盖房子，不在外国银行存钱。这个杨森却学不来。他过着奢侈的生活，小老婆一个接一个地娶，有钱也往租界的外国银行存，做了一省督理后，这种奢侈，更加变本加厉。杨森这样，他下面的将领当然也有样学样，大家比着来。现代工程搞得越多，下属弄钱的机会也就越多，所以，这部分靡费的支出根本就没法减下来，反而多了。

当然，更费钱的事儿，是杨森的扩军。尽管有了自贡的盐税收入，这样规模的扩军，还是让杨森的财政负担不堪重负。尽管扩张的新兵基本上不发兵饷，连老兵的兵饷也有一搭无一搭的，不给人起码的待遇，却要求人家无限崇拜他、感恩他，有点没道理。但是，杨森认为吴佩孚的兵待遇也不好，为何那里的兵可以崇拜吴大帅？他不知道，吴佩孚自律甚严，有表率作用，而他根本就做不到。人都看不到自己的短处，作为一个自负而强悍的人，就是要他的兵没有好待遇，也得崇拜他。最关键的是，无论兵怎样养，都得养，伙食还是小事，军械弹药则是一笔大的开支。

无论崇拜有没有道理，能不能建立起来，各种开支的增加使得杨森的横征暴敛达到了一个新的高度。为了扩大税收，他一上台，就取消了包税制，而采用直接征税的办法，在各地设立新的税务机构，直接征税，不仅直接征田赋和杂税，还要把厘金局也囊括进来。

然而，这事儿在成都以外的地方还真有难度。因为即使是杨森的部队，驻在一个地方，也会插手税收，包揽厘金，所以对这样的改革，他们阳奉阴违。于是税务所要么建不起来，要么就是建起来之后征不来税。用军队直接征收，成本太高，而且征来的钱不多。没办法，只好暂时算了。

但在成都，他的眼皮底下，却搞成了。不仅税额增加，而且开征了许多新的捐税，比如对大粪征收的"卫生费"。"卫生费"虽然因农民不进城挑粪而无声地取消了，但其他苛捐杂税还在。关键是，因为这样的税收办法，使得袍哥堂口实际上丧失了官民之间的中间层的地位，威信大损。

受关二爷复位事件的鼓舞，成都的袍哥堂口联合起来，开始争取他们的包税权利。显然，合法和平的请愿，杨森是不加理会的。袍哥们也跟满妹学会了使用变异的武力对抗，只是烈度要低一点。

渐渐地，各个街坊的税务所的税腿子们，每个人的家人都有了麻烦，遭到了邻居的冷眼。人们开始对他们挑毛病，鼻子不是鼻子，脸不是脸。当然，这他们还能忍。不久，事情升级，出来征税的税收人员不是挨闷棍，就是被套上麻袋挨一顿胖揍。一个税务所的所长特别顽固，让局长给他配了两个大兵，坚持收税，结果他和卫兵不仅被人套上麻袋挨了揍，脑袋上还被扣了一个屎盆子。大兵的枪倒是放在那里没有丢。渐渐的，征税人都不敢出来了。成都的税收，在一个月内，征税量为零。成都税务局兼厘金的局长，是杨森的一个有兵权的侄子兼的，即便如此，也是毫无办法。

杨森到各个堂口抓人，又抓不到。成都的市民自发地出来庇护这些袍哥大佬。若是派出军队挨家挨户的收税，就成了大规模抢劫，非惹出大乱子不可。没有办法，杨森只好妥协，成都的税收还是回到了过去，恢复了包税制。老百姓有了实惠，而袍哥堂口也恢复了威望。

在杨森上台之后，一直灰头土脸的袍哥大佬们第一次有了笑脸。他们心里明白，能有今天，亏了满妹，不抄满妹的作业，哪里会有今天？

十八、七太太出轨

自打巡查队出事，袍哥逼退店铺的画像，以及税收改制受阻之后，杨森多少低调了几分。他的野心收敛了吗？当然没有。不仅对他的崇拜工程仍在继续，一统全川的作战计划也在进行中，宣传他的川剧还在找人写，只是这个事儿不再张扬了。是不是憋着一炮走红，不知道。

督府秘书长托人找到刘麻子，许诺的润笔费用从两千一直涨到一万，这在当时已经是巨款了，没有哪个文人可以抵抗得了这样的诱惑。但是刘麻子拒绝了。当然，刘麻子面对这笔巨款也不是没动过心，但仔细想了一想，这样昧着良心的事儿实在干不了，只好拒绝。他没办法把自己此前说的、做的都收回来。刘麻子是文人，但也是袍哥，而且是袍哥中讲究公道的人，正义感浓浓，碰到这样的诱惑，自己也缺钱花，但也只能这样选择。秘书长也想过，派人把刘麻子绑来，逼着他写，后来一想，这样即使写出来了，效果也不好。秘书长没办法，只好找别人，重赏之下，必有勇夫。下面的人在万县找到了一个乐意干的，据说也懂戏，而且写过本子。一千元的定金已经撒了出去。

杨森也越来越忙了，频繁地外出，巡视部队。杨森不在家，家里的众位太太都挺忙活，频繁外出吃饭、购物。七太太却不出门，在家里宅着，无聊地翻看着一本早就看过的小说。《玩偶之家》里的女主人公，觉得自己是丈夫的玩偶，而她，不更是玩偶吗？人家好歹还是一夫一妻，她这像什么？一个妾，小老婆，偏房，一个笼子里的金丝雀。

杨森是个武人，还是粗了点，不知道有些小说是不能让自己的家人，尤其是年轻的姨太太看的。

七太太在躺椅上看书，心里像长了草，眼睛却时不时地瞟着外面。杨森的姨太太是每个人都有一栋房子的。这天，整个杨府，太太们都出门了，丫鬟们也躲了清净，后花园显得很静，静到掉根针都能听得见，只有园子里的鸟儿在不停地叫，显得园子更加幽静。

七太太喊了声："杨副官！"

声儿不大，但杨副官听到了，他悄没声儿地走了进来，双手垂着，站在一边。

七太太站起身来，拿着一本小说，神经质地在地上走，走过来，走过去，一边走，一边跟杨副官讲着《玩偶之家》里的情节，也不管杨副官听不听得明白。七太太只穿了一身丝织的旗袍，很合身，旗袍裹在身上，曲线毕现。用当时的话说，七太太的身材很洋派。

杨副官也没有闲着，他瞟了一眼，发现七太太没有穿内裤，臀部一点内裤的印儿都没有。开叉的旗袍，随着她的走动，露出颀长、白皙的大腿，不断地耀着人的眼睛，看起来白嫩得吓人。

杨副官觉得自己不该长眼睛，但又忍不住不看，即使强迫自己闭上眼睛，一会儿又不得不睁开。看一眼，再看一眼，直到眼睛直直的，不能动了，好像长在了七太太身上。

杨副官所有的动作，都在七太太眼里。一丝不怀好意的笑意浮在了她的脸上。她停了下来，缓缓地吐出了几个字："我的旗袍好看吗？"

杨副官有点走神："嗯，嗯。"

"到底好看不好看？"

"好看，好看，好看极了。"

"我好看吗？"

一阵儿沉默。

"好看不好看？"

"好看。"

"那你看着我！"

"不敢。"

"看着我！"

杨副官抬起了头，感觉七太太的眼睛正在盯着他，眼睛里似乎像有一个钩子，勾得他魂儿都飞了。

杨副官感觉到了危险，硬撑着，赶紧跑了出去，到了外屋，深深地呼了一口气，这时候他才发现，自己的大腿根上湿漉漉的，裤裆里湿了一大片。

糟，跑马了。

还没来得及去换裤子，杨副官一屁股坐在外屋的椅子上，脑子里全都是七太太诱人的身影。他用手死命地掐了自己大腿一把，总算醒过味儿来。

"该死，该死！我怎么这样，要了命了。"杨副官低低地嘟囔了一句。又过了一会儿，脑子不听话，又转到了七太太身上。

幻觉，再一次俘获了他的身心。

"能摸一把，死也值了，摸一把，摸一把……"他呻吟着，出了声。

"摸谁一把呀？"

杨副官冷不丁醒过来，眼前站着的，正是七太太。一股妙不可言的体香，熏得他睁不开眼睛。

七太太看着他，慢慢地转身，她的眼睛告诉他，跟着她走。杨副官站了起来，身子就像是被人牵着，跟着七太太走进了内室。

这一回，他可是不止摸了一把。

十九、小红出走

在可园的小红，越来越让尹仲锡感到不安。原本，他是想让小红暂时在可园待一下，然后就把她转移到别的地方。但是他发现，小红一旦住下来，就不想走了。虽然没法像以前那样做主角，唱大轴，但偶尔装扮得严严实实，演个龙套，这丫头居然也乐不得的。再闲了，可以到后台跟打鼓佬学打鼓，几天下来，就打得像模像样。

按说，打鼓佬在戏班子里的地位很高，传说是梨园行祖师爷唐明皇传下来的位置，不能随便跟人传授的。但戏班子里的人都认为，小红这辈子可能再也不能唱戏了，玩就让她玩玩吧。后来，小红虽然没有改行做打鼓佬，但打鼓这门绝技，却在演三国戏骂曹的时候派上了用场。小红演的祢衡，击鼓骂曹，那段鼓技真的像《三国演义》上写的，有金石之声，震人心魄，多少年之后，还在梨园传为佳话。

当尹仲锡发现小红跟满妹搅到一起之后，就更是心惊胆战了。通过自己的渠道了解，他知道满妹是金堂堂口的老幺。而金堂的堂口，现在已经在跟杨森为敌。毕竟他尹仲锡有一大家子人，如果被杨森发现，那可不是玩的。

没有办法，他只能跟小红摊牌了，要小红跟他去上海，离开这个是非之地。小红想了想，就答应了。于是，几天之后，为了更保险起见，尹仲锡通过关系，拿到了一个去重庆办理公务的特许令，要把小红装在自家的马车里，离开成都。行程一切顺利，他们上了车，穿过大街小巷。然而，就在他们通过城门的时候，突然被从阴影中闪出来的侦缉队长，带着一帮人给拦住了。

侦缉队长走上前来跟尹仲锡打招呼："尹昌老，要出远门？"

"出去走亲戚。"

"我知道，我这是奉命给您老送行来了。"

"不敢劳动，让开吧！"

"劳驾尹昌老让我们看看您的马车。"

"胡闹！里面都是内眷。"

"真的是内眷？"

侦缉队长努了努嘴，几个侦缉队员不由分说，推开赶车的人，哗啦一下扯开车帘，却发现里面什么都没有，别说人，连包袱都没有一个。

侦缉队长一脸的尴尬，连忙拱手："得罪，得罪！"然后倒退着，带着人慌慌张张地转身跑了。

侦缉队长对于小红在哪儿，倒是一点消息没有，但他们确实发现了满妹在可园出入的踪迹，待发现尹仲锡居然通过关系索取公务办理的特许，就认定这里面一定有猫腻。按理，这又不是战时，像尹仲锡这样的人，想进出城，直接走就是。所以，他带人一路上跟踪尹仲锡，发现此老神情紧张，由此断定，满妹多半在马车里，才贸然查车的。

小红去哪儿了呢？尹仲锡有点摸不着头脑，但事已至此，只好真的出去走一回亲戚了。

小红此时已经到了金堂。上车之后，尹仲锡都没有觉察他的马车底下有一个活门。在侦缉队注意力都在马车上的时候，小红已经悄悄移到了马车底下。见车厢里没有人，侦缉队的人尴尬得要命，哪有人会注意车下面。待侦缉队逃了，她也趁着夜色溜了出去。而马车，则是这几天她偷偷改造的，就是在马车的底部撬开了一块板子，用毯子遮上。小红的意思，即使没有人盘查，她也得悄悄溜走，她可不打算跟尹仲锡去上海。很简单，她不想成为尹老的累赘。

满妹见了小红，高兴得直跳。两人一连吃了好几碗担担面、红油抄手，再加一大盘回锅肉。

吃饱了，小红抹抹嘴说："我这回得见见黄七爷了吧？"

"见他做什么。上次你来，他还要开香堂逼我把你供出来呢。"

"又在背后揭我的短。"黄七爷不知什么时候，站在她们后面了。

小红一拱手："七爷，走投无路，投奔您老来了。"

"你这是羞臊我。"

小红拿出一对铁球："这是我给您老淘来的。"

自打堂口被端，七爷的一对磨得光光的铁球就被杨森的人给缴了，他到现在还没有球玩呢。见到这一对铁球，七爷乐得嘴都合不上了，连忙大叫："上菜，上菜！回锅肉、灯影牛肉，多放油，再来一壶好酒，我有客啦！"

满妹说："我们都吃过了。"拉上小红，就一溜烟走了。

几天之后，小红去了重庆。走的时候，满妹给了小红一封信，说必要的时候，可以拿着这封信，去找她们家在重庆开的公司。

二十、赌场陷阱

小红走了，黄七爷出事了。黄七爷作为舵主，是个很仗义、很正直的人，为人公道，也很有人缘。但是，他也有毛病，作为男人，他有点好色。这倒问题不大。但是，他还好赌，不是搓麻这种小打小闹，而是喜欢赌大的。他特别喜欢上成都来赌，每次都输得精光，但下次还来，因为头几次赢了，后来虽然老是输，但总觉得有机会翻本。只是，七爷还不神经，不会脱了裤子下注，为了挣够足够的钱，每次时间间隔要长些。就因为这个毛病，黄七爷一直很穷。

照袍哥的规矩，家里没有足够的家产是不能做舵主的，因为舵主要有很多的应酬，得招待来往的袍哥。但金堂的人就是不肯换舵主。当地的士绅也乐意给七爷出应酬的钱。

跟杨森闹翻之后，按道理，黄七爷不能再去成都了。朋友们，尤其是满妹，也觉得这下能把他的毛病治一治，也是好事。其实，天下的赌场都是坑乡下人的地方。黄七爷此前实际上是被赌场的人坑了，他们开始让你尝到点甜头，而后就出老千，把你剥光。黄七爷不笨，平日在家也经常赌钱。但是职业的老千，其手法，绝对不是一般人可以看破的。然而，上了瘾的黄七爷不明此理，瘾上来了，心里一痒，还是要去赌。满妹一个不留神，就让他溜进了城。

说起来，赌场的庄家也是袍哥，但是，四川几乎是全民都嗨袍哥，袍哥的流品就杂了，什么人都有。好人进了袍哥，坏人也进来了。同为袍哥，人品可是杂七杂八，好的差的，能有天壤之别。七爷常去的这个赌场的庄家，就属于袍哥中下三滥之辈。哪个地方都有下三滥的人。对于那些下三滥的人，即使有袍哥的规矩在，也未必能约束得了他们。黄七爷冒险来赌，就是输光了，其实庄家也弄不了多少钱，因为七爷不是个有钱人。但是，这个黄七爷可是杨森悬赏一千大洋的人，听说最近赏格已经升到了两千。当年的两千大洋，可是一笔巨款。这一阵儿，黄七爷的大名可是江湖尽知。

看到黄七爷竟然冒险又来了，赌场的庄家食指大动，看着黄七爷，就像是看到了一摞白花花的大洋。出老千坑人的庄家，缺德事干得太多了，所以见钱眼开，眼开了，就合不上。

庄家很想拿到这笔赏钱，但又怕被袍哥知道了，自己要被处置。要知道，袍哥对于同道告密，可不是三刀六洞的事儿，处罚的手段非常残忍，会被一刀一刀凌迟。然而，想钱的人往往记吃不记打。自打有袍哥起，告密的人就没有断过。再怎么处罚，这样的人还是会冒出来。不然的话，清朝的时候，怎么会有那么多的袍哥组织被破获呢？

庄家的小兄弟看出了东家的心思，就告诉东家："这事可以嫁祸到另外的人头上，找一个倒霉的赌徒，让他去告，然后我们把赌徒做掉，拿他的赏金，这样，就一举两得，既得了钱，又讨好了袍哥。"

庄家就真的做了，只是他把小伙计的计划改了一点。他找了一个输得底儿掉，恨不得把裤子都押上去翻本的赌徒，装作好像是无意的，把黄七爷的事儿透露给了这个家伙。他料定，赌徒拿到这笔钱，还得来赌。

这个家伙知道消息之后，其实也不是没犹豫，但赌瘾等于毒瘾，翻本的心太切，赏金的诱惑也太大，一狠心，就真的跑到警备司令部，把黄七爷的踪迹给告官了。

这一回，黄七爷破天荒地赢了，第一天赢了，第二天还是赢，而且赢了又赢，手气特好，押什么什么赢。黄七爷还以为他终于时来运转了。看着身边叠起来的光洋，七爷什么都忘了，一个心思下注，连上衣都不知什么时候脱了，别说配枪，连那一对铁球，也不知什么时候搁下了。他哪里知道，这都是庄家安排好的。当杨森的人来抓他的时候，他是手无寸铁，等醒过味来，人已经被死死地拿住了。

第三天头晌，黄七爷还没有回去，满妹知道，多半出事了。

那个告密的家伙得了钱，当然还得回到赌场上来。尽管拿了这么多的钱，他却一输再输，不到一天，赏金已经所剩无几，本没回来，出卖人的血钱也没了。然后，他就被庄家出卖给了正在找黄七爷的袍哥。

告密的家伙完蛋了。庄家找了个机会，顺便把自己的小伙计也给做了，看起来天衣无缝，天知地知无人知。他心里有点忐忑，但点钱的时候，就什么都忘干净了。

当满妹证实了黄七爷失踪的消息之后，第二天夜里，她就潜入了成都。抱怨归抱怨，没办法，还是得二次营救黄七爷。这回成都的堂口非常配合，利用了所有能用的资源打探消息，折腾了一圈，只知道黄七爷没有死，但也没有关在监狱里，而是单独关在一个秘密地点，无论如何都查不出来，还听说，如果等过一阵消停了，可能就会处决黄七爷。

成都的袍哥查不出来，满妹当然也没有更好的办法查清黄七爷的下落。人都找不到，怎么救呢？但是，人无论如何都是要救的，没有办法也得想办法。

这个时候，一个袍哥大爷给满妹出了一个在当时看起来有点馊的主意。

二十一、朝天门码头

小红不想去上海，她还想唱戏。关键是，她不想拖累尹仲锡。据说上海的物价高，开支可是不小。让尹老养活自己，太难为情了。她要唱戏，自己养活自己，现在也只能去重庆碰碰运气。因此，她拒绝了满妹和黄七爷留她在金堂的好意，一个人去了重庆。那里倒是有熟人，原来戏班子里的师兄、师姐，在重庆的还有好几个。实在不行，她还可以找满妹的家人，但是小红暂时还不想这样做。

小红是川剧的美艳天后，名头在全川都很响。戏班子到处卖艺，哪儿不去呢？川剧又是四川人的流行歌曲，下至贩夫走卒，上至达官贵人，哪个人不会唱几曲川调？有点钱的人，喝酒的时候，一人唱，众人和。重庆挑活儿的棒棒都会吼几嗓子。原本对小红被杨森娶走，大家都感到非常遗憾，但是现在她跑了，好些人又觉得她不应该，干吗好日子不过呢？慑于杨森的淫威，重庆的戏班子没有一个敢请小红搭班的。

这个事儿让重庆码头的袍哥，尤其是一个双龙头大爷，感觉很是不平。谁不知道小红是被强娶的，杨森的混蛋，众所周知。作为一个还算正直的袍哥大爷，他的同情，是在小红身上的。

于是，在朝天门码头，小红遇见了早就在这里等候的范绍增。川剧天后被隆重地迎接到了义字号堂口。一个隆重的欢迎仪式过后，大家下馆子，吃饭，喝酒。

范绍增此时虽然已经有了官方身份，但他依旧是个袍哥的双龙头大爷。杨森蔑视袍哥的行为，范绍增是很不以为然的。杨森霸占了小红，从开始就令他感到不平。范绍增的外号叫范哈儿，平时一副傻傻憨憨的样子，但为人仗义疏财，敢作敢为。对他来说，百万家私是可以随手扔掉的，再大的官儿，也是可以立马甩掉不做的。就因为这个，别人不敢跟小红接触，他偏要来请她吃饭。再说，作为一个好色的男人，怎么可能对川剧天后无动于衷呢？

接下来的几天里，范绍增把所有的事情都放下了，一心一意陪小红。

几天之后，小红跟范绍增上床了。小红人漂亮，床上的功夫很好。最关键的是，她喜欢范哈儿这个哈儿劲儿。

上床之后，范绍增发誓要娶小红。小红说："我跟你做，是因为喜欢你，不需要你给我一个名分。"

范绍增要小红再出江湖，登舞台。小红说："这个，倒是需要你帮忙，估计刘湘那里，有点犯啰嗦。"

"屁的啰嗦，我的码头，我做主。"

"我可不想你得罪你的上司。"

"你放心吧，不碍事。"

果然，没几天，小红居然公然挂牌上舞台了。上演的第一出戏，居然就是杨森喜欢的《红袍记》。小红没有演李三妹，而是演主角刘噐，武生戏，武打、变脸、喷火，样样都来，顿时轰动了重庆码头。

小红连演七天，《黄袍记》《青袍记》《白袍记》《绿袍记》，川剧著名的"五袍记"换着来。重庆的看客见多识广，一向很挑剔，但是这回大呼过瘾。刘湘是觉得有点不妥，但木已成舟，他只好装没看见。

消息传到成都，杨森大为光火，找来侦缉队长，臭骂一顿，还扇了他几个耳光，然后一封电报拍给刘湘："惊闻唐殷红其人在重庆码头登台，此人系本督理之小妾，拐带本人财物多种，畏罪潜逃，烦劳阁下将其捉拿，不日将派人接回。"

刘湘回了一封电报，说："查重庆各戏班，并无唐殷红其人。如果督理派人来重庆，鉴于码头秩序混乱，鄙人很难保证他们的安全。"

他们说的唐殷红，就是小红的大名，她的名字是后父给起的，顶的后父的姓。

在这期间，范绍增对小红的感情迅速升温。小红倒没什么，范绍增却升温到了非娶小红不可的地步，成天在戏园子里捧小红，大把大把地扔钱，平时还跟小红出双入对，招摇过市。但小红跟他在一起，却就是不肯答应嫁给他。

这个情况被杨森的细作报给杨森。杨森觉得这刘湘、范绍增欺人太甚，非动武不可了，随即调了两个师的兵力，向重庆逼近。

其实，这个时候，双方都没有准备好。杨森这边，新兵太多，基本训练还没完成；而刘湘那边，和袁祖铭的交易还没最后完成。杨森此举，也不过就是吓唬吓唬，给刘湘点压力。

小红这事，在袍哥看来，当然是杨森的不是，天下哪里该有捆绑的夫妻呢？但就川中军头舆论而言，刘湘这边，多少有点理亏。所以，刘湘劝范绍增带小红去上海暂时避一避。小红呢，眼看事情闹大了，不忍给重庆带来这么大的麻烦，正好也想去上海看看改良京剧的状况，于是就表示自己愿意去。

四川人一般称四川以外，长江中下游的人为下江人，这里多少带有一点轻蔑。但是，上海不一样。近代以来，上海对于中国人来说，是一个神奇的所在，对于四川人也是如此。上海，就意味着新奇、洋派。

去上海，就意味着开洋荤，开眼，长见识。

小红自己表示要去上海，范绍增哪有不答应的道理。他说，天下帮会是一家，自己认识上海青帮的大亨杜月笙，可以一文不带，就要钱有钱，要耍有耍。两人当即搭船，顺流东下。

范绍增没有吹牛，虽然只通过信，并未谋面，还真的是这样。范绍增到了上海，杜月笙马上给了他三万大洋，花光了再给。天下帮会是一家，范绍增恰又是杜月笙喜欢的类型——讲义气，为人豪爽。当年杜月笙为朋友在四川买鸦片，碰到了麻烦。素不相识，杜月笙一个纸条过去，范哈儿就痛快地把事儿给办了，让杜老板特有面子。这回哈儿来了上海，焉能不好好招待？

在上海，所有的洋玩意，跑马、赌狗、轮盘赌、看电影都尝过了；大世界、黄埔公园，他们都去了。杜老板派了一辆汽车，全程陪同。小红抓紧时间，见了上海的京剧名角周信芳、盖叫天，看了一场又一场的实景京剧。对京剧没兴趣的范哈儿，看小红不在意，就把上海的名花睡了一个遍，连交际花和电影明星都沾了几个，还开了洋荤，睡了闸北的白俄女人，有两个据说还是白俄贵族小姐。反正，在杜月笙那里，美女如云，只要有地位、有钱，艳福自然有。杜老板有话在先，谁也不能嫌范哈儿土。因此，范哈儿玩得很嗨。走的时候，三万大洋花光了，自家带的钱也一文不剩。

在看了几台现代戏之后，小红也琢磨着，能不能让川剧也演现代戏，把当下发生的故事编进戏里去。这个事儿，当然还得靠刘麻子。

这边，范哈儿走了之后，刘湘出了一份通告，说范绍增与戏子私奔，伤风败俗，着即免去一切本兼各职云云。

有了这份通告，按说杨森是有了台阶下了，事情也就该了了。然而，杨森就是杨森，他硬是没撤兵。当然，打仗的意思倒也不明显。

二十二、绑票

　　杨森的妻妾多，子女也多。但是他有一个儿子，正在上初中，是他最喜欢的，人长得俊，而且聪明。

　　督理的儿子，虽然护卫众多，但他们的生活不怎么保密，似乎也不需要保密。四川的土匪动静比较小，干绑票这事的不多，搞到军头头上的，绝无仅有，大家都怕惹祸上身。

　　然而，有一天，杨森最宝贝的儿子却被绑了。绑杨森儿子的票，还是有点难度，不仅因为护卫者多，而且要保证被绑的对象安然无损，还是不容易。当然，绑匪不是别人，就是满妹和她的伙伴。不消说，绑架是成都老大出的主意，他们也提供了杨森儿子出行的线索。事已至此，满妹她们没有别的选择，只能干了。满妹她们研究了杨森儿子每天上学的路线，发现适合行动的地点只有一处，一个街角，人不那么多，还比较适宜行动，如果在这个地方失手，那行动就再也没有可能了。当然，即便不失手，风险也极大，因为这个路线都是成都的闹市区，大白天的劫人，很是冒险。

　　冒险也得干。

　　满妹发现这个街角有一座二层小楼，如果藏身楼上，等到杨森的儿子的马车过来，直接从楼上跳到赶车人的位置上，干掉赶车的，直接控制马车，同时大家一拥而上，把护卫控制住，拥着马车赶路就是。只要在半小时内，官府没有惊觉，就成功了一半。

这二层小楼是住了人家的，要让人家配合，就得当地袍哥出面了。可待到满妹进入小楼一看，靠街那块儿几乎没有落脚的地方。满妹只能站在房顶，一点遮挡都没有，只好拿了个瓦刀，假装是修房子的。

有一个人站在房顶，护卫杨公子的人居然也没在意，他们打死也想不到，有人敢在太岁头上动土。马车一到，隐蔽在楼上的满妹从天而降，恰到好处地跳在赶车人的肩上，一拳将其打昏，控制了马车。但她的伙伴没有及时跟上，满妹只好用枪把几个错愕的护卫干掉。原本，她们是不打算伤人的，本是清水袍哥，绑票是不得已，何必杀人。可是，其他人错了半步，等到她完事了，她的同伴才拥上来。车上的杨公子看着满妹的身手，感觉帅呆了，不喊不叫，也没有打算逃跑，只用眼睛盯着满妹。

整个行动不算利索，但是还算顺利。围观的成都人只看热闹，不喊不叫，更没有可能报官，好像看了一场寻常的戏。这是成都人的喜好，无论多大的乱子，就是不报官。直到马车消失，大家才开始议论纷纷，直呼不过瘾。

第二天，杨森接到一封信，要求用他的儿子交换黄七爷。这是一个杨森不能不答应的要求。他虽然恨得牙根痒痒，但也只好按照信中的要求，通过成都仁字号堂口作为中间人，约定了交换的途径和时间。同时，对方规定必须得黄七爷他们离开成都，这边才放杨公子。杨森救子心切，只能答应。

其实，如果杨森狠一点，就是不肯，就轮到满妹纠结了，她其实是不敢撕票的。但是，公子和草民不同命，即便是心狠手辣的杨森，也不敢拿自己儿子的命冒险。

黄七爷回家了，完好无损，唯一的变化，是他戒赌了，虽然不容易，但还是戒了。而杨森的儿子也完好无损，唯一的不同，是他喜欢上了满妹，被交换的时候都不大想走，心想：我要不是杨森的儿子，就可以投到他的名下学武了（他一直以为满妹是个很帅的男人）。

　　杨森却感觉很丢脸，但又不能声张。声张出去，就会让他在军头中间一点面子也没有了。当年贵州的袁祖铭，老爹被土匪绑票，要了他六千大洋，西南一带把这个当笑话传了好久。反过来，袍哥干了绑票的事儿，也算不上是光彩的事儿，所以也没有对外说。即使知情者，也闭口不谈。只是杨森感觉自己撞上了一张大网，像《西游记》里盘丝洞里的蜘蛛网，真让他感觉不知道该怎样发力。

　　在重庆，天天能见到的刘从云，偏偏忽然不来了。刘湘急了，登门拜访，推门进了内室，只见刘从云躺在竹塌上，正在喷云吐雾。一个年轻的妹子，在给他烧烟泡。妹子没有穿什么衣服，浑身上下只有一个红肚兜。刘从云这个人，就喜欢女孩子穿红肚兜，红肚兜都成了他府上丫鬟的常服了。只是，除了红肚兜之外，常常什么都不穿。据说，他年轻的时候恋过一个爱穿红肚兜的女娃，但是家境不行，眼睁睁看着女娃归了别人家。

　　刘从云见刘湘进来，抬起头来，对刘湘说："甫澄，香一口。"

　　刘湘不抽大烟，只好默默地在旁边坐下。刘从云过完了瘾，努努嘴，让妹子退了下去。

　　"为杨森的事儿着急了？"

　　刘湘点点头："嗯。"

　　"没关系。别看他大兵压境，但轻易不会动手。"

　　刘从云品了一口茶，接着说："杨森对付我们的主力，是王缵绪。这家伙是袍哥大爷，跟范哈儿交情很厚。我已经跟范哈儿打了招呼，让他写信给王缵绪。王缵绪收到信之后，多半会按兵不动。剩下的，不足为惧。"

"还是得让他们撤兵的好。"

"那也好办。甫澄，你说当年曹操用兵，最喜欢干的一件事是什么？"

"曹操？让我想想，啊，对了，劫粮草！"

"你要真的不放心，就去劫杨森的粮草。"

"这怎么讲？"

"杨森现在气这么粗，靠的是什么？"

"吴佩孚。"

"不，那是远水，解不了近渴。"

"明白了，自贡，盐都，对吧？"

"太对了。"

"您老的意思，是让我出兵打自贡？"

"当然不是，用不着咱们出兵。刘文辉离得近，让他派人，再加上一帮盐贩子，把杨森从自贡出来送钱的路给截了，顺便让他们的盐运不出来，也就完了，刘文辉他们肯定乐意。据我所知，刘文辉打这个盐都的主意，已经有日子了。"

"太妙了！从老。"

自贡是杨森重兵驻守的，若要刘文辉派兵攻下自贡，诱惑虽然大，但实在没有把握。但带小股部队打劫杨森的运盐车队，这个事儿却是个大便宜。按说，自贡的运盐车队出行也是个秘密，不那么容易堵的，但是自打杨森把袍哥和私盐贩子都得罪了之后，这个事儿就不是秘密了，有多少只眼睛在盯着，只要一有动静，就有人来报告。

刘文辉派他的哥哥刘文彩去，只带了一个团，换成便衣，就把事儿给搞定了，一面劫盐，一面劫钱。刘文彩带兵，不是行伍出身，攻城拔地、正经八百地打仗，对他来说有点难，但劫道捣乱还不容易？他跟一干儿土匪联起手来，到处打埋伏、搞偷袭，劫下来的钱，大头归了刘文辉，小头则大伙分分。一度萧条的私盐行当又重新有了生机。如果说袍哥有什么主义的话，那就是谁也不挡谁的道儿，有钱大家赚。

这一记闷棍，算是打在杨森的七寸上了。自贡的盐运不出来，钱送不到成都，这事儿可非同小可。杨森急忙把准备进攻重庆的部队调了回来，在自贡周围布兵围剿。大部队来回拉锯，拉了几个来回，什么土匪也没碰到。没有了地方上的耳目，杨森的人就是瞎子。部队一撤走，劫道的人又回来了。杨森只好沿途布置重兵，情况才稍微好了一点，可是成本也太高了。

杨森想了想，知道这事大概跟他吃独食有关，于是传令下去，给各个军头发公文，自贡盐井的钱，下个月，又开始大家分了。虽说分得并不均匀，还是杨森拿大头，但有的分，众军头都挺高兴。像邓锡侯这样滑得掉进油锅不沾油的人，也知道这其实是沾了刘文辉的光。人就是这样，失而复得，即使得的比此前少，心情反而更好。刘文辉劫道的兵，也就撤回来了。

二十三、吴大帅倒了

民国十三年的深秋，对于争夺北京政府的大军头来说，注定是一个多事之秋。最令人震惊的消息是，在第二次直奉战争中，由于直系内部冯玉祥临阵倒戈，吴佩孚惨败。实力雄厚的吴佩孚，经过此役，自己的嫡系武装基本上都被消灭了。直系控制北京政府的时段过去了，一度不可一世的直系，从此一蹶不振。曾经人见人怕的吴佩孚，兵败之后，甚至连个安身之处都没有，人人都怕惹祸上身，不敢收留吴佩孚。有一度，吴佩孚甚至想进入四川去找杨森。幸好自治的湖南省长赵恒惕肯收留他，他在湖南岳州安顿下来了。若他要真进川的话，恐怕他昔日的粉丝杨森就比较麻烦了。

不过，不管吴佩孚去了哪儿，吴佩孚的垮台，对杨森还是构成了严重的冲击。吴佩孚"常胜将军"的名头不是白给的，他是全中国名头最大的将军，中国军人上过美国《时代周刊》封面的，吴佩孚是第一人。杨森原来因吴佩孚而罩上的一道光环，现在没有了。顺带着，杨森这个督理的合法性也出现了问题。好在要新上台的北京政府，由于张作霖和冯玉祥的竞争，没有着落，一时间还顾不过来四川的事儿。

其实，北洋时期，北京政府风云变幻，也不是仅仅这一次，但哪次都没有这次对四川的政局影响大。此前的北京政府以及当家的大军头，对于四川，都是鞭长莫及，无论怎样都顾不过来。这次，他们也顾不过来。但是杨森自己跟倒台的直系实在是走得太近，太近了，就难免要吃挂落。

当然，杨森这督理主要还是靠自己的实力争来的。杨森如此，其他各省的军头也是如此。这么多年来，在四川做督军（包括他这督理），一统天下根本是不可能的。无论谁入主成都，都不过是一个各方势力的平衡者，一旦这个平衡出现了问题，接下来就是一通混战，然后再有一个新的人进入成都，随后再去北京讨一个合法的认可。北京方面也都顺水推舟，没有拒绝的道理。这好像成了规律，谁入主成都，过不了多久，大家就一起打他，这个人倒了，换一个人，过不了多久，大家再接着打。有的打败了，还能东山再起；有的打败了，退出四川，也就完了。杨森这回就是安着心要终结这个历史，还没怎么样呢，他的靠山却倒了。

吴佩孚的倒台，对杨森集团内部的冲击更大，事态更加严重。杨森入主成都后，采取的一种新姿态，是跟吴佩孚密切相关的。他的精神讲话，不仅形式上抄的吴佩孚，而且在内容上也尽力向吴佩孚靠拢。拉吴佩孚这个常胜将军替自己背书，对于凝聚他的集团，尤其是军官们，是一个法宝。现在这个法宝不灵了，建立军人对他的崇拜，就更难了。

杨森显然是意识到了这个危机，到了这个份上，他却不肯改弦更张，还是要做伟人，干大事业。吴佩孚之败，非战之罪也，所以即使败了，还是伟人。而他自己，他的自我感觉，已经是伟人了。虽然已经是伟人，但还差点威望，缺乏人崇拜，所以他就要建立对他个人的崇拜。对他来说，不是他改造、建设了四川才成为伟人，而是他得先成为伟人，四川才能改造、建设好。四川没有他，存在在这个地球上，还有意义吗？而所谓的伟人，不是功业铸造的，而是人为打造出来的。

此前所有的问题，在他看来，都是人们不崇拜他，如果建立了这种崇拜，一切就迎刃而解了。吴佩孚的失败，非战之过，而是内部的反叛，这从反面说明崇拜领袖的需要。如果整个直系都崇拜他吴佩孚，那么，冯玉祥的反叛就不会出现。

对于他杨森来说，张扬自己，宣传自己，在他看来，贴标语、搞宣讲、挂他的像，效果都不佳。他的纪念章在外省订制，最后也没有做好。现在看来，能有效果的，莫过于川剧。为此，他下了死命令，无论如何，在下个月要把吹捧他的川剧剧本拿出来，为此可以不惜代价。

钱多了，真是好办事。在下个月到来之时，本子真就写出来了，剧名就叫《领袖杨森》。剧本呈上来，杨森粗粗地看了一遍，大词儿大话够多，故事也编得挺高大上，问题倒是没什么问题，就是不知道演出之后的效果如何。自古以来，由政府出面，编一个吹捧领导人的戏剧，杨森可是拔了份儿，头一个。下面的问题，就是找个川剧班子，把戏给排出来。要说情愿，全四川没有一个戏班子乐意排这个戏，但是如果你把班主的家人都抓起来，就是另一回事了。

在高压之下，歌颂杨森的戏很快就排出来了。江湖人应付官场还真是有一套。如果你非要不可的话，你要什么，我就能给你什么，按你的意思来，别说关公战秦琼，就算把秦始皇演成你儿子，他们也不含糊。他们是江湖人，信奉的格言是江湖不跟皇帝斗，各有各的场子，各走各的道。眼下四川的皇帝，就是杨森。

戏排出来之后，彩排之际，戏班子自己的人经常演着演着就禁不住笑场。也不知是钱给少了，写本子的人不卖力，还是杨森的事迹压根就写不好，反正这个本子就是个糊弄事儿的。戏里扮演杨森的人是老生。这个老生唱段太多，就像老旦一样，上台就唱个没完。杨森这个角色周围的神仙老虎狗们，戏太少。整个戏也没有什么情节，一个接一个地在台上大段大段地吟唱，再加上伴唱，没完没了。戏班子的人就是要把唱词给顺一顺，别太拗口就行。整个戏里有点武戏，也不过就是瞎编的一段对打、乱打。武打就武打呗，明明是民国的将军，却像三国戏一样，刀枪对阵。最后的时刻，演杨森的角儿扎上了硬靠，肩膀上一边三面小旗，手持大刀，就像是杨老令公或者杨六郎。

杨森自己，以及他的幕僚，没有懂戏的，虽然喜欢看戏，却是些棒槌，不懂行，偏要装懂硬干。这是好多强人的毛病，知道点皮毛，就觉得自己都明白，非要指手画脚，让人家内行听他的。一台戏如果唱段太多、太长，缺乏武打戏，少了插科打诨，即便内容再好，也叫不了座。但是杨森他们在审查的时候，政治正确被放在第一位，歌功颂德又非有大段的唱不可，结果就变成这副模样。懂行的人一看就知道，这样的戏，哪怕都是名角来演，也是没人看的。当然，如果杨森有这个本事，强迫川人不看别的，只看他的戏，不看就枪毙，也许灌输时间长了，年复一年，日复一日，也没准有效果。显然，当时的杨森根本没有这个能耐。早知如此，杨森还不如宣布自己是杨家将的后代，然后引进杨家将的系列大戏，移植到川剧里，让戏班子来演，借着古人来炒作自己。这样干，兴许效果还能好点。

试演之后，督府秘书长觉得效果太差，根本没人看，拉来的人半道都走了，连他本人都是强撑着看完的，如果正式上演时没有观众，杨森亲自来，会觉得很没面子。于是，他就采取了两个办法，一是组织当兵的换上便衣来观戏，二是花钱买些闲人前来凑数，倒是也能把戏园子给塞满。

公演那天，杨森带了自己所有的姨太太、随从、督府里的所有官员，浩浩荡荡地进了戏园子，地点还是选在可园，因为可园最大，而且设施最好。这回，尹仲锡可没来捧场，托病躲了。

戏园子的人倒是都满了，但是这些杂嘎子们只有在开锣时候才稍微安静一点。过了一会儿，他们发现戏冗长而无趣，就开始自己干自己的了。有的人甚至坐在地上推起了牌九，呼大叫小，闹得沸反盈天。即使是杨森，连台上到底唱了什么都听不见了，环顾一下自己的姨太太们，也都一副不耐烦的样子，打起了瞌睡。杨森很生气，气什么，自己也没有想明白。他居然想不通，为什么人们不喜欢这部戏。有的时候，强人的愚蠢真是令人不可思议。

戏散场了，给闲人发钱的时候分得不均，有人打起来了。

二十四、装孙子

　　杨森做督理的时候一切顺风顺水，他大着胆子，尝试着打破了几乎所有川军的规矩，给各个军头发公文，把他们当成自己的下属。成都兵工厂的枪械，他独吞了。自贡盐井的收益，他也独吞了。对成都士绅的礼遇，他不给了。连袍哥堂口，自打辛亥以来，从来没有任何一个军头动过，他居然敢说端就端。自打讨袁以来，个个军头轮流主政成都，有哪个能扩军扩到十个师的？他做到了。怎么样呢？一时间，军头们都没有挑战他，他一步步都做到了，做成了。做成之后，有点小的麻烦，也就忽略不计了。

　　然而，一旦攀上顶峰，开始准备一统全川，似乎好运气就用完了。接下来，就是一连串的麻烦。

　　第一个麻烦，居然是从家里开始的。自打小红失踪，似乎他的运道就变了，一个接一个的事儿，大事小事，都开始莫名其妙地弄不明白了。这回，屋漏偏逢连夜雨，吴佩孚也垮台了。

　　杨森很时髦，不信神，不信佛，也不信上帝，连把他带得如此洋范儿的传教士也没有说服他受洗，是一个特别的唯物主义者，或者说，强力主义者。但是，杨森也知道什么时候需要装孙子。他从一个小排长干起，时时装牛逼，也时时装孙子。他明白，这一次他可能要收敛一点了。装孙子这种事儿，他以前也不是没干过，该装的时候，要装得像，比孙子还要孙子。当吴佩孚倒台的消息被证实之后，他左思右想，觉得他现在必须收一收了。等他把兵练好了，铲平了各个山头，再跟这帮王八蛋算账。

有一天，刘湘收到了那个被杨森消灭的一个营的枪械，这是杨森退还给他的，附带的，还有三千大洋，说是不好意思，剿匪误伤友军，一点意思，请甫澄兄笑纳。同时，刘湘、刘文辉、赖心辉和邓锡侯等人，也都收到了杨森的邀请，请他们到成都开会，共商四川建设大计。甚至，对于小小的金堂，杨森也派了督府的一个秘书专程跑了一趟，表示此前是误会，希望恢复关系，一切照旧。金堂进城做买卖、买菜的人再也不被刁难了。成都的五老七贤，杨森也一一登门，挨个拜访。主马路修完之后，下面的工程也跟着停了。遍布成都大街小巷的标语早已变成了破纸片，但新的再也没有人贴了。

然而，杨森收了手脚，没收野心。最关键的指标，是他扩充的兵一个都没有少。扩充的十个师正在加紧训练，夜以继日。统一全川，就靠他们了。杨森知道，练兵得老带新，每个新兵团至少配备一个老兵组成的连。杨森军事知识有限，但战阵的经验告诉他，没有老兵，新兵是不中用的。最关键的，还有武器。别的都可以让，但成都兵工厂的枪械，他装聋作哑，还是独吞，而且还派了人外出去汉阳，花大价钱找了一个工程师，进川帮他改造造枪工艺。经过改造，川造的步枪性能是好了一点，以前打十枪，子弹就从枪口掉下来，现在可以打十三枪了。他还偷偷从国外买了两批军火，主要是机枪，用小火轮偷偷溜过重庆，进入沱江，运到了自己的驻地。

此时的杨森，自我感觉还是伟人，川中的这些军头没人能跟他比，寒鸦比凤凰，鹤立鸡群，只是大张旗鼓地宣称自己是伟人的那一天，要等到灭了这帮乌龟王八蛋的军头再说。

杨森这一系列动作，让刘湘一时间感到迷惑不解，但他深知这位老同学，其志不小，不大可能就这样善罢甘休。而刘文辉真的被杨森蒙到了，觉得这个不可一世的羊子被他的组合拳给打怕了，外面的靠山又倒了，没有什么戏唱了，所以才乖了起来。

能掐会算的刘神仙，对于川军将领的迷惑一个字不提，居然成天在家装神弄鬼。刘湘去见他，只见他宽敞的客厅里香烟袅袅，客厅的正中摆着罗祖的牌位。一贯道是供罗祖的，孔孟道是刘从云模仿一贯道搞起来的，这点他并不认账，他的教门是一贯道的分支，但是也供罗祖。在房间的角落里，有一个女娃在抚琴，身上寸缕不着。刘从云跪在罗祖面前，掂香，口中念念有词。刘湘进来了，他也不理。有的时候，房间里竟然有五六个女娃，脱光了衣服，关上房门，在房间里做游戏，彼此追逐，打打闹闹。刘从云的徒弟则乖乖地在外间肃立。

按说，鸦片这东西，如果总是抽上等烟土，绝对催情，别看刘神仙年过半百，办起那事来，精神头大着呢。只不过在刘神仙那里，这种男女性事跟一般人不一样，他这样干的时候，对外宣称是在作法。至于作法为何要这样，刘神仙不解释，谁也不敢问。

刘湘当然更不管，他只要刘神仙掐算的结果。每当刘神仙装神弄鬼一通之后，总会有他要的结果出来，而且大部分都挺灵的。

这一回，刘神仙告诉刘湘，杨森的举动跟刘湘的打击没有关系，他还是在准备一统全川。

二十五、余寡妇

金堂的生活回归了平静，但黄七爷却静不下来。原本黄七爷不娶婆娘，有想头了，就去城里耍，但是这段时间去不了城里，娶了叠翠楼的头牌小翠，艳福到了顶点，然而人刚娶过来，媳妇就跑了，这个劲儿却怎么也消不下去。

金堂镇里有个余寡妇，很有几分姿色，跟堂口的几个管事的都有一腿。余寡妇心特软，为人善良，平时就佩服七爷，此前有个大美女隔着，她上不了前，现在终于有机会了，看七爷憋得慌，就主动送货上门。这婆娘虽然快三十岁了，但一身白肉，奶子大大的，屁股也大大的，浑身雪白，很暄，还有弹性，走起路来，奶子甩甩的，屁股扭扭的。睡过的，都说好。

余寡妇是从外面嫁过来的，年轻轻的，男人得了伤寒死了，没有留下孩子，一个人守寡。成都平原的规矩，一个人守节是不大时兴的，按说怎么也得再找一个，但是就在这期间，她自己也得病了，有个男人帮忙照顾，活过来了。然而这个男人是有女人的，她没法嫁给他。然后，街坊传了闲话，余寡妇就不好再嫁人了，往外再嫁，家里有田产，她自己又不情愿。一个女人家过活，没有子女，又有几分姿色，自然会有男人帮忙，一来二去，就难免睡一睡。这个头儿一开，一个两个三个，也就无所谓了。余寡妇就成了金堂镇第一号骚婆娘。

靠上黄七爷之后，慢慢的，余寡妇跟别人就没有太大兴趣了，开始，对老相好还会应付应付，过一阵儿，谁都不搭理了。不是因为舵爷活儿好，而是舵爷仗义，有那么股子男人味，跟了黄七爷，再跟别的睡，余寡妇觉得对不起七爷。别说，七爷别看四十出头了，还挺有女人缘的。

余寡妇原来跟好多堂口的兄弟都有一腿的。袍哥的规矩，哪怕你是龙头大爷，如果睡了兄弟伙的女人，那一定是三刀六洞，没得话讲。但这余寡妇是谁的女人呢？谁的也不是，说开了，就是大伙的。但既然是大伙的，现在被舵爷一个人占了，大伙都有意见。

余寡妇这样的女人，在过去那种强势的男权社会里，是一个异样的存在。她年轻，有姿色，在性方面又比较随便，但谁要是想得到她，前提是得讨她的喜欢。她不卖，却有点骚。有些头面人物，尽管在公共场所会对她进行道德上的攻击，但如果有机会上手，似乎比谁都急吼吼的。

余寡妇在金堂绝对属于美女，带着骚劲的美女。有时，一个不怎么绷着，不怎么讲究贞操的美女的存在，决定着社区人际的平衡。突然之间，平衡被打破了，就会有点麻烦。黄七爷自己还没觉得，但堂口多少有点乱，过去言听计从的兄弟，有点不听话了，要办的事儿也拖拖拉拉的。好些人，平白地就有了怨气。

好在余寡妇心比较软，如果镇里的光棍实在可怜大发了，她也会依他们一次。至于那些有婆娘的堂口执事们也就算了，他们顶多在余寡妇起床之后，等在门口，趁机占点小便宜。七爷即使看见了，也不会怪罪。

堂口的红旗老五有一次问满妹："黄七爷一个人独占了余寡妇，是不是不讲兄弟义气？"

满妹想都不想就回答："余寡妇是你们谁的女人？"

"谁的也不是。"

"那就对了，她是她自己的。想跟谁，是她自己说了算。"

红旗老五一下子就想通了。

乡村的袍哥生活大体上很和谐，也很安逸。不过男女之事，安逸的背后也免不了有波澜。堂口的兄弟不都像红旗老五这样通情达理，也有个把杂嘎子硬是不肯服这个气。有天夜里，有个小子想寡妇想得受不了了，摸进了余寡妇家的门。余寡妇不肯，急了，还抓了他一把，五个血印子。但是这小子倔劲儿上来了，非上不可。余寡妇也不好喊叫，也就上了。上完了就行了呗，不，一次又一次，折腾人家一晚上，他倒是爽了，余寡妇可不高兴。

第二天一早，余寡妇找上黄七爷，要黄七爷给她做主。

这种事儿，如果搁在别人身上，黄七爷自会秉公执法，该怎么处罚，就怎么处罚。可是，如果为了余寡妇处理堂口的弟兄，他怕人家说他徇私。

黄七爷正犹豫着，余寡妇生了气，转身走了。

满妹见状，也生了气。哪有这么欺负人的！妈卖皮，你不管，我管。

满妹出手，哪个敢不服呢？不一会儿，大正午的，只见那位兄弟光了膀子，跪在了余寡妇门前，在日头底下暴晒。最后，还是余寡妇心软，传令让那人起来，那人还不敢，非得余寡妇亲自过来，把他拉起来，他自抽了自己几个嘴巴，然后事情就过去了。

当天晚上，黄七爷过到余寡妇家，怎么道的歉，赔的不是，就不细说了。此后，两人进入了谈婚论嫁的时段。只是黄七爷一朝被蛇咬，十年怕井绳，心有余悸，这个事儿就拖了下来。

二十六、新兵蛋子

七太太和杨副官的感情，温度是越来越高了。具体地说，先是七太太劲头大，然后杨副官的劲头水涨船高，最后两个人一起嗨。当然，嗨到最后，杨副官又感觉后怕了。杨森女人多，不仅有家里的太太，外面还有各种形式的野食，即使喜欢七太太，也不能有那么多时间给她。再说，七太太从根上就不喜欢杨森，杨森不来，她更高兴。给杨森戴绿帽子，是她的一时冲动，也是一个乐子。她才十七岁，这个年龄，没有可能深谋远虑，不会想那么多。所以，自打那天之后，她只要有机会，就会跟杨副官温存一次，如果有可能，那就两次。在这段时间，屋里到处都留下了他们缠绵的身影。两人都非常贪恋对方的肉体，比较起来，随着时间的推移，七太太比杨副官还要生猛，恨不得让这个年轻人长在她的身上。

杨森倒是对此毫无觉察，跟七太太上床也没有觉得有什么异样。他太自私，睡女人只顾自己宣泄。他太自信，相信自己对女人的魅力，更相信自己的权势。他觉得天下的女人无非是金钱、权势的奴隶，如果一个男人恰好有这两样，同时还有魅力，长得又不错，没有什么女人能抵挡得了。自打他做了督理，成为全川第一大军头之后，他的自负很快就让人没有办法解释了。

杨森这一阵儿一直在抓部队的训练，这个事儿当然可以交给下属，但他从吴佩孚那里得到的经验，训练士兵要自己抓。只是他所说的抓训练，不是亲自带兵练操，而是精神灌输，经常和士兵见见面。通过抓训练，可以防止下属玩忽职守，同时强化士兵跟自己的联系，通过不断的灌输以及巡回的精神讲话，就可以把"杨森的士兵"这个概念牢牢地植入士兵的头脑，融入他们的血液之中。

能行吗？谁知道呢。

杨森相信灌输。在他看来，这些愚钝的士兵，只要你成天喊什么，他们就会信什么。每次精神讲话，他都要问："你们是谁？"

士兵们回答："杨森的兵！"

"你们从哪儿来？"

"四川！"

"你们是干什么的？"

"为杨森效命！"

如是反复三遍，然后他才进入正题。如果自己不能亲自宣讲，师长、团长代劳，也得来这一套。这个时候，戈培尔还没有出山，但是灌输多了，就会让人形成固定观念的想法，当初吴佩孚就坚信不疑，现在传到了杨森这里，杨森更是相信。看来，这种观念属于世界通用，中国的土包子也无师自通。

其实，每个军头的兵都是他家的私兵，但是一般很少有人强调这一点。因为帝制刚过去，毕竟身处民国，强调私兵，弄不好要被舆论谴责的。可是这一回，杨森为了改变四川，实现自己的伟人梦，不管这些了。

近代以来，来华的某些外国军人，从洋枪队的戈登开始，发现虽然中国军队的战绩不佳，但中国人其实是可以变成很好的士兵的。相对而言，在亚洲，中国士兵在素质方面还真有点优势，只要训练得法，统带有方，再配给合适的武器，中国士兵不会差于任何人。他们认命、能吃苦，而且韧性很大。川军在当年给人作战能力不强的印象，部分是川中特殊的袍哥文化决定的。尽管军头们真的是在争权夺利、抢地盘，但同属袍哥文化这个事实，让这种争夺部分地变成了游戏。事实上，后来川军出川参加抗战，尽管武器还是不行，但战斗力相当的强。再后来，几乎各支军队都有了大批的四川壮丁。事实证明，只要训练得法，川人也是很好的战士。只是在北洋时期，川军打仗，给人的印象分还很低。杨森知道，要想实现自己的梦想，那么第一条，他的部队得能打仗，能为他而战。

所以，眼下杨森的使命，就是要改变川军内战稀里糊涂的面貌。为此，吴佩孚的经验告诉他，必须狠抓训练。

把农民训练成优秀的士兵，不是个容易的事儿，非得统帅亲自抓。一抓训练，他又发现一个问题。杨森跟其他川军将领不一样，他很不喜欢抽大烟，自己也没这个嗜好。但是在此之前，川军抽大烟是一个普遍性行为，杨森的部队当然也不能例外。招了大量的新兵，他也知道新兵没有战斗力，必须得老兵带新兵。最初，他是将经过战阵的老兵和刚招上来的新兵混编，但是这样一混编，新兵也跟着抽大烟了。杨森没有办法，只好把老兵剔了出去。新编的队伍，一个团一个团，都是新兵，只有军官是些军校刚毕业的学生。

这个问题勉强应付过去，接下来，另一个问题又出来了。杨森的队伍扩张太快，好些土匪、痞棍、二流子也混进来当兵了。别看是新兵，其实好多都是老油条。川军的纪律原本就不怎么样，但驻扎在家乡，多少还好一点。当年军阀的队伍就是这样，都是熟人社会出来的农民，在本省本地就老实一点，出了省，就难免胡来。可是，杨森的队伍规模过于庞大，好些部队的驻扎地跟士兵的家乡不挨着，纪律就很难维持了，抢劫和强奸事件时有发生。当地的乡绅，乃至袍哥们，对此都非常愤怒。

有一次出事了，事儿还不小。驻扎在内江乡下的杨森的一支部队，里面的一个排，实际上已经被一个老土匪控制了，这个老土匪想怎样，就可以怎样，排长就是个摆设。这个老土匪呢，也不过是想通过当兵，拉一帮人带些枪走，接着当土匪。在这个计划还没实行的时候，老土匪有天晚上带着七八个新兵蛋子，说是出去找妓女，跟他们开开眼。但乡下哪里找妓女去？找来找去，就闯入一家民宅，居然把一个孕妇给轮奸了。孕妇一气之下，当即上吊自尽。于是，周围四里八乡的农民，在袍哥的带领下，抬着孕妇的尸体，来驻军地示威，要他们交出强奸犯。军营的大兵在慌乱之下又开枪打死一人。结果示威的人没有退，反而冲进去，把一个营的营房都给砸了，把官兵都赶出去，让他们交代是谁干的！在刀枪威逼之下，肇事的人很快就被供出来。肇事的新兵们当场被拖出来吊死。开枪打人的士兵，则被零割了。

那个营所属的师的师长，闻讯大怒，原本就憋着邀功，给袍哥点颜色看看。杨森对袍哥咄咄逼人的劲头，下属们都是看在眼里的。但凡做大头目的人，表现出某种倾向，而他又足够地专断，那么他的下属们就自动地会沿着上司的方向去行动。对民众耍横的事儿，上司做到初一，他们就能做到十五。闻讯之后，这个师长把那个营解散了，营长给枪毙，然后亲自就带着一个团扫荡了那个地方，把当地袍哥的堂口悉数摧毁，把他们认为是领头的人，包括当地的乡绅，一共七八个，都抓起来杀掉，挂在树上示众，活生生制造了一起惊天的惨案。

这样的事儿此前在四川还没有过。所以，当重庆的媒体报道的时候，被杀死的人头颅的照片都登了出来，立刻引起了轩然大波，连成都的《新蜀报》都以比较隐晦的语言报道了此事。

杨森跟袍哥的关系刚刚有点改善，现在又极度恶化了，而且此番恶化，情况比上次更糟。这回杨森算是把袍哥彻底得罪了，梁子结死了。杨森知道之后，只是把那师长训斥了一顿，暂时降级使用，然后就没有然后了。

但事件的余波还是有的，报纸的报道一下子就成为四川茶馆的话题。杨森很恼火，重庆的报纸的编辑、记者抓不到，成都的还抓不到？他封了新蜀报，抓了社长和编辑。

小翠的那个相好华新之，闻讯跑了，连招呼都没打，就把小翠搁下了。虽说这样的事儿风头一过，人还可以回来，但小翠不明就里，等不得，只好再重回叠翠楼重操旧业。青楼这种地方，没有记忆，只要女孩儿人还漂亮，有生意，过去的事儿很快都会被人忘了，小翠回来，叠翠楼很欢迎。在她身上，此后又演绎出好些故事。

二十七、收缴烟枪

过去都传说，说川军是双枪将，一杆步枪，一杆大烟枪，交枪不交烟枪，麻溜投降，如果要交烟枪，就跟你死拼。

其实，贵州兵真是这样，人人都双枪，个个都是大烟鬼，歇下来，先抽大烟再吃饭，饭可以不吃，但大烟必须得抽。但川军的状况要稍好一些。有人统计过，在一线军头杨森、刘湘、刘文辉的队伍里，有不到一半的人有烟瘾；在二线军头，诸如刘存厚的队伍里，就跟贵州兵差不多了。

西南地区的烟土质量好、产量高，所以，在那个烟毒泛滥的年月，到处种鸦片，烟土的价格很低廉，比抽一般的旱烟还便宜。所以，一般的老百姓也抽，尤其是成年男性，有烟霞癖的人很多。如果军头们有洁癖，有烟瘾的人一概不招，招兵就会有麻烦。所以，人们常说，在西南军阀的部队里，连营房里的老鼠都有烟瘾。对付这样的兵，如果在他们歇息，集体过瘾的时候发动袭击，基本上都可以拿下。但是川军打仗似乎有个不成文的规矩——不能在人家过瘾的时候开打。大家都遵守这规矩，打一打，歇一歇，然后过足了瘾，再接着打。那个时候，川军也好，滇军也好，贵州兵也罢，还没有到外面作战的经历，大家都是好烟民，所以谁也不钻谁的空子。

可是，摆在面上，抽大烟毕竟不是个好事，双枪兵也不光彩。受传教士的影响，颇为进步的杨森不抽大烟，不仅不抽，而且对抽大烟有强烈的反感。但是，在西南地区，不管主官的个人意志如何，即便是杨森，他的兵也没法禁绝鸦片。他也只好睁一只眼闭一只眼，随着官兵们抽好了。只是他不像别的军头，一般不用大烟土当硬通货奖励士兵，更不会用烟土顶光洋发饷，只有到了打仗的关键时刻，士兵又非常需要的时候，才上烟土。

自打杨森当了督理，推行自己的新政，其中就有一项是禁烟，跟禁止缠足、禁止穿长衫一样，都算他的社会改革的一部分。那个时代，谁上台都得喊禁烟，但真正能落下来的，凤毛麟角，也就是山西的阎锡山真的做了。他杨森人是在四川，四川这个地方，要想真正禁烟，对相当多的人来说，就跟禁止吃饭一样难。漫说在社会上推行，就是自己的部队，这样强推的话，连兵带官，人得跑掉一半。所以，在社会上，他也就是喊喊算了，真正推行的，是在他的近卫部队里。

云南的唐继尧有一支近卫军，叫做侦飞军，都是挑的人高马大的士兵，每人一支马枪，一支驳壳，还有一支方天画戟，骑着高头大马，在他出行的时候护卫左右。这支军队是唐继尧的精锐，不仅是摆排场，在打仗的关键时刻是要派上用场的。后来的云南王龙云，就是侦飞军大队长。

跟唐继尧类似，杨森也有一个近卫旅，虽然装备没有唐继尧的侦飞军那么好，但也都持有进口德国步枪，个头儿整齐，人也精神。别的部队就算了，但杨森要求这个旅谁都不许抽大烟。当然，最近扩招的新兵团也不许抽大烟。

新兵团能不能保得住纯洁，暂且不说，近卫旅就有问题。近卫旅又不是生活在真空里，周围的部队都有抽的，他们怎么能撑得住？队伍之间，沾亲带故的人多，近卫旅的人有个头疼、脑热、咳嗽、拉肚子，那时的军队又没有军医，抽上几口大烟还真就能好。单单因为这个，好些人也可能染上。但如果仅仅是这个因素，大烟瘾泛滥还算比较慢。之所以奏效快，是因为另外的事。

近卫旅的驻地挨着警备司令部，作为近邻的警备司令部，里面就有好些大烟鬼，单一个警备司令，就是个资深烟鬼，瘦骨伶仃，一脸烟容。但是他知道杨森不喜欢抽大烟，在公开场合，自己还要装着没烟瘾。

近卫旅的几位高级军官平时看不上警备司令，特别反感他这个装劲儿，就特意整他，在开朝会的时候故意多发言，延长时间，拖到警备司令烟瘾犯了，又不敢抽，鼻涕一把泪一把，堪堪就要支持不住了。这样被整了若干次之后，警备司令思以报复，跟自己的部下嘀咕。左右给他出主意，主意出出来，也不新鲜，就是引诱近卫旅的士兵抽大烟，只要他答应，这个事儿交给他们办，保险马到功成。

这种歪招儿还真灵。很快，近卫旅的人就有被勾得抽大烟了。抽烟就得买烟土。从哪里买？就从警备司令部的人手里买。于是，警备司令带人来抓，一抓一个准，然后把人送到近卫旅的司令部兴师问罪，扬言要把人交给督理。于是，接下来，大家一团和气，谁也不整谁了。慢慢地，杨森的禁令变成了一张废纸。

当杨森发现近卫旅的人也抽大烟之后，这边已经泛滥成灾了。这种事儿，比恶性传染病传得还猛。杨森亲自带人在近卫旅查抄了几次烟枪，越抄越多，明摆着，想要禁烟根本就没戏。杨森的社会改革在自己的近卫队伍里都碰了壁，让他灰头土脸。自然，新兵团的禁烟也随之泡了汤。

近卫旅禁烟的失败，让整个杨森部队的烟鬼们欣欣鼓舞。警备司令部的人尤其高兴，他们一遍又一遍地念诵让他们念歪了的杨森语录：

"杨森说，哪个能不抽烟？杨森说，抽大烟就是好啊，就是好。"

袍哥从来不反对抽大烟，相反，他们还参与种烟、贩烟。制作各种烟具，也是袍哥的拿手好戏。在当年，这可是一个不小的产业。自打晚清以来，烟毒泛滥，到民国已经成习惯。清末新政禁烟，都没有禁到四川。久久浸润在阿芙蓉（鸦片）文化里面，袍哥对大烟的感情很深。杨森的新政，包括禁烟，原本就是他们口中的笑话，杨森的禁烟失败，他们很高兴。在军中的袍哥弟兄，无论哪支部队，又可以大模大样地喷云吐雾了，边过瘾，边踩乎杨森。

二十八、机枪丢了

跟辛亥革命之后最早当家的四川军头不同，杨森一直都看不起袍哥。这跟他的亲身经历有关。顺便的，他也看不起刘从云这种民间教门的头头。他不迷信虚幻的东西，只相信铁和血这种硬碰硬的货色。他骨子里，还是一个从晚清启蒙氛围里混出来的精英主义军官。他在四川军官速成学堂是一个拔尖的学生，受学堂里士官学校毕业的教官的影响很大，受家乡的传教士的影响更大。

他觉得这些袍哥就是些乌合之众，起哄的草民，原本不算什么，内江的这个事件，无非是军纪问题，试问川军各个军头，哪个的队伍没有这样的问题？死个女人，就把我一个营都砸了，这还了得！师长严厉处置，虽然有点过，但也没什么了不起。在他的内心深处，是倾向于严厉处置敢于公然挑衅他部队的袍哥的。那个师长的错，不在于杀了人，而是杀人之后没有掩饰好，居然让记者进到了现场，还拍到了照片。如果没有这些照片，他本可以全不认账的。他的逻辑就是这样，强人做了坏事，只要没被抓住，就算没做。毕竟是民国，媒体过于嚣张，而他呢，也没办法将报纸都管起来。

当然，得罪了袍哥，各地的袍哥不会起来跟他硬干，尽管他们手里也有家伙。甚至，即使有挑头的，却连围城起哄这样的事儿都搞不起来。成都的袍哥也不会组织起来袭击他的司令部，因为成都的袍哥还不如乡下的，连正经的队伍都没有，各自的小日子过得还挺安逸，商人的气息比别的地方都浓。即使在前清，士绅还没有入袍哥，纯属流民团体的袍哥，也是闹事可以，但官兵一来镇压，就会一哄而散，逃得飞快。

杨森不知道，开罪袍哥之后，最大的问题是一个舆论和气氛。说白了，一个军头，不能让茶馆里的茶客天天非议你。四川袍哥遍地，袍哥的敌意会有一种潜移默化的作用。杨森的队伍里也有大量的袍哥，有些人还有相当的职位。杨森这种无视袍哥道义的行为，已经撞破了他们的道德底线。慢慢地，这些人的离心离德就会显示出来。赶巧了，怀有敌意的袍哥就会来找事，尤其是到了打仗的时候，就更了不得了。他胜了，那还好说，如果稍显败象，一定会有人出来捣乱的。

处理完内江事件之后，他看各个军头对这个事儿并没有太大的反应，只是有些地方士绅把这个事儿捅到了川外的报纸上。川外的舆论，对杨森很不以为然。别的不讲，他跟洋人采买军火这事都受到了影响，有些军火商人就不卖给他了。但是，总的来说，杨森对这种舆论并没有太在意。秀才造反，能有个屁用？就算军火买卖受阻，也不过是一时的，只要有钱，不愁买不到好东西。说到底，所谓强人，是不大在乎民意的，他们对官意或者军意倒是有那么一点在意。只是四川不一样，民意的背后有袍哥。当然，即使背后有袍哥的民意，关键也得看杨森能不能打赢。如果接下来杨森战无不胜，那么，袍哥就是心里不情愿，嘴上也得转。只是在眼下，显见的，给杨森捣乱的渐渐多了起来。

也巧了，就在这个时候，在他眼皮底下居然就出了一件事，让他感觉百思不得其解的事儿——他的警备司令部丢了一挺马克沁机枪，不是在库里丢的，就在阵地上消失的。四川军人打仗，就两件利器，一是山炮，二是机枪。四川蔽塞，在武器上受人欺负，用的机枪好多都是晚清新军用过的，大多是老式的马克沁重机枪，有挡板，带两个轮子的，长途行军，得用马拉着走，或者拆下来，放在马背上。

然而，就是这样笨重的机枪，活生生就丢了。

事情是这样的，机枪是架在警备司令部岗楼上的，上面设了一个机枪阵地，在那里可以俯瞰大半个成都，是个绝对的制高点，城内但凡有事，只要机枪一响，大体就可以镇住了。这个机枪有一个十二个人的机枪班伺候着，三人一班，四班倒，二十四小时待命。出事那天夜里，什么动静都没有，到早上换班的时候，下一班的人上岗楼一看，三个人都倒了，不省人事，机枪无声无息地没了。从岗楼下来，从院子门，再到大门，至少有两道岗，谁也没见到有人拉机枪出去。在平时，这么重的机枪至少得三四条大汉才能搬动。难道机枪飞走了不成？最神的是，机枪当时还有条铁链子栓着，铁链子和钥匙完好无损。

在川军里头，丢挺机枪是个挺大的事儿，何况在成都市内。川军的战术水平不高，打仗就打着大旗，成帮往上拥，只要有挺机枪，就可以发挥很大的威力。别的队伍丢枪，没有这么大的震动。在成都，警备司令部，在杨森统治的核心地带，居然枪都丢了，这可是挺有新闻价值的。

杨森得报，亲自到现场勘查了几遍，都没有发现蛛丝马迹，把当夜所有在场的官兵都抓了起来，挨个拷问，打得半死，也没问出名堂。所有门岗都对天发誓，真的没有看见任何人出入。

这时候有人报告，说那三个守机枪的人醒了。杨森坐镇警备司令部办公室，把三人都押了上来。杨森亲自审问，问他们那天夜里究竟发生了什么。三人一个一个过堂，但口供几乎一致，都是说没发生什么，只觉得有股子香味，然后就什么都不知道了。问他们香味是从哪儿来的，有的说是下面，有的说是上面，还有人说是从旁边。

　　现在看来，杨森想，他妈卖皮的，肯定是被传说中的闷香给熏的，遭贼了。但是机枪是怎么运走的，案又是谁作的呢？一般的毛贼，怎么可能作这样的大案呢？他也知道，不管怎么着，这挺机枪肯定会出现在哪个军头的队伍里，只是他根本没法查。

二十九、官商交易

四川没有瞒得住人的事儿，杨森丢了挺机枪，成都的袍哥兄弟都挺高兴，或者说兴奋。人们传说，有一帮神通广大的高手，简直就是神仙，神不知鬼不觉地偷走了机枪。这些人绘声绘色地说，其实有人是从空中把机枪带走的。那天夜里，成都的天空上出现了一个巨大的能飞的机器。然后大家都说，他们真的看见了，真的，真的，机器飞到岗楼上面，伸出一只大手来，就把机枪给抓走了。那几天，成都的茶馆里，人们的龙门阵，话题都是那挺丢了的机枪和神秘的空中飞人或者飞艇。

小翠回到了叠翠楼，继续做她的生意，其实也没什么，谈不上高兴或者沮丧。警备司令部丢机枪的事，她也知道，还暗中高兴，因为这样一来，警备司令就会倒霉。

小翠身边不愁没有奉承的人，最近的一个常客，是督府秘书长。这个家伙看出来是有钱有势，却抠门得紧，舍不得花钱，打个茶围都是别人请客，但一过来，就黏人黏得要命，手脚一点都不老实，却不肯出夜度的钱。小翠看不起这样的人，一点机会也不给他。直到一个常来的恩客替他出了一大笔钱，小翠才算让他睡了一次。

小翠的身子很诱人，跟多数四川美女一样，她个子不高，但非常匀称，浑身雪白，肉嫩嫩的，两条白白的腿一伸出来就显得很是颀长，难拿的是那股子劲儿，一般的居家女人怎么都做不出来。还有一点好，虽说阅人无数，可小翠的身材却没有什么大的变化。二十岁的姑娘，身上满是青春。

清朝是个乏味的朝代，最突出的一点就是没有名妓，连唱戏的旦角都得是男的。到了晚清民国，看似好像有了，实际上还是没有，像晚明柳如是、李香君这样能诗善文、色艺俱佳的名妓，民国一个都没有。

所谓的名妓，都是媒体人瞎捧捧出来的。在这一点上，成都和京沪两地也差不多。北京八大胡同，最高档的清吟小班，能唱曲苏州评弹的苏妓就受万人追捧了。像赛金花、小凤仙之类，都是这样的苏妓，字都认不了多少。在成都，像小翠这样人漂亮，嘴乖巧，还会些川调的，自然就是当之无愧的头牌。

督府秘书长是个伺候过若干督军的规矩官僚，为人谨慎，以前的老婆又管得紧，不怎么敢逛青楼，最近老婆死了，原本就春心大动，恰好又有人求他，乐意出钱，才过来开荤的，此前只知小翠的大名，这回沾了一次，就放不下了。

跟北京一样，高档一点的青楼，比如清吟小班，就是官商或者商商交易的场所，打打茶围，有吃有喝还有美女，这样的气氛才适合谈交易。成都打茶围，在青楼谈国家大事、讨论人事任免以及进行政商交易的氛围，虽然没有北京那么浓，但也不差。有人居住的地方，没有什么新鲜事儿。一般来说，政府和军界人士打茶围、喝花酒、睡女人的钱，都是商人出。这回给督府秘书长花钱的，是来自自贡的商会会长，会长是有求于人家。

从晚清到民国，大一点的市镇都有商会。四川自贡的商会，由于财大气粗，在四川势力最大。在军阀混战的时候，商人倒也有政治意识，还图谋自保，建立商团。只是不知为什么，那时候商人的商团都是样子货，人物鲜亮，军服漂亮，枪械也不错，真要打仗，都指望不上。自贡盐商花了大价钱建的商团，杨森一来，一仗没打就给缴械了。现在他们要办事情，还得花钱走关系。

说也奇怪，杨森这人，浑身上下跟国家资本主义或者社会主义一点边都不沾，也没有人跟他宣传过这样的主张，他却对官营经济情有独钟，自打占了自贡，独占了盐业收入，还逼迫盐商把盐井的经营权都交出来，只保留股份，为此成立了四川盐业公司，自己出面官营盐井。他的算盘打得很好，觉得这样做，就可以减少经营过程中的跑冒滴漏，自己拿到的钱会更多。当然，这样的所谓官营，就是他家的私营，只是办事的都是他的部下，一股子大兵的味道。

然而，自贡的盐井是自流井，自古以来，管道都是竹子做的，非常精巧，盐井可以利用自然的压力，让卤水自己流出来，然后流到池子里，稍微一晒，就成白花花的盐了。据说，井盐要比海盐的质量更高。这个过程看似简单，其实需要相当的技术和管理。官营之后，一帮大兵管了事儿，技术他们不懂，管理更是水水的，结果总是出事故。所以，头一个月，井盐的产量就跌了一成，此后逐月下跌，无论杨森怎么骂，管事的人都没办法让产量提高。产量上不去，盐的销售量高不了，再加上管理的官僚主义，成本提高，杨森的收入反而大幅度降低了。

尽管如此，官营公司依旧不肯退场。主事的人不愿意退，可以理解。杨森也碍于面子，不便惯着盐商，就是有心退回去，也不好意思说。这种时候，就需要有人出面给人家台阶了。自贡的商会会长就是来干这个的。

会长私下跟小翠说："劳你大驾，把秘书长给我额外伺候好了。"

小翠说："伺候？你得单给钱！正宗的袁大头，没有大头，老子不伺候！"

其实，小翠心里明白，像秘书长这样的贱货，只要让他上身，喝她的洗脚水他都肯，哪里用得着额外伺候！反正盐商有钱，不要白不要。这不，几场夜度过后，秘书长就把盐商需要办的事儿给办了。

其实，杨森这边早就有心把官营公司解散了，让盐商去经营，他只管收钱就好了，但是这个台阶，怎么也得盐商来搭。

通过商会会长的勾兑，盐商们付出了贡献给杨森一个美女做妾的代价，自贡盐井一切照旧了。官营公司那套人马还在，只是改成了杨字号的盐业监督，不用具体管事，干拿钱。这帮人安逸极了，大白天吃喝嫖赌。虽说平白多了一帮吃白饭干拿钱的，但比起官营时代，商人们还是觉得可以接受。

盐商花大价钱买的美女，其美艳程度不亚于小红，而且长得还跟小红有几分相似。杨森体验之后，龙心大悦，心下感觉，这回盐业官营的事儿还是干对了，不这样折腾一下，哪里来的这样的好事？看来，商人就是得欺负，不欺负，他们就不上货。

事过之后，小翠跟商会会长说："你们好贱啊，再拖些日子，说不定杨森会来求你们的，你们的骨头天生就是酥的，不哈这当官的难受。"

会长说："你不知道，他们有枪，弄不到钱可以抢，可以把我们的股份都拿走，一分钱不给。我们是做生意的，一天的损失都不止一个美女，可是跟他拼不起。"

小翠还是觉得他们贱，会长贱，秘书长也贱，什么叫拼不起？他们哪个不比她有钱？一个个大男人，为了点钱，做的事儿低三下四，比婊子都不如，贱！比她这个做婊子的，贱到了泥里，虽然每次都是他们把她压在下面。

"妈的，下次老子该在上面。"

三十、七太太出逃

俗话说，偷情瞒不住人。七太太和杨副官的私情，渐渐地，外面就有风声了。姨太太多的地方，众家太太一人两只眼睛，一只半都是盯别人的，再加上她们的贴身丫鬟，眼睛就更多了。不仅眼睛多，而且嘴毒、嘴碎，大家都喜欢的，就是彼此的八卦。

虽然一时间杨森迷恋于新娶的姨太太，还没醒过神来，但听到风言风语后，杨副官可是怕死了。怕到什么程度？有时候七太太掀起了旗袍下摆，杨副官居然没法勃起，一有风吹草动，就心惊肉跳。当初色胆包天，不管不顾，现在想到事发之后的后果，开始是一个人惊出一身冷汗，后来两人一嘀咕，都出了一身冷汗。七太太也怕得不行。当然，杨副官的心思更重，一宿一宿地睡不着觉，想来想去，没有别的办法，只能冒险逃跑。跑也未必能有活路，但是不跑，一定死路一条。说不定明天就会有人把他们给告发了。两个虾米落在网里，不蹦吧，一定落在锅里，蹦一蹦，说不定还能落在水里。

杨副官对七太太说："你要是不跑，那我就自己跑了。"

事不迟疑，说干就干，俩人抽空一商量，七太太匆匆收拾了一些细软、银钱，连点掩饰都来不及做。杨副官弄来一辆带蓬的马车，偷偷把七太太和细软装在一个麻袋里，悄悄背了出去，背到马车上，然后赶着车，推说是给杨森办事，一路到城门都没有人拦着。

这个过程，如果没有人发现，或者发现得晚一点，兴许他们还能跑得了。但是，他们刚刚离开，就有眼尖的姨太太发现了里面的猫腻，然后就跑到七太太房里敲门，发现没有人，马上就报告了杨森，说是七太太和杨副官一并不见了，然后添油加醋地说了好多好多。

杨森在七太太房间转了一转，发现一些细软不见了，衣柜也有被翻过的痕迹，一下子就明白了，就像冷不丁被抽了一记大嘴巴，气得都不知道什么叫生气了，急急派了一队骑兵，快马去追，传令说："务必要把这两个贱人给我带回来，活的死的都行！"

杨副官对城外的路不熟，出城之后，竟然拐到去金堂的路上去了。金堂的人对成都城里的动静一直十分警觉，一直都有暗哨盯着，发现一个年轻军官赶着马车往这边来了，立刻报告了黄七爷。黄七爷带着满妹截下了马车。杨副官还支支吾吾，不肯说实话。倒是七太太直截了当，痛痛快快，竹筒倒豆子，把实情相告。

黄七爷听了之后说："你们的祸事大了，没准过不了多一会儿，就该有追兵来了。"

七太太哭着说："那可怎么办哪，怎么办哪，求大爷救救我们。"

有心不管这事儿吧，两条人命呢。满妹想了一想，对黄七爷说："这两个人，救还是不救？要救的话，就彻底把杨森惹翻了。"

黄七爷痛快地回答："已经翻了，再翻一次无所谓了。"

满妹迅速地盘算了一下，对七太太和杨副官说："你们想活吗？想活的话，就听我的。"

杨副官连忙说："听，你们怎么说我们都听。"

"多少得冒点险。"

"怎么都可以，只求你们救我们。"

"你们先在街上晃晃，一会儿，追你们的人就会赶过来。看见他们了，你们就往那边那条山沟里跑，看见没有，就是那条山沟。山沟的中间有条路，要尽量快，如果被追上了，那可就救不了你们了。只要你们跑进山沟，剩下的事儿，就不用你们管了。"

满妹转过来，又对黄七爷说："请告诉弟兄们，抄家伙，跟我走！"

红旗老五没等七爷发话，就吹起了紧急集合的牛角。

这一阵儿，由于满妹迭建大功，在帮里的威信大增，实际上已经远远超过舵主了，所以她怎么安排，大家都听。

不一会儿，人都到齐了。大家跟上满妹，一起往山沟里走。

边走，满妹边跟大家讲安排。她说："追人的，多半是骑兵。待会儿，我们的人分成两拨，埋伏在山沟的两侧。那边的人，听我的枪响，一排齐射，专打马。这边的人，待人落马之后，齐射打人。记住，必须齐射，不能乱放枪。听我的枪响，一齐扣扳机。剩下的，我一个人包圆了。"

满妹的如意算盘是，杨森的姨太太逃跑，追兵少不了，至少一个排。如果猜得不错的话，应该是短枪队，打个伏击，有了这次的缴获，她可以搞一个手枪队了。

满妹说完安排，还加了一句，"不过，这么一来，兴许杨森会报复，不知道大家乐意不乐意？"

所有人都说"不怕，干好了"。袍哥人家，不兴拉稀摆带，尤其是在人前较劲的时候。

待大家埋伏好了之后，只见杨副官一脸惊恐地赶着马车就奔过来了。他的后面，烟尘大起，一队马队直直追了过来，这帮大兵一边追，还一边淫荡地嚎叫："小娘们，等等我！"

待马车驶过，满妹猛然站起，对着打头的军官啪的一枪，军官应声落马。这边众兄弟，排枪齐射。虽然大家的枪法不怎么样，但排枪齐射，百多支枪一起放，以多打少，马的目标又大，侧面射击，命中率还是蛮高的，一大半的马都倒下了。然后那边又是一阵排枪，倒在地上的人又被射中不少。满妹左右开弓，不过抽袋烟的功夫，一个排的骑兵基本上都报销了。只有三五个落后的，抹头逃了。这队杨森骑兵，一听说主公的七太太跟人跑了，莫名兴奋，就像警察捉奸抓嫖一样，光顾追人了，根本没考虑会被埋伏，突然遭到袭击，一下子被打蒙了，根本没有还手的机会，光挨打，因此损失惨重。满妹这帮子此前没有打过正经仗的人，这一回，就像是在练习打靶，煞是过瘾。

追来的人，是杨森的警卫营的一个骑兵排，果然用的都是短枪。这一下，金堂的堂口多了十七八支短枪，还都是从云南倒腾进来的好枪，满妹可是乐坏了。那时节，军阀的队伍的编制都比较大，人员比较少，一个排一般都不到三十人，有时候一个师也就两三千人。

三十一、神偷

黄七爷和满妹救人救到底，给了杨副官一个帮会的祖师令，告诉他去重庆怎么走，沿途只要亮出这个大令，袍哥的人都会帮他们的。

经过一番曲折，七太太最终逃到了上海，成了一名自食其力的小职员。不过，在杨森下野之后，本以为没事了的七太太，最终还是被杨森收买的杀手干掉了。可以说，在川军将领之中，杨森的小肚鸡肠、酸劲儿、醋劲儿，排名第一。

小翠是一个睡过就忘不了的女人。这不仅仅是因为她的身子、她的技巧，还由于她的那张嘴。小翠有一张利口，会插科打诨，还会骂人，唱小曲、川剧。花了大钱去睡她的人，都被她打趣过，被挖坑坑到半死，但还挺乐。即使被她骑在身上打耳光，他们也心甘情愿。只要她被奉承高兴了，还会即兴唱一段川剧。她唱，嫖客们和，那感觉，就像后来的卡拉OK。

这天，小翠接了一个年轻的客人。这些年，拜倒在她的石榴裙下面的年轻人不多，除非像华新之这样的富家少爷。这个年轻人，钱是大把地花，但小翠感觉，他不属于能消费得起她的阶层。不过，这个年轻人透着年轻的活力，白白净净的，劲儿大，活儿也挺好，让小翠很舒坦。她好久没有这样爽了。不过，越是交往，小翠还是觉得，他不大像上流社会的人，因为每回做起来好像不够本似的，直到精疲力竭，方才罢手。

一次，两人终于歇了下来。小翠躺在床上，打量着这个气喘吁吁的年轻人，怎么想，怎么都有点不对劲儿。她的好奇心冷不丁上来了。

什么事儿，要想瞒住一个青楼的头牌，几乎是不可能的。小翠是个善于掏出人肚子里故事的人，本人看起来还比较嘴紧，肚子里的秘密要不想说，对谁也不说。她纯纯的长相，看上去也挺让人放心。接下来几天，年轻人都跟小翠泡在一起，待在小翠的房里不出来，一日三餐，都由下人送上来。妓院最喜欢的就是这样的客人，因为客人花销很大，上上下下，都利益均沾。

这时候的小翠才算明白，原来杨森丢的那挺机枪，是这个年轻人作的案。这个年轻人其貌不扬，却是一个神偷，在江湖帮小有名气。那个军阀混战的年头，什么东西最值钱？枪，越是好的枪，就越值钱，比什么金银财宝都强得多。所以，土匪打劫洋人，头一个就是问人家要枪，抢大户人家也是先冲着枪去。当年山东临城劫车案，当车上的洋人把随身带的武器交给抱犊崮的土匪的时候，他们高兴得不行不行的。

在四川，最值钱的东西，当然更是枪了，而且是好枪。一挺马克沁机枪，最高能卖到四万大洋。偷什么东西，都没有偷机枪更值了。各个军头都乐意出钱买机枪，因为都知道是偷的，你买了一挺，别人就少一挺。但是偷枪的风险，却比偷珠宝的风险大，偷机枪简直就像登天一样难，一旦失手，有多少条命，就得搭上多少条。但再难，只要利益足够大，还是有人肯做。

显然，成都的袍哥双龙头大爷这个时候已经缓过劲儿来了，虽然也还有点怕，但已经有心想做点事儿，给杨森找麻烦。是他找人出面，让神偷来偷。有帮会大佬做后盾，偷起来也踏实，不过，干了这一票，他得到的份额当然是大头。袍哥讲义气，不会白使唤人，也乐意给他大头。他们要的，就是给杨森添堵。为了他的成功，袍哥还找来警备司令部里的袍哥兄弟，仔细地给他介绍了司令部的房间情况，几尺几寸，神偷都问到了，但是怎么做，什么时候做，没人问，他也不说。

接下活儿之后，他花了几天工夫挖了地道，一直通到岗楼下面。到那天后半夜，他从地道里钻出来，轻轻撬开地板，闪身出来，用闷香把上面的人熏倒。开锁对于小偷，那是现成的本事。然后他带两个人，把机枪整个搬下来，从地道运走，走的时候，把所有动过的东西都复原，不是这行的高手，没有人能看得出来。当年的小偷要进房子行窃，最有难度的手艺，一个是天上飞，即从房上揭瓦下来，一个是地里钻，即挖地道进去。两者比较起来，后者更难。地道要挖得神不知鬼不觉，而且恰到好处地到达要进的房间，没点绝技是做不到的。

机枪到手，自然会有人给他处理，最终枪卖给了谁，他也不问，但是口袋里一下子就有了两万多大洋，成都的物价低，别说睡一个小翠，睡十个也不成问题。但这个神偷，偏就喜欢小翠一个。

玩嗨了，一时兴起，把自己的一个天大的秘密告诉了小翠，过后，神偷还是有点后怕，猛抽了自己几个嘴巴，但过了若干天，发现什么事儿都没有，小翠待他反而更好了，十八般武艺、各种姿势都往他身上招呼。他一颗悬着的心也就放下了，埋首温柔乡里，不知天昏地黑了。

三十二、摸营

　　追击七太太的骑兵几乎全军覆没，可是让杨森吓了一跳。他根本不相信金堂的那个所谓的营有这么大的本事。他看不起袍哥，是因为袍哥武装从保路运动开始，就是起哄一个顶俩，打仗则水裆尿裤。一下子能把他一个排的警卫都吃掉的，肯定是正规军。可是问那逃回来的四个人，谁都没看清楚，都给吓傻了，你猜是什么，他们就跟着说。

　　如果是别的军头，在他的眼皮底下搞了他这么一下，这个事可是需要认真对付的。但怎么查清楚这事儿呢？还是得找金堂的人。于是，他让杨汉域亲自带领一个整团，兵发金堂，抓不住黄七爷，也得抓个有用的，一定要查个水落石出。这事儿，显然杨森被一连串的事儿给气晕了，按道理，要查清到底是怎么回事，派几个密探打听一下就是，派这么多兵去干吗？

　　杨森的大兵到的时候，金堂已经空了。杨汉域派人在周边找了一找，没发现有大部队待过的痕迹。耽搁久了，那一个团就驻在那儿不走了。这一下，没有被带走的猪鸡鹅鸭可就倒霉了，都进了这些大兵的肚子。这些人还找到了饭铺老板的酒窖，把里面的酒都喝了。一个团，不是全部，但至少有一半人都醉了。镇子里给弄得脏兮兮、乱糟糟的。作为川中的王牌正规军，这个团的人，从上到下，根本没有把金堂的袍哥当回事，充满了懈怠，外面没放游动哨，只在镇口放了几个哨兵。大家睡一觉，第二天就准备回去了，在路上抓几个闲人回去交差。

在打掉杨森的骑兵排之后，满妹没闲着，她挑了二十来个精壮的汉子，组织了一支手枪队，一人一支手枪，一把攘子。杨汉域来了之后，她问手枪队的小伙子敢不敢晚上回去摸营？弟兄们心里也胆儿突突的，但嘴上都说"敢"！只要小幺妹打头，他们就跟着。袍哥弟兄，比起正规军也有优势，虽然玩枪玩得不溜，但一对一玩攘子扎人，却都是行家里手。

待到夜深人静，满妹带人摸进了金堂。原本只是想干掉几个，弄几条枪，吓唬一下这些大兵。于是，在伸手不见五指的后半夜，他们摸进了金堂。都是成天生活的地方，熟得就跟自己的脚趾头一样，他们轻松摸掉了岗哨。再摸进去，满妹发现这帮人的戒备太松，干脆就改了主意，一不做二不休，把他们全灭了算了。

满妹改了主意，也没跟弟兄们讲，讲了怕会吓着他们，自己自顾自地直奔她的目标去了。

满妹很容易就找到了杨汉域住的地方，不用说，肯定在镇里最富的人家的宅子里。这是规律，凡是驻军，首领一定住最好的房子，司令部也安在那里。他们接近之后，发现门口的岗哨居然睡着了，一刀抹了他的脖子，几个汉子就进去了。

堂屋里住的警卫班，睡得很沉，横七竖八的，人都进来了，一点都没醒的意思，显见是昨天喝多了。满妹没动他们，只让人拿枪看住他们，然后按住了躺在内室门口的杨汉域的随从副官。

满妹来到了里间。杨汉域在人家大床上，居然脱光了大睡，睡得很沉。在睡梦中被惊醒，是被人家拎下了床，摔在地上，虽然他喝大了，但在黑洞洞的枪口面前，硬是吓醒了。满妹用枪敲着杨汉域的头，让他下令全体缴械，否则就让他三刀六个窟窿。杨汉域一时还不知道哪儿来的天兵天将，吓得浑身筛糠，点上灯，才发现眼前的人是满妹。杨汉域领教过满妹的厉害，知道不是玩的，马上一口答应，让副官立即传令，让全团放下武器。这个时候，警卫班的人还在睡呢。在黑夜中睡得稀里糊涂的大兵们也不知道来了多少人，领头的让缴枪，就缴枪呗。于是，一个团的枪堆在街头，堆成了山。满妹一看，居然还有四挺马克沁机枪。这么多俘虏，自己这边就这么点人，天亮了也不好对付，满妹当即就放他们走了，还架起机枪，告诉这帮大兵赶紧跑，慢了就机枪伺候。

杨森的兵跟头把式地走远了，满妹的人还不敢相信这是真的，恍若在梦里，他们二十来个人，竟然缴了一千多人的枪，有人还掐了自己一下。

杨汉域带着一大帮空手的大兵，掉魂似的回到了成都，天才放亮，哪里敢讲实话？他严厉警告全团的人，谁也不许乱说乱道。他编谎话，对杨森说他们被两个团的人围上，岗哨被摸，已经来不及抵抗，就这样了。其实他也没弄清对方到底有多少人。

杨森抽了杨汉域几个耳光，再加上一顿鞭子，关了他三天禁闭。换了别人，早枪毙了，但自家侄子，又能怎样呢。但凡叫个军阀，都得依靠自家人，杨森当然也不例外。但是，丢了一个精锐的团，只关了三天禁闭，这样的处置怎么能服人？只是，这是那年月军阀的一个惯例，用人首选自家人，杨森的几个侄子都在他的军中任职，杨汉域算是最好的一个了。用自家人是为了保险，所以对自己的家人都得宽容，打仗不能指望自家人，但自家人掌兵，自己踏实，毕竟这支军队就是他杨家的私兵。

派了些探子去侦查，说镇里头没有大部队，倒是有大部队待过的痕迹（不就是他们自己的那个团嘛）。杨森一想，可也是，这些军头如果不是公开叫板，哪个会真的占住金堂不走呢。

这回，金堂的堂口可是发了大财了。如果按照范哈儿的路数，黄七爷大可以招兵买马，先做团长，然后旅长、师长，一步步升上去，从此不在金堂这个小地方待着，把自己放飞了，变成一个不大不小的军头。但是这个黄七爷胸无大志，觉得搞那么大的阵势太累，把缴获的枪，一小部分还了刘文辉的人情，大部分干脆都便宜卖给了刘文辉，自己只留下了两挺机枪，卖的钱大部分都分给了大伙。金堂的人的生活因为这个大大改善了，因为卖枪的钱，就是便宜卖，枪的数量可是不小。被杨森的兵吃掉的猪鸡鹅鸭，加倍地都补回来了。有些人还置了房子和地，娶了媳妇。而黄七爷作为舵主，也真的有了资本。不过，黄七爷知道，这一切都是满妹的功劳，所以，他把该给自己的那份钱变成了堂口的公产，他和满妹都可以支配。

自然，经此一役，满妹的威望进一步升高，黄七爷眼看就成摆设了。他说话，人们有一搭无一搭的，爱听不听，但满妹一发话，全都静下来老老实实地听。黄七爷是个老江湖，哪里看不出这里的名堂。他倒是不嫉贤妒能，有心想把这个舵爷让给满妹，但是自前清以来，从来没有哪个堂口弄个女子做老大的。金堂能不能开这个头，黄七爷还得想一想，征求一下其他堂口大佬的意见。

杨森打死都不会相信自己的主力部队的一个团，被一个小女子带领几十个袍哥就给缴械了。但是那跟着干的二十几个汉子，嘴没有贴封条，这个传奇故事跟成都机枪被摸的事儿一样，很快就传遍了袍哥各个堂口。这个战绩，加上前面的那场伏击战，真真大长了袍哥的志气。自打保路运动以来，袍哥每每动静挺大，但实际上只能起哄，不能真干真打，各地堂口拉起武装，也不过是摆样子，对付小股土匪还凑合，对付正规军就根本不是个儿，大抵只能委屈求全。而这回，这样漂亮的仗，即使是所谓的正规川军，有几个所谓的名将能拿出这样的战绩来？

　　如果袍哥有神的话，现在的满妹就是袍哥之神。最早的关云长、王伯当离得太远，后来编出来的陈其南，什么少林和尚，又太玄。而现在的满妹，则是活生生就在眼前的人。传说太猛，三传两不传，连神偷偷机枪的事儿也转到了满妹名下。一个团都被轻易摸掉了，一挺机枪算什么呢？说她神机妙算，杨森的算盘都在她的掌握之中；说她飞檐走壁，武艺高强，十几个人近不了身；说她枪法入神，指鼻子不打眼；甚至说她可以在空中腾飞，无论多高的楼，说要上去，一搭手，人就在顶上了；还说她力大无穷，那么大的重机枪，她一只手就可以拎起来。这一阵儿，各地的袍哥络绎不绝地来到金堂，一来是给满妹送钱，二来呢，也是顺便看看他们的英雄。而黄七爷，则变成了满妹的跟班和招待员，他也很乐意做这个跟班，乐于招待这些人，每天在满妹周围跑前跑后，不让其他人上前。就这点而言，袍哥的堂口还是比官场强多了。有本事的人，人们发自内心的追捧。杨森刻意想要得到的东西，满妹根本不想要，却推都推不出去。

三十三、刘神仙

接二连三地出事，杨森感觉似乎有一个阴谋在围着他转。他娶的姨太太，前前后后也有好多个了，只有他玩腻了扔女人的份儿，哪里像现在这样，自己的女人，今天跑一个，明天又跑一个。机枪莫名其妙地丢，部队莫名其妙地被缴械，连儿子都有人绑架，就好像他被什么人施了魔法。看这个架势，一定有大能耐的高人在暗中对付他。这个人，从两个姨太太跑的方向看，一定是刘湘。可刘湘有这么大的道行吗？

在他的眼里，这位老同学就是个憨头，在混战中能活下来已经不错了，此前一直是跟着他走的。是他要占成都，才把重庆这个码头丢给了一直盘踞重庆周围几个县的刘湘。可是这两年，刘湘越来越神气，居然敢跟他叫板了。一个重庆，就像是根鱼刺卡在他的喉咙里，吐也吐不出，咽也咽不下。听说刘湘身边多了一个人，此人叫刘从云，人称刘神仙，能掐会算，而且还是什么孔孟道的教主。

提起刘从云，杨森想起一段往事。那时他还在重庆，有一天，一个重庆码头上的大土豪建议他见一个人，说这个人给人算命那叫一个准，而且这人的才能还不限于此，可以说经天纬地，上知天文，下知地理，中间还懂人事，堪比诸葛孔明。杨森说："那你就带他来吧！"那人说："这个人，你只能登门拜访，不能叫人家来找你，你得拿出刘备三顾茅庐的劲头才行。"杨森笑了笑，只当听了个笑话。

刘从云什么样，他根本不知道，也不想知道。后来听说刘从云给他批了八个字：志大才疏，狼子野心。他听了，又笑了笑。这年头出来打天下，谁他妈的没有野心呢？再后来，他听说刘湘动真格的，三顾茅庐，学刘备整整去请了三次，用八抬大轿把刘从云请出山。难道说，这个刘神仙真的有什么法术？真的神机妙算？杨森随即摇了摇头，他不信这个，尽管有这么多的事儿，想一想，他的军队还在，地盘还在，扩军和整军计划仍旧在按部就班地进行，就算这个刘从云有本事，他就不信胜不过他。自打做督理以来，他一直就是这样，冲一冲，碰到阻力，收一收，然后再冲一冲。退一步，进两步。最后，决战时刻到来的时候，他一定会让所有这些军头好看。这个劲儿，他一直憋着。不过，既然刘湘有了刘从云，看来有个军师还是有点用，他也得找个足智多谋的文人做帮手。

再说刘湘，自打杨森稍微收敛之后，屡次来刘从云府上求教都不得要领。刘从云府上，刘湘是可以直接进内室的。只要刘湘来了，不是赶上刘从云在过瘾，就是搂着女人在快活。鸦片是催情的玩意，过足了瘾，刘从云在床第之间可以连续作战。无论什么时候，刘从云就是不谈正事，只顾让刘湘跟他一起玩。

这天，刘湘又来了。

刘湘这人，乍看起来很笨，但只要他慢慢想，总能想明白，一旦明白了，别人还就比不上。他更大的优点，是肯听人劝，而且脾气好，只要他觉得这人有用，无论人家怎么跟他耍态度，他都能忍。刘从云不理他，他可以一次接一次地来。

刘湘进了内室的门，发现刘从云今天没抽烟，也没有做爱，更没有拜神，而是在喝茶。只是，刘从云品茶，给他泡茶、沏茶的女孩子都只穿了一条红肚兜，里面赤条条的，什么都没有穿，刘从云就喜欢这口。

见刘湘进来，他指了指前面的一个座位："甫澄，坐下喝茶。"

立即就有两个女孩子，一左一右，走了过来，把刘湘的衣服脱了。

"我知道你要干吗，先玩玩，然后再说。"

"你说了，我再玩。"

"你就是轴性子。"刘从云一只手拍了一下一个女孩子的大腿，"杨森还是我说的那样，'志大才疏，狼子野心'，一点儿没有变。"他说着，托起另外一个女孩的乳房，"女娃都有奶子，无论大小都有，娘胎里带来的。杨森这个人也是这样，到死，还是这个德行。这个德行，也是从他娘胎里带来的，他可变不了。"

"那他为何收敛呢？"

"他还没准备好，就张扬过了，把全川袍哥都给惹毛了，可不是好耍的。等他准备好了，第一个要对付的，肯定还是你。"

"那我该怎么办？"

"按说好的办，干吗有点事就慌神？"

刘湘豁然开朗，一手一个，搂住了两个女娃，两只手不老实地按在了人家的胸脯上。

三十四、神偷栽了

一个消息传遍了街坊——神偷栽了，偷机枪的案子破了。

江湖上有个信条，但凡英雄豪杰，多半栽在色字上，没有例外。说色字头上一把刀，没错，这把刀就是杀人的刀。这话放在神偷身上，还真对景。神偷虽然神乎其技，但一向没有过这么多的钱，花起来没数，不仅泡小翠，还捧戏子、进赌场。没有多久，钱就见了底儿。别的他都可以忍，唯独舍不得小翠。没有钱，怎么进妓院？赌账可以赊，嫖账可没有赊的。于是，他只能就近作案。

成都的富人多，捞起来倒也方便。但小偷的规矩，是不能接连在一个地方作案的。由于舍不得小翠，他不肯离开成都，打一枪换个地方。但是这样一来，就犯了贼行当的一个大忌，出事的概率大大增加。

当年的成都也是藏龙卧虎的地方，能人很多。山外有山，天外有天，你怎么知道哪块云彩会下雨？

也是合该神偷有事。成都有一人家，原来也是在江湖上混的，堪称绝顶高手，后来洗手不干，改行做了皮货生意，生意做得挺大，挺扎眼的。神偷那一套，都是他当年玩剩的。这家伙见左邻右舍都遭了贼，提高了警惕，加紧提防。果然，一天夜里，神偷找上门来了。于是，神偷从房梁上纵身一跃，就掉进了人家事先布置好的陷阱。人家一看，是个不认识的后辈，也没客气，第二天一早就送了官。

神偷偷东西，天赋异禀，所以以前没怎么失过手，栽了之后，熬刑不过，就都招了，连偷机枪的事儿也招了，唯一没招的，就是背后挑唆他偷的人，说出来也白费，具体是哪个，他根本说不清。这个消息，别人无所谓，可是让警备司令着了急。机枪丢失是个无头案，他花了好多的钱，托了好多人情，才保住了这个位置，现在有主儿了，居然就是一个小偷干的，让杨森知道了，还不剥他的皮？

他马上采取了行动——灭口。在牢里，要狱卒们弄死一个人，有一百种办法，还不怎么露痕迹。钱花到了，人就被灭了口，具体是半夜用打湿了的毛头纸蒙住嘴和鼻子，给不声不响地闷死的。旧式的监狱里，每天都会瘐死几个，拖出去扔到城外乱坟岗就是。

不幸的是，这个事儿绕着弯，又被小翠知道了。小翠感觉不舒服，这么个年轻人，说毁就给毁了，这警备司令也太不是东西了。

过了没多久，这个事儿也被侦缉队长知道了。侦缉队长一向跟警备司令不和，这个机会焉能放过？他知道机枪是贼偷的，而突然拿了一个贼，又悄悄地弄死了，这里能没事？侦缉队长拿来监狱长，刚一上刑，这家伙犯不着给警备司令抗，招了。警备司令就这样被搁在了面上。心里没有大的鬼，干吗要灭口呢？汇报给杨森之后，一下子证实了杨森的猜测：他的队伍里有内鬼，级别一定还不低。

那时候的人还不懂得放长线钓大鱼，抓来人就上刑逼供。三木之下，何求不得。于是，大刑之下，警备司令招了，说他是跟刘湘合作，机枪也卖给了刘湘的人。然而，养尊处优惯了的人熬刑不住，居然就翘了，一个同党也没招出来。

挖出了内鬼，杨森并不快乐，警备司令也姓杨，多少还沾点亲缘关系，这样的人居然也成了刘湘的内线，难怪这一阵儿老是出怪事。

是不是要掀起一场抓内奸的运动呢？杨森没这样想。这也跟四川的特色有关。川中的军头，理论上，除了体己的自己的家人，剩下的都是外人。对外人，忠诚这个事儿，就不怎么要求。袍哥伦理就是这样的。得势的时候，大家都是你的人，不得势的时候，就都离开了。跟你的时候是这样，离开的时候也差不多。既然大家都不拿忠诚要求下属，抓什么内奸呢？杨森当然想让所有人都对他忠诚，但是，不是折腾这么长时间还没有见效吗？他现在想的是，之所以有人对他不忠，说到底，还是没有建立起对他的崇拜。当年，川中的军人朝秦暮楚是家常便饭。在杨森看来，关键是没有建立对主公的崇拜。这一点，杨森和他昔日靠山吴佩孚想的是一样的。自打皇帝退了位，中国军队最大的问题，是在政治上没有了一个可供在供桌上的人，所有人都不知道该忠于谁。

解决这个问题的唯一办法，就是靠宣传。前一阵儿放松的事情还得重新抓起来，精神讲话还得坚持，杨森语录还得到处张贴。更特别的是，已经松弛的朝会制度，再度在各级衙门和军队里兴盛起来。每个机关衙门都建一个台子，台子上端端正正地放着杨森的画像。朝会的时候，首先要向画像行礼，三鞠躬，然后一起念诵杨森语录。唯一跟此前有分别的是，由于袍哥的关系，不在街面店铺里挂杨森像了。

当年没有复印机，四川也印刷不了彩色的大幅画像，所以只能一张张地画。那个时候，中国除了内地通商口岸，基本上没有肖像画画家，当地的画匠都是给死人画像的，大抵一个套路，一套清朝的蟒袍玉带，顶戴花翎，至于人脸，像与不像，没有人较真。从清朝那里传下来的习惯，活着的人不大有人画像，但死的人，只要家里有点钱，就一定找一个画匠画一张像。死人被安葬之后，画像供在家里或者祠堂里。四川民间的画匠都是干这个的。所以，所谓的杨森画像，也就是一套金碧辉煌的军服还像那么回事，人的脸天知道像谁，反正一律斜眼，凤眼，柳叶眉。有的画像，还自作主张地给原本没有留胡子的杨森添上了五绺长须。反正杨森又不可能挨个把台子都看一遍，上面的杨森像不像杨森，谁在意？杨森的伟人事业，在他看来，是一个庄重的事业，是伴随着他建设四川和改造四川的宏大规划的。然而，从一开始推行就变成了一个扯淡的事业，越是往前走，就越扯淡。在他属下的扯淡中，他变成了小丑。

专断的权力，必然伴随着独裁者的崇拜。只是，当这个人权威不够，强力也不够强的的时候，这样强制推行的崇拜，难免面孔庄严，却有着小丑的鼻子，让人忍俊不禁。

三十五、铁姐妹

在金堂，确切地说，在成都平原的袍哥那里，对满妹的崇拜倒是建立起来了。就是这么回事，中国这块土地原本很容易建立对强人的崇拜，关键你得有点出人意料的功业。满妹的战绩，即使自己不吹，别人也会替她吹。金堂堂口原来是黄七爷一言九鼎，现在是满妹一言九鼎。不仅金堂人闹纠纷不找黄七爷而找满妹，连周围州县的人有了大事，也来找满妹拿主意。这种时候，人们已经忘记了满妹是一个女孩子，也需要找婆家。

满妹倒是不难看，但是女孩家从小习武，打打杀杀的，英气太盛，儿女情方面就短了。满妹不喜欢男人，确切地说，是不喜欢找男人嫁了。做主妇伺候男人，她受不了，不然的话，就不出来嗨袍哥了。

只是满妹并不想当老大，也不想人们崇拜她。她一个女孩子家，没有多少功利心，活着，就是自己活着好玩就行。她看不得人欺负人，喜欢抱打不平。在金堂的袍哥这里，她活得不错，所以就受不得堂口被杨森摧残，一定要给杨森好看。今天这个局面，原不是她想看见的。所以大事小事，她还是往黄七爷那里推。而黄七爷呢，成天跟余寡妇腻在一起，堂口的大事小事都不管了。推了一圈，还是得回到满妹这里。连余寡妇跟黄七爷拌了嘴，余寡妇都要找满妹来说理。

说起来，四川自打清朝以来，是个移民地区，原来的居民，大部分都被张献忠给杀了，现在的居民，大部分都是湖广填川填来的。移民地区，男女之事不怎么讲究；宗法势力，也不那么强。居家过日子，饮食男女，每天都有事儿，那个乱哄哄的劲儿，每天都有让人断不了的官司。

断不了，还得断。不仅金堂人要满妹来断，外面的大事也来找她。满妹还是个没出阁的女娃儿，哪里受得了这些！

终于有一天，满妹失踪了。这一下，金堂的人就像掉了魂似的。杨森再来，可怎么办呢？

满妹去找小红了。

小红是满妹最铁的姐妹，不，她们俩是哥们。她来重庆，是为了躲几天清闲。成天在别人崇敬的目光里，还得帮人家断家务官司，在这方面，满妹一个没出阁的女娃，真是不如黄七爷。但人家不找七爷，就找她，满妹说什么，他们都信服。这实在是让人太难受了。

小红现在已经回到了重庆，但要上台演戏，刘湘又不同意。范哈儿此时已经变成了纯然一个袍哥大爷。说要撤去他的本兼各职，他原以为是应付杨森的官样文章，但从上海回来之后，却变成真的了，刘湘压根不提复职的事儿。范哈儿打算把队伍拉出来，但一来拉得有难度，他的那个师，好多军官都被刘湘换掉了；二来，拉出来投奔哪个呢？杨森也不是个好东西，其他人也未必能容下他。一犹豫，事情就耽搁下来了。

满妹来了，小红乐死了。原本不能唱戏了，她有点难受，但满妹来了，可以一起耍，还可以教满妹唱戏。

听说小红不能唱戏，范哈儿不高兴了。凭什么，我们民间演戏，官府说不让谁唱就不让谁唱，哪里有这个道理！妈卖皮的，我们偏要唱，小红还得唱大轴，谁拦着，我跟谁动武！

上次说过，满妹的父亲是重庆的大士绅大富商。但是，此时他已经携家带口去了汉口，住进了汉口江汉路上的英租界。当然，部分的买卖还在重庆。公司里的管事的，听说满妹回来了，几次来请，满妹都没有回去。公司里的人只好把满妹的情况写信告诉了她的父母。见自己的小幺妹混得还不错，她的父母也就放心了。自打满妹出了名，她父母在重庆的公司的生意好多了。

在范哈儿的力撑之下，戏班子上演川剧名篇"五袍记"，由小红担纲主演，牌就这么挂出来了。戏上演的时候，码头上的袍哥壮汉都来了，荷枪实弹，黑压压的，有一半在戏园子外面，以防刘湘的人来禁查。

刘湘的军队里袍哥特多，看到这个架势，底下的人就没报给刘湘。刘湘其实也知道了，知道这是范哈儿跟他叫板呢，但自家心里有亏，就装不知道了。说白了，刘湘也不喜欢这种江湖义气高于一切的做派，但现在还不得不容忍一二。况且，小红身边还有一个袍哥英雄满妹呢。他对于满妹另有打算。于是，一场接一场，小红大过其瘾。顺便，满妹也真的学会了变脸，还时不时地可以登台票一场。

满妹在跟小红学戏。这期间，重庆的袍哥头面人物，听说大名鼎鼎的满妹来了，一个接一个地找上门要请吃饭，都被小红给挡了驾。然而有一天，刘湘派人来了，恭恭敬敬地递上了一份请帖，请满妹赴宴。

满妹问小红："这是什么意思，我是去还是不去？"

小红没有答话。范哈儿正好在场，当即说："不去，理他呢。"

小红想了想，"刘湘应该没有什么恶意，还是去吧，我陪你去。在他的地盘上，别闹太僵了。"随后对来人说，"我们答应了。"

等来人走了之后，范哈儿说："要不要我带人去防着点？"

"我们又没有闹翻，没事。"

三十六、不想当官

满妹走了，刘文彩来了。刘文彩来金堂，是有求于满妹的。但他只跟黄七爷有交情，搭不上满妹。原来，前次少量部队配合袍哥队伍用游击的形式就困死了自贡的成绩，让刘文辉野心大增，他要刘文彩策划一次行动，以突袭的方式拿下自贡。如果自贡在他手上，就掌握了盐款的分配权，四川就有一半了。

刘文辉的野心一点都不亚于杨森，只是刘文辉相对隐秘一点，也不过就是一点点而已。也许是杨森过于张扬了，刘文辉就显得灰暗了一点。四川军人中，作为保定系的魁首，本不该这样低调的。

刘文彩知道，如果真的采取行动，必须是以突袭的方式进行，最好是派人潜入城里，里应外合。而这种方式，非得靠满妹这帮人才行。

被找到头上的黄七爷对刘文彩说："我倒是可以去重庆找满妹，但那妹子能不能跟我回来给你帮忙，我可拿不准。你也知道，她现在可不一定听我的。"

小红陪着满妹到重庆最大的酒楼福满楼赴宴。当她们进来的时候，所有人都不自觉地起立。满妹的事迹已经被传神了。军人嘛，都佩服会打仗的人，故事很神，但战绩却摆在那里，他们不由得发自内心的崇敬。

刘湘见状，心里有点不爽，心想，我才是你们的主公，什么时候见到你们对我这样了。心里是这么想，但外貌显得很憨厚的刘湘一点都没露出来，一脸堆笑，把满妹迎了进来，尊在上首上宾的位置。

　　满妹很不习惯这样的场合，在席上既不怎么动筷子，也不怎么说话，当然更不喝酒。刘湘也不好勉强她，席上的气氛有点尴尬。但刘湘却喜欢这个样子的满妹，他要用的人就该是这样的。幸好，刘湘手下的将领一个接一个站起来，举着酒杯，表示对满妹的崇敬。敬酒人家不喝，自己喝了也就是了。川军将领对于怎么跟一个场面上的女子打交道还不大清楚，只好随着她。

　　席后，刘湘把满妹和小红迎到了自己的公馆。到了这时，底牌才被揭开。原来，刘湘想成立一个特务营，要满妹来做营长，如果嫌营长小，可以给团长衔。每个月一千大洋，还有两千的车马费。他心想，一个女娃，这样官儿，这样的待遇，就不小了。哪知道，满妹听完笑了笑，吐出了两个字："不做。"

　　小红把话接过去，对刘湘说："谢谢甫公的抬爱，我这个妹子，就是一个闲云野鹤，不喜欢官身。甫公帐下良将如云，想必有更合适的人选。"

　　甫公被怼到了南墙上，但他没有生气。这是刘湘的特点，脾气好。如果脾气不好，他这一路走来，从一个小排长做起，早死在沟里了。脾气好的他，命大福大，硬是在众人都看不起的情况下一步步走到今天。

　　满妹她们回到家，发现黄七爷已经在家等她们了。黄七爷转告了刘文彩的意思，满妹也拒绝了。

　　黄七爷说："当初我们堂口被平，重建还是靠了刘家的帮助，我们欠他一个人情。"

　　满妹回答说："我们不是帮他们围困自贡了吗？再说，那些枪不都还他们了吗？你还贱卖给他们那么多枪。"

"但人家的情义，还没还哪。"

"还要怎么还呢？当初他们帮你，还不是别有打算？"满妹顿了一下，接着说，"此前打仗，不过是为了自卫。你知道，我是不会帮这些军头打内战的，不帮刘湘，也不帮刘文辉。"

"那你让我怎么回复他们？"

"你领人去帮他们好了。"

"他们根本就没看好我，要的是你。"

"七爷，这好说，你回去就说，没找见满妹。既然来了，你就好好地耍一下，明天我们请你吃火锅。"小红插进来，打了圆场。

七爷长叹一声，也只能这样了。

三十七、华新之

刘文彩没有得到满妹的相助，自己带队伍换成便衣，对自贡进行了一次不成功的偷袭。川军行动是很难保密的，每个队伍都你中有我，我中有你。刘文彩的队伍早早就暴露了目标，偷袭变成了强攻。自贡的杨森守军，武器精良，有一大部分是缴获盐井自卫队的枪械。刘文辉觊觎自贡，除了盐井的收益，主要就是这批枪械。然而，这回却吃了这批枪械的亏，去了两个团，战到第二天早上，折损大半，刘文彩灰溜溜地就回了宜宾。因为是化装偷袭，吃了亏，也只能是哑巴亏，还不能声张。

自贡之战的胜利让杨森很提气。他觉得，跟这些川中将领比起来，他绝对是可以傲视群雄的。

一个刘文辉居然敢占我的便宜，活该！

尽管如此，这场小小的胜利离他一统全川的大业还远得很。前一段的诸事不顺突然让他感到，怎么也得找一个军师，就像刘湘身边的刘从云一样，帮自己出谋划策。只是他要的诸葛亮不能像刘从云那样装神弄鬼，得现代一点。

有人给他推荐了华新之。

他知道这个人，有人告诉他，此人的文笔不错，肚子里也很有货。

虽然华新之所在的《新蜀报》得罪过他，《新蜀报》被封，华新之还出去躲了躲风头，但这样的过结，对杨森来说是小事了。只要人真的有才华，能出好主意，他是不在乎给待遇的。说句客观的话，川军诸将在用人方面的确比较放得开，不像川外的将领，好些小肚鸡肠。

华新之是个媒体人，是个在川外大都市上过学的知识人，正经八百的东吴大学法科毕业，回四川后，就做一个媒体人，但心不小。从来媒体人对于政治，对于参与政治，甚至直接运筹帷幄、玩弄权谋，兴趣都要比写社评、写新闻报道大，关键是看有没有机会。近代以来，尤其如此。

经介绍人的介绍，华新之来到督府跟杨森见了一面，杨森感觉不错，当即，华新之就成了督府的副秘书长。杨森有事没事，都把这个前记者带在身边。华新之天生乖巧，会说话，能及时地递上一些主意、一点奉承，又不很过分，让杨森觉得很舒服。

再说刘湘，自打收编满妹未遂之后，他发现刘从云那边对他生了气，几次登门都不见了，连门都不让进。这样的事儿此前只有一次，那一次是刘湘小抠，许诺发给部下的奖金打算不给了。刘湘知道，这次肯定是他自己哪个地方做错了。只是错在哪儿，他一时还摸不着头脑。

既然是他错了，那就只能降低身段，一次次地去请罪吧。反正他这个人一向皮厚，多认几回错，他不在乎。

终于，刘从云的门开了，刘湘再一次被请进了内室。

这一回，以往娇娃云绕的场面不见了，刘从云袍褂整齐地在等着他，劈头就是一句话："甫澄，你错了。"

"是的，学生错了。"

"你知道你错在哪儿吗？"

"不知。"

"你怎么能真的把范绍增给开掉了？"

"你不知道，他真的很讨厌。"

"天下用人，不在于讨不讨厌，而在于有没有用，范绍增有没有用？"

"有用。"

"杨森已经是川中袍哥的公敌，你是不是也想跟着他做公敌？"

"学生明白了，回去就让他官复原职。"

"官复原职不行，得加官进爵，你得补偿人家。"

"好，好。"

"范绍增不仅在袍哥中威望高，而且，他还是个能打烂仗的人，或早或晚，你跟杨森之间会有一场大战，范绍增可是大有用处。"

"学生明白了。"

"还有一件事，你也得办。"

"办，办，一定办。

"给我的孔孟道的人建一个师。这个师由我来亲自组建，亲自指挥。"

刘湘一愣，想了想："当然可以，但枪械得等一等，一时还凑不齐。"

"不要紧，先给每人发一把大刀，我要让他们练神功。"

"放心，老师，等下一批军火到了，优先装备你的这个师。"

这个师，就是刘湘的神军。神军的士兵和官佐，实际上刘从云早就备齐了，就等刘湘批准。神军组建之后，刘湘又买了两艘炮艇，建了一个小舰队，买了几架飞机，组建了自己的空军，对外号称海陆空三军具备，但人称他有海陆空神四军。

三十八、宣传工作

华新之上任之后，杨森的宣传工作有所改善。

首先，画像统一了，真的像杨森。华新之引进了套色木刻，所有悬挂杨森画像的地方都换上统一订制的套色木刻画像。至少这些地方的人，如果真想知道杨森长什么样的话，能看到接近杨森本人的尊容。

另外，关于杨森的像章，由于外省订的货始终没有到，大概人家也不知道该怎么样做像章，华新之就让成都兵工厂浇铸了一种圆形的铁质胸章，里面杨森的形象跟画像一样，都是统一的戎装。吴佩孚才给杨森一个陆军中将，但画像上，却是个上将军。遗憾的是，铁质像章里面的形象多少有点模糊。像章到货之后，衙门里的公务人员还有军人人手一个，每天早上，长官站在门口挨个检查，谁要是敢不戴，轻则罚款，重则撤职。华新之每天把关，哪个也不敢玩忽。

至于杨森语录，则挑几个有代表性的，做出匾额，挂在城门以及城里的牌坊上，既庄重，又显眼。

这样一来，至少从外观上，对杨森的崇拜有点模样了。这事儿是督府秘书长他们无论如何都办不明白的。华新之上任头三脚，就给杨森留下了好印象。其实，这对媒体人来说是小菜一碟的事儿。其实，华新之也知道，这样强推对督理的崇拜，效果不会好，但是上司喜欢这口，只能顺着他。他是一个聪明人，聪明人不能干那些愚忠诤谏的傻事。

小翠听说华新之露面了，还做了官，特意来找情郎。没想到，华新之根本不想见她，草草应付了几句，就说自己很忙，以后再说。她再找，则连见都不见了，可是把小翠气得不轻。

此时的华新之心气正旺，管不得儿女情长，何况对方只是一个烟花女子！推荐人说，杨森是想找个诸葛亮，是把他当诸葛亮推荐给杨森的。此时的华新之也把自己当诸葛亮了。但是他也没有想想，哪里有诸葛亮自己送上门的？

送上门的诸葛亮，在自己心中也是诸葛亮。川中的文人有一半都有这样的自我感觉，只是天底下的刘备太少了。找不到刘备，就在心里把用自己的人硬是打扮成刘备，将就了。毕竟，这个世界上有几个人能熬到真的刘备问世才出山呢？

眼见得崇拜工程有了起色，军官和公务人员看自己的眼神都不一样了，杨森很是高兴，心想，这个华新之还真的有一套。所以，他看华新之的眼神也变得柔和了。以前有事，就叫秘书长，现在有事，就叫小华。华新之屁颠屁颠的，忙前跑后，不知道姓什么了。

督府秘书长心里不是滋味。他知道，眼下他还有几分老面子，再这样下去，被取而代之，几乎是可以肯定的。老官僚干事也许不行，但倾轧、整人、给人下套，却是一等一的高手。督府秘书长表面上对华新之表现得十二分的谦恭，好像就是在拍华新之的马屁，但在不动声色之间，一种流言却悄然地在各个科室流传开来。

流言说，华新之马上要做秘书长了，现在的秘书长要卷铺盖走人。而各科室的科长、股长都要大换血，下面的小科员们也可能要动。原本督府里的人对华新之的像章新政就有点不满，看华新之这个劲头，这流言怎么都像是真的，因此杀伤力巨大。一时间，大家交头接耳，性急的已经开始另找门路了。但是，很快一个声音就统一了所有人的思想：还是得把这个小白脸搞掉，大家才能安生。关系到饭碗问题，人都会很卖力，也很齐心。

于是，华新之一下子就像掉进了棉花陷阱里，无论干什么事儿都动弹不得，还没法埋怨人、处罚人，所有的推诿、拖沓，都有充分的理由。杨森交办给华新之的事情，一而再再而三地被拖掉。华新之指使哪个，哪个都不给他干活。急了，他只能自己跑。自己跑，也有人给他下绊子。

要命的是，当华新之把这情况向杨森抱怨时，竟然得不到杨森的同情。杨森没有干过机关里的事儿，在他看来，如果一个当头儿的干不明白，不是当兵的问题，而是当头儿的没本事。他不知道，机关不是军队，华新之并没有杀人，甚至开掉任何人的权力。

三十九、独立旅长

听到偷袭自贡失败消息的时候，刘文辉正在他在大邑建的垒球场打垒球。当年，整个中国知道垒球是什么的人都不多，但在偏远的四川，刘文辉却建了一个像模像样的垒球场。在川军将领中，他也是一个比较洋派的人物。保定军校是模仿日本士官学校建的军校，里面的日本教官多得很，垒球就是教官们带进来的。刘文辉虽然喜欢玩垒球，喜欢事事维新，却跟其他军头一样，用人只喜欢用自己人。所以，他手下的将领大多是大邑人，而且沾亲带故。这些人都在大邑起了大宅子。刘文辉还在这里建了一所小学，一所中学。垒球场就建在中学里。没事，他就来这里打几场，实在凑不够人手，就练练投球。后来，他跟刘湘大战失败，躲到了更偏远的西康，依旧建垒球场。

刘文彩惶恐地站在他的面前，但刘文辉像什么事儿都没发生一样，挥棒击球，打了一个好球。

"五哥，你回去休息吧，这么多天鞍马劳顿，也累了。"

"哥子无能。"

"不怪你，是我的错。"

刘文辉知道，在现在的川军军头之中，自己的实力是排在杨森和刘湘之下的，出兵自贡，充其量只能是一次试探，如果刘文彩侥幸赢了，他就有了可以跟杨森谈判的筹码，不赢也无所谓，至少摸清了自贡守军的实力。自贡是早晚都得拿下的，但不是这个时候。这个时候，最大的政治是引诱杨森跟刘湘打起来。看来，这两人早晚都有一战，到时候他趁机抢下自贡，是有把握的。毕竟自贡离他的驻地宜宾，比离重庆近得多。

就在刘文彩要离开的时候，刘文辉又叫住了他："五哥，听说金堂那个满妹，武艺高强，双手打枪，百发百中，手下还有一帮子短枪手，各个精悍，是真的吗？"

"差不多吧。"

"这个人，一定得拉过来。"

"不好办，我听说刘湘在她那儿都碰了壁。"

在刘文辉的眼里，自贡只是拿下成都的一块垫脚石。待到刘湘跟杨森打起来，成都就是他的。届时，有这样一支奇兵小队，用处大了。想到这儿，他对刘文彩说："多带些钱，封官许愿，我就不信人有不爱财，不想官儿的。"

"好像不行，刘湘给她一个营长，听说她都回绝了。"

"刘湘真是一个哈儿，给这么点的小官，还想用人。你去，她要多大官儿，给多大官儿。她一个女娃儿，给再大的官儿又能怎么样？"

刘文彩带了一大笔钱，径直去了重庆，见到满妹之后，把官衔都封到旅长了，满妹还是不动心。接下来，刘湘听说刘文彩来挖人，就出来挡驾了。此后，横竖刘文彩是见不到人了。

正面突不进去，刘文彩就采用迂回战。刘文彩也是袍哥大爷，在重庆的码头上有好些的熟人。这个刘文彩，虽然读书没有弟弟聪明，但做生意非常灵光。刘文辉的发展，在很大程度上要依靠他的财力。川中像点样的生意人有几个没在重庆码头上混过的呢？

没费多大的劲儿，刘文彩就找到了范绍增，两人是老相识了。他知道范绍增跟小红好，而小红是满妹的铁姐妹。绕着弯地挖人，兴许可以行得通。刘文彩出手大方，喝酒量大，跟范绍增臭味相投。两人别的不管，先在重庆最好的妓院泡了好多天，叫上最好的雏儿，搓麻、推牌九，昏天黑地。然后，刘文彩才进入正题。

　　刘文彩其实并没有底儿，哪知道范绍增听了之后大包大揽，说："没问题，这事儿包在我身上，你就等好吧。"

四十、棉花阵

华新之感到很晕，不知道为何突然风头就变了。以他的聪明劲儿，知道督府的人都在抵制他，但他不知道为何会这样，他到底得罪谁了？

一天晚上，在大家都快要回家的时候，他故意找借口，绊住一个看起来比较老实的老科员，一直把他绊到了人都走光，然后借口耽误他了，就强拉他去一起吃饭。

几杯老酒下肚，三套两套，那个员工终于说出来，大家抵制华新之，是他就要上台了，上台就会大换血。听了这话，华新之一下子就明白了这个流言是出自哪里。他怎么办呢？在办公室大喊"我不会大换血"，肯定不行，没人信的，而且显得自己太幼稚。

怎么办，怎么办？华新之有点慌。他知道，必须尽快想出办法来，否则他就混不下去了。实在没辙了，他去找了尹仲锡。尹老是他的父执，此前做媒体的时候也有过联系。但是他去见尹仲锡，尹仲锡待他很冷，根本没有可能把想说的话说出来。

他回到住处，把脑袋瓜子都想疼了，终于想出一个办法来，连夜草拟了一个公务人员任职条例，在条例里明确规定，公务人员没有重大过错，不会被解雇，按期升职。可是，他把这个条例拿去给杨森看时，杨森笑死了，说他是书呆子。

华新之不知道，另一场针对他的阴谋正在展开。这一回，可不是单单让他玩不转的问题了，有人是想置他于死地。

神偷偷机枪的事儿，秘书长是知道的。他感觉警备司令其实不可能是内鬼，只是老于世故的他什么都没说。其实，侦缉队长办这个案办得太匆忙，什么都没问出来，连地道是怎么挖的都没搞清楚，人犯就翘了。但这个事儿，倒是可以用一下。

一天，秘书长找了个由头，拉着华新之去了趟警备司令部，说是要考察一下成都的治安状况。像是不经意间，秘书长进了岗楼，冷不丁对华新之说："怎么这个地板底下像是空的？"

华新之上去跺了跺，说："还真是。"年轻人好事，随口就把警备司令部的人叫来，把地板给翘开，撬开一看，下面有一个地道。

回来的时候，秘书长给华新之讲了机枪被偷的案子，说这回谜底可是揭开了，原来是从地道里偷走的。华新之还讲，得让警备司令部的人把地道堵上，再安上几口大缸，防止有人再挖地道。这个招数，也是他看古代小说看来的。

然后督府就传开了，说华副秘书长在警备司令部发现了一个地道，传得连杨森都知道了。杨森就找华新之问了一下。华新之觉得这是好事，也就没否认。殊不知，杨森在四川军头中是个最多疑的人，大事小事都会往歪了想，而且在本质上，他对谁也不信任。

知道了这事之后，杨森在肚子里就折腾：这个华新之此前从来没有去过警备司令部，怎么谁都不知道有地道，他去了一下子就能找出来？是不是他早就知道呢？这个家伙早不来晚不来，偏偏这个时候来了，此前还给我捣过乱，怎么一过来就表现得这么积极，莫不是有什么图谋？

阴谋论的思路，是越琢磨越像阴谋的。华新之眼看着就要有大麻烦了。

说也奇怪，秘书长出来做好人了。他把华新之拉到一边，悄悄跟他说："你赶紧跑吧，督理要审查你了。"

华新之一头雾水："审查？"

"就是要关你进侦缉队。"

"啊！"

"赶紧走。你看，这是督理的手令。"

华新之看了一眼，的确是杨森的手令，这些日子他对这个已经很熟悉了，于是，连东西都没收拾，一溜烟就跑了。

四十一、余寡妇之死

华新之失踪一小时之后，全城大搜捕。华新之这一逃，坐实了杨森的怀疑。其实他并没有下令抓人，那是秘书长的圈套。华新之呢，也没有出城，他一介文人，胆儿很小，生怕城门上已经挂上了他的像，按图索骥了。

他去哪儿了呢？他躲到了小翠那儿。

小翠原本不理他的，但架不住小白脸一哭一跪，一把鼻涕一把泪，心软了，就把他藏了起来。看起来妓院热闹，但躲在哪儿，其实都不如躲在妓院安全。

全城大搜捕，没抓到华新之，却撞到了一个金堂的袍哥兄弟。这个兄弟是当初满妹组织的手枪队的成员，被满妹训练得爱枪入迷，进城卖菜居然也带着手枪。人家一搜捕，他以为是来抓他的，掏出家伙就抵抗，当然寡不敌众，被打死了。不巧的是，这支手枪恰好是有记号的，是当初杨汉域带的那个团的一个营长的配枪，枪把上嵌有一块刻着名字的玉石。

当时的川军，对于外来的好枪都十分的珍惜。如果是像此前想的那样，杨汉域的那一个团是被另外的军头的队伍解决的，那么，这样的枪断然不会落在一个农民手里。就算是有外来的军队参与，那么金堂的人一定也有份，而且只有到金堂，才能解开这个谜。比起华新之，这可是个大事。

于是，杨森秘密策划了一次对金堂的围剿，为了避免泄密，参加行动的两个团，连团长都没有事先告知。人马离开成都，是开往另一个方向，中途才改道，开往金堂，已经没有可能有人事先通报了。金堂太平久了，满妹又不在，未免懈怠，于是金堂的堂口被打了个措手不及。幸好，有几次硬碰硬的实战经验的金堂袍哥在仓促之间还是进行了顽强地抵抗，但是，毕竟寡众悬殊，差不多三分之一的人被打死，三分之一逃散了。黄七爷也受了伤，带着残余的人退到了山里。两挺机枪也被人缴了回去。堂口的房子被烧掉。

最令人愤怒的事情，发生在余寡妇身上。

当天余寡妇睡懒觉，没来得及走脱，被杨森的兽军给抓住了，听说是堂口老大的相好，就一拥而上，给排上队轮奸了。领头的排长就是被满妹整治过的那个家伙，一边发泄还一边叫。这帮野兽满足了，就在要离开的时候，从地上挣扎着爬起来的余寡妇，操起一把柴刀，冲这帮家伙就飞了过去，砍到了一个人的后背，却换来了一排枪子。余寡妇就这样死了。

川军内战虽然频繁，但这样轮奸妇女的恶性案件还是在讨袁时期，诸多客军进入四川的时候才发生过。

惨案发生之后，消息传到重庆，满妹很震惊。正好范绍增来说情，要她答应刘文彩的邀请，她就答应了。答应是答应，但有一个条件，她不离开金堂。就这样，满妹得了一个刘文辉名下的独立旅旅长的头衔，兼特别行动支队队长，驻军金堂，薪水、办公费，都有。另外，还有一大笔钱，满妹也收了，她有她的打算。不过，她明确告诉刘文彩，她这个旅长跟戏里的二郎神一样，听调不听宣，接受命令得事先商量，而且不能给她派人来，她也轻易不离开金堂。刘文彩都一口答应了。

满妹赶回了金堂，堂口废墟的烟还在袅袅地飘散，余寡妇已经安葬了。金堂的所有男人都赤红着眼睛，看来哭过不止一次。

红旗老五说，自打嗨袍哥以来，他没有恨过谁，这回可是恨了一个人，这个人就是杨森。

所有的汉子都嗷嗷叫，要满妹领着他们报仇。

黄七爷躺在床上，满妹让人赶紧找郎中给他看伤，然后把自己带过来的钱散了一些，让大家先修房子，过日子。她召集起队伍，发现有枪的还有一百来号人，其中手枪队的人还有八个。满妹用最快的速度整顿了队伍，把队伍分成两个分队，一支长枪队，一支手枪队，还用从刘文彩那儿拿到的钱外出到云南买枪，同时加紧训练，随时准备应敌，还在离镇五里路的一个小山包上设了一个流动哨，一旦发现有动静，立即报警，被偷袭的亏不能再吃了。

陆陆续续，一些逃散的人也回来了，手枪队的人增加到了十四个。

经过对在金堂抓获的两个人的审讯，杨森了解到，竟然两次吃大亏都吃在一个小女子的身上，而且人家说了，如果这回满妹在，可能吃亏的不是他们，而是杨森。经过被审讯者的描述，侦缉队长断定，他们当初在城里差点抓到的那个人，十有八九就是满妹。

杨森开始不信，亲自审讯之后，不由得不信了。他暗中倒吸了一口凉气，哪里来的这个小女子，如此凶悍？幸好她已经离开了金堂，不然卧榻之旁，麻烦可就大了。

四十二、复仇

满妹做旅长了，但她带领的人马还是金堂堂口的袍哥兄弟，目前的人马也就够一个连。这些人一直都有军队的番号，但从没有经过军事训练，不会齐步走、向右看齐，连扛枪的姿势都不大对头。现在虽然他们已经打过几仗了，有了点战斗经验，但当务之急，还是要让这些人令行禁止，会不会排队无所谓，但得练一手差不多的枪法。为此，她问刘文彩要了好些子弹。

尽管如此，练枪法也不能靠打靶，平时的功夫一点都不能少。单就这一点，满妹的人就比所有军头的队伍都强。而手枪队的人，不仅要枪法好，还得会玩刀子，会一点武功。这期间，听说她回来，其他堂口的好汉也有来投奔的。满妹优中选优，手枪队一共选了十八个人。

整顿一些日子之后，差不多恢复元气了，满妹要带他们干一件事儿，那就是摸进城去，报仇。

杨森因为一个女人要跟刘湘动武，最后没动，但金堂的袍哥却因为一个女人，铁了心要报复杨森。

一天黄昏里，满妹带着她的手枪队，通过城里袍哥的内线，三三两两混进城里。集合起来之后，也是靠城里袍哥的接应，他们找到了轮奸余寡妇的那个排。夜深人静，他们先悄无声息地摸掉了岗哨，然后摸进营房，把从排长到当兵的二十几个人统统用匕首给解决了，一律三刀六洞。打仗打死人，烧堂口的房子，打死打伤袍哥，都不算大事。但轮奸妇女，还杀了人家，这个是个大事。拿这个事儿出头，师出有名，堂堂正正。报仇之后，他们再摸进监狱，把金堂的两个兄弟，外加所有的囚犯，都给放了出来，然后天刚亮就出了城。

第二天一早，那个团的营房的大门上，一个男性生殖器被匕首钉在上面，那是排长的。那个排的营房里血流满地。整个营房的人看过之后都吓傻了，舌头伸出来，半天回不去。事情报给杨森之后，杨森只说了一句话："看来，那个妹子回来了。"监狱长来汇报，说监狱被劫，犯人跑光，他连听都不听。

此事很快传遍了成都，人人欢欣鼓舞，奔走相告。多少天，那个兴奋劲儿都下不去。好些茶客都说，就冲这个，老子一年不喝茶，剩下来茶钱也要送给满妹。成都商会还真的凑了一笔钱，悄悄带到了金堂，然而满妹没有收。

到这个时候，杨森才意识到袍哥惹不得。全川的人都在嗨袍哥，水货、样子货当然不少，但你真的不知道哪里有能人。这些日子的灾祸，就是因为轻率地毁了一个袍哥的堂口。可是事已至此，再想挽回跟袍哥的关系，谈何容易。这个时候，他恍惚记得华新之曾经跟他说过，无论如何，要跟袍哥搞好关系。现在看来，这个小子还是有点见识，当初没觉得，看来人家的话说的还是不错。如果他还在，真应该问问他，今后该怎么办。前一阵儿，看来是自己有点小心眼了。

其实，即使在当初，杨森也没有签发对华新之的拘捕令，那是秘书长伪造的。杨森能混到今天，当然有他的过人之处。他猜忌心重不假，但并不笨，有的时候，想事儿也能想明白。

华新之已经在小翠这里躲了好些天了。过了头一天的紧张之后，吃了两顿饱饭，这家伙居然还想跟小翠鸳梦重圆。但是小翠不理他，有时候，接客的时候，还让这家伙躲在床底下，直接感受她跟客人云雨的阵势，直到第二天一早才放他出来。叠翠楼里的茶壶龟儿也知道小翠房里有人，但没有人多嘴。

华新之让小翠想个办法把他弄出去，小翠也不搭理。

直到有一天，小翠突然跟华新之说："你没事了，杨森不想追究你了。"

华新之不信，小翠接着说："我不哄你，若要出卖你，一百个都早卖掉了。大胆放心往外走，没事。说不定，还有好事。"

妓院的龟儿把华新之拖出了院子。华新之战战兢兢地走出叠翠楼的大门，走在街上，看看真的没事，就径直往城外走去。哪承想，到了城门口，他还是被几个大兵逮住，不由分说，就把他带到了督府。

见了杨森，华新之像筛糠似的，扑通一声就跪下了。杨森一见他那个样子，就知道这小子八成不是敌方的间谍。天底下哪里有这样怂的间谍呢？

杨森问了华新之几句家常，就跟他说："你还做你的副秘书长吧，先回去休息休息，明天到我办公室来一趟。"

第二天，感觉自己新生了的华新之早早就来到杨森办公室门口，等候接见。两人对于袍哥问题谈了很长的时间。

华新之说："辛亥以来，四川的袍哥就是江湖本身，如果你不想把江湖给掀翻，就得承认它的地位。"

这个道理，杨森也知道。其实，作为军头，虽然刚起家的时候都会利用袍哥，甚至自己也做袍哥大爷，但是一旦做大了，没有谁会真的喜欢袍哥。毕竟帮会横在那里，让当权的人没有办法一竿子插到底。至于直接动员民众，就更谈不上了。袍哥在四川，就是绅民社会本身，虽然并不公然抵抗，但实际上活生生把军人的统治给截断了。想要横征暴敛，有袍哥隔在那儿，即使说不上行不通，也有很大的障碍。杨森作为一个想要彻底改变四川，立志做中国伟人的人，改天换地，早晚得拿袍哥开刀。问题是，在一统全川还没实现的时候先惹了袍哥，当然对大局不利。

想到这里，杨森问华新之："你说说，现在我们怎么办呢？"

"一动不如一静，先别惹他们。待到我们坐大了，以后的事儿就好办了。"

"摸到家门口了也不理？"

"严加防范就是，袍哥一般不大敢大闹。常言道，小不忍则乱大谋。"

四十三、整军经武

华新之看出了杨森的野心。这个一统全川，改天换地的野心，既让他兴奋，也让他害怕。他虽然只是一个文人，但在媒体混久了，对于四川的现实有比较清晰的了解。他不知道这样的大动作的后果如何，他也难以预料已经被惹毛了的袍哥会怎么样。如果让他给杨森把脉，还是不动为好，如果非要干，当然第一步得吞掉一个大诸侯立威才行。这一步能不能行得通，他其实心里也没底。

华新之最后的一句话，小不忍则乱大谋，还是打动了杨森。杨森在未发迹时，就是靠这个信条熬过来的。是的，当前首先要做的，是打败刘湘，而且是斩草除根。打掉了刘湘，其他人则可以不战而胜之。在这个事儿还没干之前，不能因为一点小事就把袍哥惹翻了，树敌太多。杨森原来很自负，没觉得树袍哥这个敌有什么大不了，现在看来，还真的有麻烦。

现在要做的，一是练兵，二是从外面购买武器，尤其是大炮和机枪，同时想办法改善跟袍哥的紧张关系。

杨森在整军经武，刘湘也在整军经武。比较起来，刘湘购买武器这个事儿，要比杨森容易得多。对他来说，最关键的是钱。军火商欺负川人地处偏僻，川军的武器购买，比起其他省份，要多付几倍的价钱，钱成了军备竞赛的最大的瓶颈。

四川进口武器，最大的通道是长江水道，除此之外，还有云南通道、关中通道。自从杨森和刘湘关系愈发紧张以来，长江水道基本上已经被刘湘截断，杨森所能指望的，主要就是陆路上的云南通道和关中通道了。

不用刘从云策划，刘湘已经想明白了，杨森控制的区域广大，而且有富庶的成都平原，在兵源上，刘湘跟杨森没法比。但是，他的武器要比杨森好，所以部队应该少而精，采取精兵主义。刘湘之所以那么容易就答应了刘从云练一支神军，就是因为孔孟道的人遍及川中，练神军可以把其他防区的青壮年拉过来，练成之后，反正这些神军也是要用枪的，照样可以使用。

正因为如此，刘湘对于范绍增吃里扒外，把满妹介绍给刘文辉，为刘文辉所用，是很不高兴的。只是范绍增对他来说，是个外来人，而且是个桀骜不驯的外来人，从根上他就不喜欢。但是这样的人，至少现在还不能得罪，所以也就只能这样了。

川军打仗，真正的猛将不多。当年国民党系统的熊克武还没有被打败的时候，熊克武手下倒是有几员猛将，但也只是打仗的时候用人，不打了就搁一边。其他部队能打仗的将领，潘文华部的郭勋祺算一个（此时已经归了刘湘），赖心辉部的王铭章也算一个。即便所谓的猛将，在四川也不大有用武之地。

川军打仗，很少硬拼，主要靠的是互相挖墙脚，策反对方的将领，瓦解对手。如果说民国军人的正规化和现代化功夫做得不够，民国期间的四川军人就更是差劲。不过，挖墙脚也不只是川军的特点，其他军阀混战，也是靠挖对方的墙脚。以至于当时有外国记者说，中国军队打仗，不是用枪，而是用大洋和烟土。更有恶毒的家伙说，建议中国军人改用弓箭，这样还能省下点军费，反正打仗做做样子也就是了。只是，在川军这里，这样的事儿就更平常、更频繁。别的地方，被挖走的将领是心里有愧的，但在四川，走就走了，一点不好意思都没有。基层的袍哥武装变脸是一种日常生活。中高层的将领也频繁变脸，好多中层将领都跟过好几个头领。强调绝对的忠诚，在川军这里就是一个笑话。什么三姓家奴这种话，绝对是没有人讲的。川军将领有多少人都换过三个以上的主子。忠义二字，四川人看重的，是一个义字，朝秦暮楚没有问题，但是如果办事不讲袍哥义气，那就事儿大了。显然，杨森对这一点相当的不满意，他的所有努力，现在看来，都是为了改变这一点。

杨森和刘湘剑拔弩张，双方必有一战，双方都在备战，搞军备竞赛。但杨森只看到自己实力的增加，对刘湘实力怎样，却没有多少感觉。的确，刘湘的军队数量的确没增加多少，最明显的，是多了一支神军。这反而让杨森看轻了刘湘。其实刘湘的部队，训练在加强，武器装备改善了很多。

川军的情报工作都做得不好，但此时的杨森做得尤其不好，把袍哥得罪了，这个最好的渠道基本已经被堵死，只能靠不怎么靠谱的探子，打听一点道听途说的消息。而刘湘由于有了刘从云，就大不一样了。刘从云的信徒遍及全川，对他无限崇拜，刘从云的能掐会算，在很大程度上是因为他有别人没有的情报。可以说，在刘从云辅佐刘湘期间，刘湘的情报比谁都准。人们往往看到了刘神仙的装神弄鬼，没有看到他的情报网。这一点，恰恰是刘湘的高明之处。他其实也知道，所谓的能掐会算，阴阳有准，实际上就是背后有人给刘神仙提供情报，但他不说破，还装作很佩服刘神仙的掐算。不讲别的，单单在情报上，杨森就已经输了。

但是，杨森此时还没有意识到这一点的严重性。

四十四、起哄

小红在重庆码头大红大紫。按川中军头之间不成文的默契，一个军头的小妾逃到另一个军头的地盘上，你不给送回去，反而让她出头露面，这是不讲规矩的行为，为此而开打，收留小妾的一方是理亏的。

但是，由于杨森的所作所为，袍哥一边倒地恨他，袍哥都说不好，舆论自然也是一边倒。江湖道义，当然要高于军头之间的默契。所以，小红不仅可以在重庆住下来，而且还可以公开登台，连杨森的办事处也不敢把她怎么样。刘湘虽然不好公然捧小红，但有范哈儿罩着，又有川剧天后的美名，重庆各界人等哪有不捧场的道理！

小红是个艺人，跑码头吃江湖饭的，嫁给谁，跟谁睡觉，原本无可无不可，但是如果不让她登台演戏，她是不能干的。自打吃了开口饭之后，演戏对于她，就是生命本身，她喜欢这个行当。杨森娶了她，其实待她还相当的不错，但是，让这个女子从此做笼子里的金丝雀，她却死活都不会答应的。正因为如此，她才冒着生命危险从杨森那里跑出来。同理，范绍增要娶她，她也不会乐意，尽管范绍增比杨森更江湖，更对小红的脾气。

艺人，包括当红的艺人，对于政治基本上没感觉，对于军人之间的打打杀杀也不感兴趣，谁肯出钱捧他们，谁花钱看戏，谁就是衣食父母。艺人一个义字比天都大，对得起衣食父母，就是最大的义气。不管观众是谁，只要肯大把地出钱看他们的玩意，他们就要对得起人家。论对川剧的品位，其实重庆不如成都，但是现在小红的衣食父母在重庆，不在成都。从这个意义上说，跑码头的艺人是最标准的袍哥，严格奉行袍哥道义。

然而，成都人很想念小红，想念红班主。

在成都请小红演戏，当然是不可能的。但是戏迷们发现，现在金堂是杨森不大敢碰的地方，成都不能演，可以去金堂演啊。川剧跟其他剧种一样，有跑码头，走镇串乡演戏的习惯，到哪儿都能演。在金堂搭台唱戏，成都人到金堂看戏，不也很方便！袍哥群体和川剧戏迷群体高度重叠。此事能不能成，一要看满妹，二要看小红。

川中好事者特别多，比哪儿的都多，动议一出，就有人张罗。都是袍哥兄弟，前来联络的人当然也不是等闲之辈，都说他们乐意出大价钱，请川剧天后来演戏。

满妹开始不同意，说是风险太大，但架不住成都的袍哥弟兄拍着胸脯担保，他们可以安排一个信息网，只要城里的军队出动，无论向哪儿去，都会有人报警，有足够的时间让小红逃走。再说，上次满妹他们进城，在军营闹了那么大的事儿，杨森都忍了，说明他对金堂大有忌惮。

满妹说："那观众呢？"

对方说："都是成都来的，什么人都有，杨森再浑，也不大可能会对观众动手。杀了这么多观众，对他有什么好处？"

满妹没话说了，就看小红的了。

小红是不怕事的人，再说，她也非常怀念成都的戏迷，没有太多的犹豫，就答应了。

于是，好事、好起哄的成都人都知道了金堂会有一台好戏，就是原来小红所在的戏班子承办。所有茶馆里面的茶客，说的都是这件事。人们与其说是期待一场好戏，不如说是期待杨森的难堪，看杨森的好戏。所以，尽管华新之也知道了这回事，但是他没有告诉杨森。秘书长也知道了，他也没有告诉杨森。他们都知道，这个时候谁告诉杨森，说不定就会挨一顿臭骂。

　　在预定的日子到来之前，就有人前去金堂，开始搭戏台。一般乡镇演戏，如果当地没有现成的戏台的话，当地的人就会搭一个简易的台子。而这回，有成都的闲人帮忙，这戏台搭得特别得结实且华丽，简直就像不打算拆了似的。

　　但是满妹和她的袍哥弟兄还是很紧张。刚刚伤愈的黄七爷自告奋勇，带一个小队在成都到金堂的路边的一座小山上安营扎寨，一旦有事，先行狙击。其实，袍哥们在成都到金堂沿线都布置了眼线，只要杨森一动，这边就会知道。

四十五、斗气大戏

　　这场大戏，演的主戏是川剧名篇《龙骨扇》。小红一人担纲两个主角，一个小生龙凤卿，一个武生龙凤鸣。成都长乐班的名旦刘文玉出演剧中的小姐李兰贞。反面角色李林甫，则由长乐班的名丑蒋八娃担纲。戏班子还组织了十个武把式，都带上变脸的家什，到时候万一有事，就跟小红混在一起，让人们分辨不清。最后，见杨森的人根本就没来，就现玩花活，把十个人都加到了戏里去，形成了一个变脸阵、喷火阵，煞是好看。

　　开演那日，金堂从来没见过这么多人，关帝庙前的空场给塞得满满的。火爆的劲儿，即使在成都都没有见过。小红连文带武，外加变脸，自己演得嗨，观众看得更嗨。演李林甫的名丑现抓现挂，把个李林甫演得怎么看怎么像杨森，引起观众一阵阵哄堂大笑。场外，不仅有金堂满妹的队伍在巡逻，还有一个人也带了百十人，带着家伙在周围转悠，这个人就是范绍增。虽然小红死活不肯让他陪着去，但他不放心，还是偷偷地跟了过来，心里悬着，一点不敢怠慢，也没进场，就在场外警戒。

　　这么大阵仗的一台戏，杨森哪里会不知道？部下不说，姨太太们也会告诉他。他也知道，请小红来演戏，明摆着就是袍哥跟他示威，给他难堪。他更知道，这台大戏背后，肯定还有众多军头的参与，明里暗里，都是要他好看，看他怎么应对。如果他真的动武，一旦有民众伤亡，那他就会是第二个赵尔丰。而且，小红还照样抓不到。杨森就是杨森，他忍了，他知道在形势不利的时候不能冲动。这个人就是这样，得意的时候，能张扬得让人受不了，该装孙子的时候，也能装得比孙子还孙子。

戏演完了，什么事情也没发生。组织者和成都的闲人们都感到若有所失，怎么回事？这么跋扈的杨森居然都忍了？原本安着心要看戏外戏的，现在看不成了。观众倒是大呼过瘾，不只为小红，而且为那个舞台上的杨森样儿的李林甫。

其实，杨森派人来了，侦缉队长带了好些得力的部下，装成成都的市民，也混进了金堂。只是杨森没让他们动手，他们大概也不敢做什么。他们最大的发现，是认出了到场的范绍增。

范绍增见什么事儿没有，小红也不要他管，一门心思就跟她的闺蜜兼铁哥们满妹一块儿腻乎着，也就松懈下来。他本是个爱玩爱耍之人，既然到了成都边上，不进城去吃吃耍耍，怎么能就这样过去？这人的胆子比天还大，于是，让跟来的人在金堂待命，第二天就化装进了城。他不知道，他的行踪早就被人家盯上了，随时都可能有危险。

不管怎么说，范绍增是刘湘的大将，在两家就要开战之际来到成都，督府秘书长劝杨森把他拿下，华新之则劝杨森别管他，因为他是袍哥中的大人物。杨森想了想，说了四个字："随机应变。"

范哈儿在成都痛痛快快玩了三天，吃也吃了，耍也耍了，夜夜都换美娇娘，有时候一次就叫好几个。其中有一个也叫小红的，最后才点到，老板说这是这两天才收的，送给他来开苞。这个小红，由于也叫小红，最合范哈儿的口味，一个刚开苞的嫩妹子。有点遗憾的是，他在成都不能久待。唯一让他感到奇怪的是，无论吃喝玩乐，每次都有人替他付账。范哈儿心想，我这回来，谁也没告诉，并没知会成都袍哥的堂口，怎么会有人替我付账呢？不明白。不过，范哈儿心一向很大，不管他，先乐了再说。

范哈儿离开成都，走出城门的时候，一辆马车追上了他们。马车上下来一个人，说是有封信要交给范师长。范哈儿不识字，把信交给随从。随从打开一看，上面说：海廷兄，蓉城三日欢乐否？招待不周，谨请海涵。奉上美人一枚，权做程仪，敬请笑纳。子惠再拜。

随从挑开马车的帘子。哇，那个小红就在里面，冲着他们嫣然一笑："官爷——"

范绍增的脸上笑开了花："妈卖皮的，这个羊子倒还上道。"

其实，杨森也不知道，他的这一招儿，后来竟然给他留了一条活路。不过，这个小红却没有跟范绍增很久。

他们回重庆之后，新鲜劲儿没过，小红很受宠，因为人年轻，长得又甜。范绍增老是带她去看戏。川人喜欢川剧是出自血液的。可这个小红不仅喜欢看，还非缠着要学戏。范绍增拗她不过，答应了，跟重庆的戏班子打招呼，让这个小红去学。没想到，小红戏倒学得不怎么样，也不知怎么，就看上了一个年纪小的小生。两人年纪都太小，不知深浅，竟然非常痛快地就私奔了。走的时候，小红把自己身上的首饰都摘了下来，放在了范绍增的家里，只带了几件随身的衣服。

老大的女人跑了，不用范绍增张嘴，就有人给他们抓了回来。那个小生吓得浑身像筛糠似的。这个小红倒挺坦然，站在那里一句话不讲。

范绍增用马鞭子挑起小生的下巴，看了看，说道："这个家伙是比我帅，也比我年轻。"转过头又问这个小红，"为何把首饰都搁下了？"

这个小红说："那都是你给的，我做亏心事，不能带走。"

范绍增说："我是该杀了你们，还是放了你们？自己说。"

两个人都不吭声。

"算了，你们走吧，人去不中留，带上五百块钱，走远点，越远越好，别在四川待了，丢我的人！"

这俩人就这样走了，离开的时候，像约好了似的，一齐跪下，给范绍增磕了一个响头。范绍增把装着这个小红首饰的口袋丢给了这个女娃。

四十六、空军

　　杨森款待范绍增，只不过想在刘湘和范绍增之间打下一根钉子，同时也顺便示好袍哥，缓和一下前一段过于紧张的关系。再说，抓了范绍增，刘湘并不会很在意，而且还因此得罪了袍哥。但是，范绍增却领这个情。因为这一次，他被伺候得的确很舒服。

　　范哈儿是个从最底层爬上来的袍哥领袖，一辈子跟诸多江湖人一样，干什么都越不过一个义字去。不管你是谁，只要你举止上道，我就会跟你交朋友。他不怎么讲政治，四川政坛上的是是非非，他都弄不明白，也不想明白。对他来说，世上的事儿很简单，谁对我好，我就跟他好，别的都无所谓。

　　说起来，刘湘驾驭部下跟杨森不一样，他对部下是大撒把，部下做了什么，也不大过问。在他的麾下，高级将领即使犯了大错，也没有推出问斩这一说。他不喜欢范绍增，也跟他自己力求逐步摆脱军队的袍哥气息有关。民国的这些军头差不多都这样，起家的时候利用袍哥，或者别的帮会，待到成了气候了，总觉得帮会这种半黑社会的做派会妨碍他们进一步发展，所以都要逐步地跟帮会切割。在这一点上，刘湘、刘文辉和杨森，其实没有本质区别，区别就在于，杨森野心太大，动作大了点。往远了说，其实川外的吴佩孚和孙传芳也是如此，但凡

178

成了点气候，就野心膨胀。

当然，这种时候，如果刘湘知道范绍增接受了杨森的款待，他还是会不高兴的，但也就这样了，不会因此把范绍增怎么样的。

就在小红到金堂演戏这个时候，刘湘在忙一件大事，什么大事呢？建空军。

北洋时期的军阀混战，海军一般没有多大用处，所以害得清末重建的海军舰队在北洋初期没有人要，不仅维修费用没有，连军饷都发不出来，只能靠走私鸦片活着。但是，空军在几次军阀大战中还真的有点儿用。国家落后，无论哪儿的士兵见了飞机都少见多怪。飞机参战，要说有多大杀伤力，倒不至于，即使是飞机参战程度比较高的第二次直奉战争，飞机的轰炸也起不了多大作用，但是有飞机的一方，给对方的心理威慑倒是有那么一点儿。空军没啥用，但对于四川，海军还是有用的，四川的江河多，可以运兵，可以炮火支援陆地。但是刘湘后来买了两艘炮艇，由于过于破旧，还真没啥用。

刘湘所谓建空军，也就是买两架旧飞机，再雇几个飞行员。理论上，飞机能做空中侦查，交战时飞到敌军上空扔几颗炸弹。但此时四川建空军，对作战来说，其实真的说不上来有什么用，充其量，在落后蔽塞的四川，一旦有这么个东西飞上天，可以吓唬吓唬人，但是花的钱可是大笔的。如果是一个会过日子的人，会觉得很费钱，甚至是白费钱。四川蔽塞，当年能飞上天的人要价都不低，肯到四川来的，价钱就更高，请一个飞行员比买架破飞机还要费钱，但是刘湘舍得。这个人就这么奇怪，一方面组建神军，任由他们练刀枪不入的法术，另一方面组建空军，甚至不惜招募洋人。落后和先进的东西，都这样稀里糊涂地被融在他这一个炉子里。

刘湘买的飞机，实际上是在越南的法国人淘汰的教练机，双人双层翼，基本材料都是木结构的，驾驶起来也比较容易。但这样的飞机，其实是不能用于作战的，没有装备武器，若要投弹的话，就得飞行员在自己的裤兜里装炸弹，看见目标，拔去保险，直接扔下去。当年，中国最早的一次空军参战，南苑航校的飞机参加讨伐张勋复辟时，就是这样干的，在皇宫里丢炸弹，把小皇帝吓惨了。到了民国十三年，比较先进的东北空军的飞机已经装了机枪和投弹装置，可以空战，扫射和投弹。

其实，来四川的飞行员实际上是捡着了，待遇好，薪水高，还没什么事可干。刘湘用人，就是两样，给钱、给女人。每个飞行员配备两个漂亮的侍女，明白告诉他们，可以随便。这让这些人很开心。

刘湘的飞机飞到成都上空，所有人都像看西洋镜一样出来看。但仅此一次，就被刘从云给叫停，说是不能轻易暴露增加军备的消息，现在炫耀武力，还早些。幸好杨森也没在意，因为当时云南已经有了空军，他一厢情愿地以为是云南人把飞机开过来了。他根本想不到，被他看不起的憨头刘湘也能有全川之志。

当时的川军将领，除了刘湘，没有一个人想到发展空军。这个姿态，说明这个时候，大邑的土包子刘湘也已经有了全川之志了。

四十七、两只藏獒之间的一根骨头

刘湘的大志不是没来由的。

直系倒台之后，冯玉祥的国民军和奉系的张作霖联手抬出了北洋大佬段祺瑞，成立了执政府，段祺瑞做了临时执政。因为没有恢复国会，只能算是临时政府。段祺瑞进入政坛以来，第一次当了国家元首。但是这个国家元首挺可怜，因为此时段祺瑞已经没了实力，自己没有嫡系武装，即使是元首，也是空头元首。他的政府组建的时候，有的报纸画了一张漫画，上面一个段祺瑞，屁股下面是两把刺刀。这是两把根本不能合作的刺刀，一个是张作霖，一个是冯玉祥。但是，段祺瑞却希望能利用冯玉祥和张作霖的矛盾有所作为。在执政之初，他最担心的，还是吴佩孚死灰复燃。经过直皖之战，段祺瑞是恨死了这个吴小鬼。

吴佩孚这个人也真是有个性。战败之后，他只剩下两千人，任何一个军头，到了这个时候都会下野了，但是吴佩孚不肯，一定要撑着。在段祺瑞的压力下，也有军头们不讲义气，墙倒众人推，不仅同为直系的江苏督军齐燮元不肯收留他，连他的部下——湖北督军萧耀南也不让他在湖北待着。他的对手，国民二军的胡景翼，一个吴佩孚过去的粉丝，倒是放了他一马，没有在鸡公山将他干掉。最后，还是老朋友——湖南的赵恒惕收留了他，让他在岳州安顿下来。即使在一艘兵舰上，吴佩孚还是端着大帅的架子。

岳州溯江而上，就是四川。四川督理杨森，人们都知道他跟吴佩孚的关系密切。湖南在搞联省自治，应该不会支持吴佩孚东山再起。但段祺瑞很担心，有朝一日吴佩孚进入四川，跟杨森联手，所以，一改过去北洋政府不干预地方政治的惯例，竟然下令免去了实力尚在的杨森，任命刘湘暂时代理四川军政事务，明里暗里，就是鼓励刘湘驱逐杨森。

这个任命，杨森置之不理，但在四川军头之中引起了不小的波澜。虽然大家都知道段祺瑞是个空头执政，只要冯玉祥和张作霖没这个意思，杨森就暂时没有危险。即使有这个意思，谁乐意出兵四川呢？事实上，北洋时期，大军头逐鹿中原还忙不过来，绝少有人在意四川。而四川省内打打杀杀，大多是省内人的事儿，顶多会搅进来云贵两省的人。四川和内地，两边在多数的时候互不相干，我打我的，你打你的。

问题是，大家都看出来杨森跟刘湘之间的关系已经相当紧张了。很多人都在暗中数着日子，看两大巨头什么时候开战。在这种时候，段祺瑞这一手，分明是在两个将要开撕的藏獒之间扔下了一根骨头。

从来各省军头谁主政一省，主要看实力，但中央政府任命所带来的合法性也是不可忽视的。这一回，大家都睁大了眼睛，想看看刘湘会怎么反应。

刘湘一点都没有客气，没过多久，就通电宣布就职，同时致电杨森，要他让出成都。当然，杨森不会让出成都。而刘湘也没有摆出阵势进攻成都。双方发了几通电报，互相攻击。显然，在气势上，得到中央政府任命的俨然合法一省之主的刘湘占了点优势。

到了这个份上，刘湘和杨森都明白，他们两个已经成了在弦上的箭，一定得拼一个输赢了。

四川的众军头，无论有大志的刘文辉，还是只求自保的邓锡侯、赖心辉、田颂尧和刘存厚等人，都特别希望两个人打起来。自护国讨袁以来，四川内战不断，虽然有袍哥武装隔着，对基层波及有限，但战争的频度远远超过内地的任何一个地方，居全国第一，几乎月月有战事。可以说，川军军头的好惹事、好起哄，绝对是其中一个因素。

　　刘文辉尤其希望他们赶紧打起来，他已经通过金堂的满妹在成都附近安下了一个钉子。一旦打起来，无论哪个获胜，都势必精疲力竭，那时候，成都肯定是他的。但是对于满妹，他还有诸多的不放心，感觉这个小女子不一定会听他的招呼。果然，金堂那边传来的消息，让他的感觉似乎得到了证实。

四十八、杀手登场

小红就在金堂住下了，满妹很开心，虽然还是有些风险，但是以她们俩的身手，问题也不大。满妹可以跟小红学戏，上次在可园，着急忙慌地学了两手变脸，在重庆又复习了一下，满妹觉得变脸还不大精熟，趁这个机会，要好好学学。变脸这个绝技，在川剧班子是保密的，师徒一脉相传，不成师徒，是不能随意传授的。但是满妹并非艺人，也不想干这行，只是学着玩玩。小红的师傅，就是她的义父，义父死了，她也就没有为谁负责的义务了，所以倾心传授。很快，满妹就得心应手了，按小红的说法，做票友登台是没有问题了。同时，小红还传授给满妹几出好戏。

在这期间，刘文辉传下命令，让满妹去宜宾一次，接受他的嘉奖。但是满妹非常干脆地拒绝了，她又不大会说话，直截了当地告诉对方她没有这个兴趣，不要任何奖励。听了这个回话，刘文辉非常生气，这个旅长不是白给了吗？其实，对于满妹的队伍，他除了给了点钱之外，就是给了些子弹。

刘文彩比他弟弟要更懂袍哥。他跟他六弟讲，对于这些人，不能用正规部队的规矩来要求，不管给他们什么官衔，其实他们就是一个个袍哥堂口，想要让他们替咱们干活，就得哄着。当然，刘文辉生气归生气，还是得将就满妹。

现在的黄七爷开始要求满妹来主持这个堂口，做名符其实的龙头大爷。其实，以满妹现在的威望，不仅做龙头大爷，就是做双龙头大爷也大有人拥戴。但是满妹就是不肯，死活都不肯，而且放出话来，要是黄七爷离开金堂，她也走。

满妹再回金堂，报复了杨森之后，威望之高又上了一个大台阶，特别是，居然把杨森的逃妾拉到金堂唱大戏，杨森干瞪眼，一点辙儿都没有。这个事儿干得太拔份了。天下袍哥最喜欢的事儿，不是杀人放火，而是跟这等有权势的人叫板，有权势的人还拿他们没办法。这种事儿，不用自己参与，单单跟在后面起哄，都挺过瘾。事情过去之后，各地的袍哥到处摆龙门阵拿这事儿吹牛皮，好像是自己干的一样。

所以，金堂很热闹，几乎每天都有各地的袍哥兄弟前来朝拜。朝拜不是告帮，是要有所贡献的，说白了，就是送钱来。民国时的规矩，帮会中人喜欢哪个，崇拜哪个，就一定得给人家送钱，满妹想拦也拦不住。只是喜坏了金堂镇的几间饭庄客栈的老板，天天生意兴隆，高朋满座。连成都城里的妓女，也都跟着来赶趁。

不管通过什么途径，但凡见过满妹的，回去就必定要吹上几天。一时间，成都茶馆的主要话题都是满妹，顺便也提到了小红。小红就在金堂没有走的消息，大家都知道了。

杨森原本以为，小红胆子再大，唱完了这一出戏也得走人，没想到，她竟然在金堂待下来。这实在是不把杨森放在眼里了，他就是再能忍，这回也忍不了。开始是找不到人，后来知道人在哪儿了，有刘湘挡着，现在都跑到家门口待下了，再不动，脸可往哪儿搁？可是，怎么把她抓回来呢？出动大部队，肯定人就跑掉了；派小部队去，很可能派去的人都回不来。

他想来想去，只能找杀手了。

在云贵川一带，自打晚清以来，吃这碗饭的人就不少。官府不灵，个人寻仇就司空见惯，只要肯花大价钱，不愁找不到高手。不过，军头们有枪，还没听说哪个找杀手替他们干事的。凡事都有第一回，杨森想，华新之干过媒体，三教九流接触的多，这事儿就交给他来办。

华新之接手任务，就开始动用他过去的关系，替杨森找杀手。江湖里各种行当都有，只要肯出钱，就会有人干。干这事的规矩，是要找中间人，正主儿一般不会露面。杨森就不消说了，就是华新之的名字也不能泄露半个字。当然，杀手也知道规矩，根本就不会问的，反正你钱到位了，让我杀谁就杀谁便是。这就是个生意，跟买卖东西没有什么两样。

开始，中间人给他介绍了一个男的，江湖人称鬼见愁，枪法和刀法都是一流的，从光绪年间就开始干这个，开始是一刀准，现在是一枪毙命。但是华新之觉得一个男人容易引起注意，就想找个女的。人家还真给他找到了，一个年轻的女杀手，出身武林世家，这行也干了有十年了，从来没失过手。

为了双保险起见，华新之把两个都付了定金，让他们扮成父女俩，一并行刺。

四十九、手枪风波

刘文辉和刘湘叔侄俩在反杨森问题上是结盟关系。刘湘看起来傻憨傻憨的，但心里有数。他知道刘文辉就想把祸水往他那儿引，好坐收渔翁之利。为此，刘文辉做了好些小动作，他以为刘湘看不出来，其实刘湘心里明镜似的，只不想说破就是，因为小幺叔现在有用。对他来说，现在要生存，将来要想一统全川，杨森必须打掉，打掉了杨森，别人，包括小幺叔，还是事儿吗？

刘文辉挖去了满妹，给了她一个独立旅旅长的头衔，让满妹做他的别动队的买卖儿，是刘从云的门徒打探出来的。当然，告诉刘湘的时候，刘从云说是他算出来的，说刘文辉此举是志在成都。

不过，大敌当前，刘文辉当然不能得罪。相反，真的打起来，还得指望刘文辉去扯杨森的后腿。那时候，要在胜负未分之际，指望哪个军头动手，还就是刘文辉了。所以，这一时期，凡是刘文辉从下江（长江下游）买来的枪械，哪怕是山炮，他都一点不克扣，悉数放过。

但是在重庆码头上，袍哥势力很大，因此范绍增凡事都可以插上一脚。别看刘湘此时对小幺叔毕恭毕敬，但范绍增一点看不上公子哥气息十足的刘文辉，相比较起来，他对刘文彩的印象还好一点。因为刘文彩毕竟没有外出读过书，一直在江湖上混，比较江湖。

最近一次，刘文辉的货是一批手枪。范绍增喜欢手枪，也知道满妹她们正缺这个东西。满妹是小红的老铁，而且是袍哥的英雄，范绍增安心想要讨好满妹，所以就强行把这批手枪里但凡好一点的都给扣下来。其实，刘文辉进这批手枪，也是讨好满妹的，心想，你官儿不在乎，钱不在乎，给你枪，你怎么也该高兴了吧。

那个时候，各个军头进口的枪械在重庆码头丢失一些，是家常便饭，不管各军的办事处咋盯，都没办法。范绍增干了这事儿，根本就没当回事。但是刘文辉可不干了，因为如果只拿些破枪给满妹，事儿说不定就砸了。再说，刘湘就算不是至亲，单讲联盟关系，也不能这么干哪！

问罪的人来了，刘湘还一脸懵懂，派人一查，原来是范绍增干的。他找范绍增要，范绍增不承认。在来回踢皮球的过程中，刘文辉派来的人不耐烦了，回去报告主公。主公大怒，派了刘文彩，要他带了兵去，发了狠话，说无论如何，就是动武也一定要把枪要回来。

刘文彩是个老江湖，他知道重庆码头是范哈儿的地盘，在人家的地盘动武，是讨不到好的。他就单身一人，带了礼物，到了重庆请范哈儿吃饭。他知道这个家伙是个吃软不吃硬的主儿，吃饭的时候，当场送给范哈儿一个川西的漂亮妹子，说还没开苞呢，绝对鲜嫩。话说开了，当得知这批枪原来是给满妹的时候，范哈儿哈哈大笑，说："我截下这批枪，也是给满妹的。"

事情就这样解决了。枪呢，由刘文彩带走。范哈儿请客，礼尚往来，也买了一个高挑的重庆妹子送给了刘文彩。

进口的手枪一时半会儿还没有交到满妹手里。但一老一少，一男一女两个杀手已经住进了金堂。这两个练家子一眼就看出，他们要杀的这个人和形影不离的满妹都是个练家子，警惕性相当的高，身手也很不错。他们的职业生涯中还没有碰到过这样难对付的人。但是，比较起来，他们更看重满妹，觉得小红不过是艺人的功夫，不足为惧。两人在金堂住了下来，让人看起来像是跑江湖卖艺的父女俩。

经过一段时间的考察，两个杀手摸清了小红和满妹活动的规律。让他们特别怵头的是满妹那两支枪。满妹的枪法好，枪也比他们俩的都好。这一点，倒是激起了那个老杀手的兴趣。他想换枪了，如果能换成，再难也值。有时候他想，就是冲着这两支枪，他也该干这一票。

年轻的女杀手名字叫林忆，祖上是做镖局生意的武林中人，这个行业后来衰落了，但一家大小却要吃饭，父亲在行业倾轧中身亡，为了支撑这个家，她只能出来干这个。改了行，为了练枪法，她不得不把自己出卖给一个有枪的土豪，把枪法练出来之后才摆脱他。自打接了这个活儿，经过几天的观察，林忆不由自主地对满妹产生了好感。但是职业道德告诉她，为了做成这单生意，无论如何，必要时都必须杀了这个妹子。

五十、行刺

满妹和小红并没有意识到迫在眉睫的危险。对于杨森那边可能的动作，满妹当然一刻都不敢松懈。但是她绝对没有想到，一个军头居然会派杀手来解决难题，因为此前还没有过先例。两个杀手看起来也很平常，跟众多江湖卖艺人没有什么两样，住的是镇上客栈里最差的房间，每天天一亮就出来摆摊练武。

倒是小红感觉到了这二位有点异样，那老的，眼睛太贼，看人一眼都露着寒光，不大像一个跑江湖卖艺的，而且两位的手似乎太嫩，不像是江湖练把式吃苦的人，再说，两人怎么看怎么不像是父女俩，不光不像，感觉也不对，怎么都不像一家人。小红也是个走江湖的，见到的各色各样的人非常多，只消瞥上一眼，大体就能知道个大概。自打发现了异样，小红再走过他们的摊子的时候就会多打量几眼，越看越觉得不对劲儿。但是她没有把自己的怀疑告诉满妹，她的直觉告诉她，如果来者不善的话，多半是冲她来的。

两位杀手原本想趁黑夜摸进小红和满妹的住所，用刀解决问题，但考虑再三，发现这样干不行，进屋子就不大容易，万一对方警觉，近距离格斗，他们未必是人家的对手。剩下的办法，就只有用枪了。他们俩一个共同的看法是，要杀小红，得先干掉满妹，干掉了满妹，一个戏子，手上又没有家伙，就好办了。

所以他们的计划是，在街上找机会，两人一齐打满妹，摞倒满妹，然后再对付小红，就算她跑，也跑不多远。街上行刺当然有风险，金堂镇到处都是带枪的人，但是这些人在他们眼里，等于无物。

然而，一连几天，满妹和小红都没出来，他们两个也只好等。

终于，小红和满妹又像往常一样携手出来了。这天傍晚，天气很好，和煦的微风吹着街面，很是让人放松。成都平原夏天的气候特别的宜人，晚上下雨白天晴，不冷也不热。跟以前一样，两人肩靠着肩，并排在街上逛着。

老杀手拉着一个小娃子跟人家套磁："你喜欢那个姐姐吗？"说着，杀手鬼见愁用嘴往满妹方向努了一努。

小娃子说："当然喜欢。那是我们的满姐姐。"

"我给你一个麻糖，你去把那个带枪的姐姐拦下，跟她说，我有事求她。

小娃子说："不要你的糖，你有什么事儿啊？"

"我快吃不上饭了，求她帮帮我。"

小娃子跑过去拦住了满妹，满妹一低头，只见这俩人同时拔出枪来，堪堪地就要扣扳机。

只听嗖的一声，两颗石子狠狠地飞出，这两人拿枪的手，手腕几乎同时中了块石子，两支驳壳枪咣当就掉在地上了。等他们醒过味来，两支黑洞洞的枪已经抵在了他们面前。他们的枪已经被小红捡起，拿在了手上。

小红从小就走江湖卖艺，虽说吃的是开口饭，但江湖风浪大，有些艺人都会一点武艺，学戏本是学功夫，基本功都一样，跟武术只隔一层纸，所以个中不乏高手。但艺人是吃开口饭的，习武只是为了自卫，不到万不得已，不会伤人。小红觉得，单单会些拳脚功夫还不够，学打枪太张扬，她小时候就喜欢扔石子，打麻雀、打乌鸦，练着练着，就成了一手绝技，打石子说打哪儿就打哪儿。不仅石子，无论什么搁在她的手上，扔出去都是武器，而且不仅准头好，轻重拿捏得恰到好处。有事没事，她都喜欢带些特别挑选的石头子在身边。虽然她轻易不用，但行里的人都知道她是个活着的没羽箭张清。

杀手对她的轻视，恰好给了她机会。

审讯是问不出来什么的，因为杀手也不知道真正的雇主是哪个，他们也不会问。但是，知道了他们的目标是小红，事情也就清楚了。小红她们还真的低估了杨森的小心眼。不过，两人都没有觉得怕，反倒有点好笑。

小红问教书先生，这样的干法，是不是叫什么黔驴什么的？

教书先生说："黔驴技穷。"

满妹不知道怎么打发这两个刺客。她的部下一片喊杀声，都说不能轻饶了他们。连黄七爷也觉得，助纣为虐的人不能轻饶，给他们三刀六个窟窿，都是自找的。小红却主张把他们都放了，不仅放了，连枪都还给他们，人家靠这个吃饭，在四川，没了趁手的家伙，再弄一支很难，走江湖的，混饭不容易，他们就是吃这碗饭的生意人，不怪他们，他们这么干又不是跟她有仇。

满妹想了想，就按小红的意思办了，把枪和他们身上搜出来的匕首都还给了他们。

小红说："你们走吧，别让杨森知道，让他知道，你们也许就活不了了。"

行刺失手，还能保住性命，不仅保住了性命，连手里的家伙都失而复得，两人愣愣的，不敢相信自己的耳朵和眼睛，半晌一动也不动。

两人走了后，大家七嘴八舌，还在说这个事。突然，女杀手林忆又回来了，所有人都把家伙掏了出来。

只见林忆扑通一声跪倒，说道："你们收留我吧，我跟你们干！"

小红和满妹你看看我，我看看你，都笑了。从此，金堂又多了一个女子悍将。

其实，在有三员悍将的情况下，满妹她们倒是可以行刺杨森，一报还一报。可是她们不干，袍哥本色，不做这种损人的买卖。

五十一、色鬼杨森

两个杀手悄然失踪，有去无回，显见得是失手了。华新之被杨森骂了一顿，心知行动肯定失败了，杀手无能，能怪他吗？整个四川，不找这俩，找谁呢？只能说人家那边太厉害了。他回过头来一想，感觉很无聊，自己满腹经纶，有孔明之才，却只能做些鸡零狗碎的事儿，做不好还要挨骂。此时，华新之开始萌生退意。这时候他又想起小翠来了，想来想去，还是这个女人待他好。反正这个时候，他也有钱了，就拼命地讨好小翠，隔三差五地给小翠买礼物，上好的衣料一匹一匹地送。小翠则见天往裁缝那儿跑，给自己做一套又一套的新衣服，穿了让客人喜欢。在民国时期，妓女是时装的风向标，好看的衣服都是由花界引领的。

尽管有诸多怨恨，在小翠的恩客里，还就是这个华新之是个正经八百的读书人。川人一向重视读书人，妓女也是如此。见他百般讨好，小翠也就原谅了他，两人重归于好。小翠在叠翠楼是个自由身，干脆就搬到华新之在督府的住所，一起过上日子了。

从前四川有个说法，说婊子从良金不换，又说婊子从良再犯淫，天打雷劈。当初，这种说法对于青楼女子就像戒条一样。可小翠心想，自己从过良了，然后出轨，然后再做皮肉生意，不仅没有天打雷劈，而且挣了不少银子，如果省着点花，后半辈子都够了，这到底是怎么回事呢？人的上头，真的有天吗？

每个人的心中都有最后底线似的戒条，最后的戒条一旦破了，无论男人女人，行事也就无所顾忌。何况这个华新之也曾负过她，现在跟他，小翠未免有点三心二意。如果看到有勾搭她的人，只要人物漂亮，她就可以跟人家上床。这个时候，她不要钱，就看对方人帅不帅，不帅，免谈，多少钱都不干。

很不幸的是，小翠竟然被杨森看见了。一个青楼头牌，见识过诸多的男人，小翠浪得紧，夏天穿旗袍，里面不穿内衣，跟当年的七太太一样，屁股扭得没人能比。而且，这个女人很懂风情，比七太太多了不止七分的妖媚，一双眼睛硬是会勾人，搭上人一眼，好多男人都受不了。

虽说杨森统治成都有日子了，但他轻易不去青楼妓院，看上的女人大抵收为小妾。当年军头们收妓女为妾者不少，像张宗昌，不知道有多少妓女变成了他的姨太太，来来去去。但是，杨森的妾却不见来自妓院的。也可以说，杨森比较能装，装正经，装道德。所以，小翠没见过他。听说这就是大名鼎鼎的杨森，她不免多看了他几眼。名妓看人，即使是寻常打量，也带着几分狐媚，像是在勾人。

杨森本是个色鬼，看见漂亮女人就不会轻易放过的。自打七太太跑了之后，他的身边就再也没有穿旗袍不穿内衣的骚货了，一见小翠，心里痒得很，觉得这个女子对他有意，反过来死死盯着小翠，上下打量，恨不得一口将这女人吃下去。

如是这般，两人眼神交流了片刻，杨森这边有十二分的意了，而小翠这边也有三分意。这样的风情男女眉来眼去，要干什么，就是一层纸的事儿。

没多长时间，杨森就摸清了小翠的底细，然后找个借口，打发华新之去办事，再大模大样地进到华新之的住所。两人在客厅一见，一杯茶还没来得及品，两句话没说完，小翠就被杨森扯到了怀里，小翠半推半就，两人就在客厅的沙发上成就了好事。然后，小翠被赤条条地拖进卧室，战火重开。

杨森睡了小翠，心满意足。小翠睡了杨森，也很得意，他妈的卖皮，四川最大的官儿不也拜倒在我的石榴裙，不，旗袍下面了嘛！哈，我的旗袍下面，什么都没有穿！这回再回叠翠楼，可以跟小姐妹们吹一吹了哈。

俗话说，妻不如妾，妾不如婢，婢不如偷。一百回本的《水浒传》上，写西门庆和潘金莲偷情，曾说道："毕竟偷情滋味美。"杨森和小翠此时就是这种感觉。如果小翠还在叠翠楼，杨森去嫖，那味道，比此时差到不知哪儿去了。在杨森眼里，此时小翠是华新之的女人。

杨森偷情风光旖旎，时间一久，华新之也知道了。但是小翠自己乐意，两人又不是夫妻，他又能怎样？一个仰人鼻息的文人，想来想去，也只好忍了。但是，这三人的游戏，那感觉，好像杨森是屋子里的主人，他倒像是个偷情占便宜的副官。

五十二、崇拜

杨森手下的大将王缵绪，是当年杨森从刘湘那里挖过来的。王缵绪跟范绍增一样，都是自己拉的队伍，自己筹的武器，跟谁不跟谁的，在四川原本不是很原则性的问题，反正在他的部队里，他都是老大。像他这个层次的将领都是这样，朝秦暮楚，从这个人手下投奔到另一个人那里，无非换个上司。舆论绝对不会骂他们是三姓家奴、不忠不孝。被投靠的军头也不会追究他们以前的事儿。川中的军人，风气就是如此。

归顺杨森之后，有一阵儿，杨森的大动作和大志向让王缵绪很是佩服，觉得这家伙的确像个做大事的人，四川的军头没有人能比。所以，过来之后，王缵绪一时冲动，在自己的右臂之上请人刺了一个"森"字，以示永远效忠杨森，再不换人了。这个事儿在四川是独一份，一度让杨森很得意，杨森到处说。所以，他升任王缵绪为师长，让他独当一面，但也从此动了让部下都崇拜自己的心思，一系列大动作，反而把自己弄到井里了。

一个军头，顺风顺水的时候让人崇拜，倒也不难，但是慢慢走下坡路的时候，崇拜就会慢慢见鬼了。可是杨森过于自信，多少也是受王缵绪刺字的激励，要求下属无条件崇拜自己，要他们学王缵绪的样子。慢慢的，连王缵绪也有点受不了了。更让王师长受不了的是，原来杨森只有三个师的时候，他是师长，现在都十个师了，他还是师长，明显缩水贬值了。其实，他不知道的是，自打他在右胳膊上刺了一个森字之后，在胳膊上，甚至两支胳膊上刺森字的人，又冒出来好几个。再往下发展，在背上刺"精忠报森"，也不是不可能。

以前，只要王缵绪在成都，开朝会的时候，他都是第一个发言，极力称颂赞美他的主公。开始，主公还会表扬他几句，但到了后来也就没什么表示了。众将领纷纷争宠，马屁拍得花样翻新，王缵绪显得跟不上节奏了。跟不上节奏，连别的事儿也受影响了。杨森已经跟他传达了一统全川的行动计划，但是他们师武器弹药的补充，总是比别人，尤其是比杨森子侄们掌管的部队，差了很多。一次如此，次次如此，害得他的部队练习打靶都不大敢搞。

王缵绪感到不平，跑到成都来见杨森。都上午十点了，杨森的副官却告诉他督理还没起床。其实，杨森此时就在小翠的房里。自打第一次偷情之后，杨森特别喜欢让小翠穿着旗袍，撩起来在沙发上跟他做，一边做，一边扯开衣襟，把小翠两个鼓鼓的奶子攥在手里，死命地揉，拼命地吮，这让他感到莫名兴奋，每每是做了又做，直到精疲力竭。偷人嘛，总是生怕不够本。

待到杨森心满意足地出来，衣服扣子还扣错了一个，他到了王缵绪面前，还魂不守舍，心儿还在小翠那儿。对王缵绪的陈情，他一个字都没听进去，竟然挥挥手，说你要是要钱的话，去找谁谁谁，打发王缵绪回去了。

钱自然是没有，弹药也没有。回到驻地，王缵绪的心境坏透了。王缵绪的毛病，心情不好就要搞女人。他拉过来一个有姿色的侍女，扯下衣服，就按在床上做，做完了之后，心情还是不怎么样。他要喝酒，要逛窑子，要……妈卖皮，怎么都不行！

就在这个时候，一个故人进到了他的房间。这是当年在刘湘部混事时的一个老朋友。老朋友给他带来了刘湘的一封亲笔信。信上刘湘对过去的事情做了自我检讨，并且说"杨森不是兄弟，在他那里，你始终都是外人，如果能过来，不仅还做你的师长，重庆盐运使也归你了。"这个位置，可是王缵绪当年做梦都想的，肥得很。

这个恰到好处的动作，是刘从云让刘湘干的。刘神仙对于川军将领的动向一向掌握得很准。军阀之间打仗，挖墙脚一向比战阵较量更重要。王缵绪是从刘湘那里过到杨森麾下的，再过回来，也不是问题。所以，刘从云在王缵绪身上下了很大的功夫，王缵绪的左右都是他的门徒。

王缵绪接到刘湘的信之后，没有回信，但是此后在跟刘湘部队接触的时候，表现得特别克制，不像从前，动辄要挑衅一下，以博得杨森的赞赏。刘从云断定，王缵绪不是在犹豫，而是在忸怩，在身上刺过的字，得给他时间磨掉。当初的冲动，走过头，得给他时间回头。

刘从云真是看得准。果然，他的门徒来报，说王缵绪已经请了匠人把右臂上的那个"森"字给磨掉了，磨掉之后，还看了又看，骂了好几句的娘。

磨掉了"森"字，在没有离开杨森之前，王缵绪轻易不露出他的肩膀。

五十三、策反

杨森的七太太逃到重庆之后，没敢立即乘船南下，担心在船上被杨森的人杀掉。因此，他们找了个偏僻的地方隐藏起来。时间过去一个月了，看看是该上路了。但当时走得匆忙，他们没带多少盘缠，眼看着没钱了，连两张船票都买不起了。怎么办？两人都没有生活能力，杨副官更是没本事，再投军，得从头做起，哪里养得起这样的一个娇小姐？

没有办法，埋怨男人也没有什么用，七太太想来想去，只有一条路好走——去找刘湘。

七太太错了，如果此时她去求助范绍增，范哈儿看在江湖道义上，不会趁人之危，很可能会给他们帮助。可是刘湘就不同了，如果跟杨森还没有闹翻，同为军头，人家的姨太太是不大好动的。但是两人已经闹翻，眼看就要开战，而七太太又是杨森的逃妾，就是为了出口气，那也不用客气了。

当七太太进入客厅那一刻起，刘湘的眼睛就不够用了。七太太知道自己女人姿色武器的魅力，来的时候刻意打扮了一下，一副裹身的旗袍，高高的开叉，在她长长的美腿力撑之下，显得整个人格外的迷人。跟过去一样，旗袍里面，没有穿内裤。

见面的过程，好像刘湘没说什么话，七太太也没说什么话。即使说了什么，别人也不知道，因为屋里只有他们两个。刘湘的副官在门口看着门。两人在刘湘的屋里过了很长一段时间之后，一脸娇羞的七太太拿到了刘湘给的资助，不小的一笔钱，跟杨副官一起去了上海。刘湘还派了一个副官和一个卫兵，护送他们到汉口。

七太太走了很久后，刘湘忽然感到有些失落，转念一想，如果将这女子留在身边，事儿也太过了，对整个大局甚是不利。他咽了一口吐沫，伸手要了一根香烟，点着，深深地吸了一口，心想，这女子可真是个尤物。

现在是什么时候？反正不是泡妞的时候。策反王缵绪，才是大事中的大事。在杨森的队伍中，王缵绪所占的比例虽然不高，却是重要的一翼，而且这小子能打仗，只要他肯过来，反戈一击，倒是不难。一旦王缵绪倒戈，杨森的阵势土崩瓦解，是可以期待的。

刘从云告诉他，王缵绪已经大大地动摇了，现在只要再加上一点温度，这个事就成了。

怎么加温呢？刘从云没说。这种时候，刘湘知道也不便问，一问，就觉得自己太掉价了。刘从云和刘湘是什么关系？刘湘自己说，是师生，他是学生，刘神仙是老师。但实际上，最后说了算的还是刘湘。刘从云要建一支神军，也是明白这层关系，反正本质上是军师和主子，不如自己直接掌握一支武力，在这个枪杆子说了算的时代，万一有事，也有个退路。刘从云是孔孟道的教主，但是他可不是宗教界人士，他玩的是政治，骨子里还是袍哥，大家关系再怎么密切，也还得有利益的交换。

刘湘在房间里来回踱步，一根接一根抽着烟。对王缵绪这样的人，给钱，给女人，在这个时候，似乎分量都不够。已经许了盐运使这个重庆最肥的差事，难道他还不满足？喔，他终于想明白了，不是官职分量不够，而是王缵绪担心他刘湘变卦。

于是，一天夜里，卢作孚的一封信被人送到了王缵绪那里。卢作孚的为人，在四川有目共睹，不相信刘湘，但没有人不相信卢作孚。卢作孚在信上向他保证，刘湘的承诺是真的。这回，王缵绪回信了，回信什么都没有承诺，似乎什么也没有说，但是在信的末尾按了一个手印，红红的。刘湘相信，杨森的阵营已经有了一个大缺口。

刘湘又给了王缵绪一封信，说万一他和杨森开战，只要他保持中立，他的队伍，武器弹药由他来补充，如果现在要的话，马上就可以送过去十挺机枪。王缵绪没有回信，派了自己的侄子来，给刘湘送来了一个精美的玉如意。

刘湘明白，下面的事儿就看他自己的了。如果打不赢，鬼都不会跟你。

五十四、通用女人

刘湘去找刘从云，让他看看自己的成绩。到了云公馆，里面的人说老爷去了花园，刘湘转身兴冲冲地去了花园。刘从云的花园里面有几间精致的草庐，这是刘神仙特意学杜甫草堂的。刘湘信步走了进去，草庐的外间是个很大的花厅，从窗户上可以看到刘从云最喜欢的一个丫鬟，名叫小云，旗袍上身的扣子都是开着的，靠着窗口，在向外张望，看见刘湘时笑了笑，并不回避。刘湘冲窗口凑过去，到了窗前，伸出手来，用两个指头拨弄着小云的胸脯。这个女娃长得倒不算很漂亮，但人很甜，看上去很顺眼，任何时候都一副纯纯的样子，而且每次跟她亲近时都娇羞不堪。

"老师呢？"

"和一个新来的在里间。"

刘湘意会，当即火上来了，从边上绕过去，进到花厅里，一把拉过小云，把她按在竹榻上，半晌才起来。完事之后，小云坐在刘湘的腿上，搂着刘湘的脖子，任他摸来摸去。刘从云并不在意刘湘用他的丫鬟，好多次，他都邀请刘湘跟他一起来。在他看来，两个男人能一起干这个事儿，那关系才叫铁呢。男人之间，如果女人都可以通用，还有什么不能分享呢？还有什么秘密可以言呢？所以，只要刘湘来，刘从云因为什么事不能马上见的时候，刘湘就可以一边玩房里的丫鬟，一边等。这些漂亮丫鬟，就像客厅里供等候客人消费的香烟、瓜子一样。只是这样的客人，仅刘湘一个。

有一会儿了，刘湘推开小云，起身整整衣服。这时候，里间的刘从云也完了事，咳嗽一声，从里面出来了。

刘从云对刘湘说："小云这个女子，有趣的很。你知道的，我一般不喜欢见识过男人的女子，但是这个女娃儿，是个例外。"

刘从云深信道教的采战之术，他是研习过《玉女心经》的，认为多睡处女不仅不伤身体，还可以延年益寿。所以，他身边的丫鬟经常换人，都打发给门徒为妻做妾。只有这个小云，都来了三年，刘从云都没舍得让她走。而且刘从云答应她，等到让她走的时候，把她送给刘湘做妾。所以，小云很乐意让刘湘上她。

新来的丫鬟不好意思露面，进来的时候，是随从用毯子裹着，用车拉过来的。然而，刘从云却喊她："出来，让甫公看看怎么样，别不好意思，出来！"

一个很嫩的小丫头，扭扭捏捏地扭着身子，从里间蹭了出来，怯生生，皮肤白嫩得在阳光下有点晃眼。

"不错不错。"

刘从云一把把小丫头扯过来，推到刘湘眼前："好好看看。"

刘湘从上到下看了一遍："好嫩，就是奶子小了点。"

"她还小，奶子会大的。要不你先带回去？"

"说正事儿吧。王缵绪那边……"

"我已经知道了。这个王八，已经落到我们笼子里了。我已经安排了，现在别急让他过来，等到开战之后，也别急，让他等我们的信儿，在关键时刻再让他动，一击毙命。"

“在这期间，会不会有什么变故？”

“不会的。他这回算是对杨森心凉透了。这个人我了解，多少有点轴，当初对杨森真的是一片忠心。落到这个下场，不跟我们，跟谁？”

“小幺叔那边呢？”

“你不知道，王缵绪跟刘文辉有过梁子。”

“是吗？哦，我知道了，汉阳兵工厂买枪那回事吧？”

“正是。这梁子太大，一时半会儿解不开。”

五十五、票戏

王缵绪的军人生涯有点曲折，第一次出山，队伍基本上都折了。王缵绪第二次再起的时候，绕着弯，找到当时的湖北督军王占元，从汉阳兵工厂订购了两千支汉阳造步枪，两挺马克沁重机枪。王占元这个人，也是一方诸侯，按说守着汉阳兵工厂，湖北又比较富庶，发展自己的势力一点都不难。但是，他却把心思都用在弄钱上了。不管谁来买枪，只要给钱给得多，他就卖。货都要装船了，正好赶上刘文辉也来汉阳买武器。汉阳兵工厂的产量有限，供不应求，能挤出点来，就都给了王缵绪，没刘文辉什么事儿了。刘文辉就发动自己的同学关系，要来撬行，还真就差不多搞成了。幸亏汉阳兵工厂的一个副厂长，性子比较轴，跟王缵绪相似，就是不答应，这才让王缵绪得到了这批武器。这批武器对于王缵绪来说，是生死存亡的问题，而对于刘文辉则是锦上添花。所以，知道内情之后，王缵绪恨死了刘文辉。要知道，相对于士兵，武器更是军阀的命根子。

此时的刘文辉对王缵绪毫无感觉。他最关心的是，能不能让满妹过来见他。满妹这一回倒是有了去见刘文辉的理由，因为他给满妹弄来了一批短枪。看在这批枪的份上，小红劝满妹去见见刘文辉。有这么一批枪，怎么说都是好事，因为枪在四川是最宝贝的东西，手里有枪，

五十六、讨公道

　　杨森的七太太在刘湘的一个副官和士兵陪同下，乘船到了汉口。汉口之繁华，当年不亚于上海。从四川出来的人，怎么的，也得在汉口玩两天。汉口的江汉路上的英租界，其繁华程度不亚于上海的外滩。七太太很开心，逛了又逛。杨副官跟在她身边，活脱脱像一个乡下来的小跟班。

　　第二天，玩得太累了，杨副官去银行兑支票。七太太没起来，一个人在旅店里。刘湘的副官敲开了房门，色胆包天，霸王硬上弓，上去就把只穿着一件睡衣前来开门的七太太给强奸了。七太太猝不及防，竟然让他得了手。当初七太太去找刘湘的时候，刘湘的副官就在场，当时馋得就不行，现在他终于有机会了，就下手了。奇怪的是，被强奸之后，七太太反倒对这位副官有了好感。人家再来，就半推半就，不抵抗了。然后，七太太横看竖看，怎么看都觉得这个汉子不错，比杨副官强多了。这股子好感，到了他们要离开汉口的时候，已经无法自已。于是，陪七太太去上海的，不是杨副官，而变成了刘湘的副官。原本七太太跟杨副官，并非真的喜欢上了他，更多的是出于想给杨森戴绿帽子的冲动，经过这么多天的奔波发现，杨副官实在是太没用了，有人插足，发生变故也是正常。又不是明媒正娶的夫妻，杨副官有什

209

么办法呢？杨副官只好跟那个士兵一道回到了重庆。后来，七太太和情人在上海被杨森雇的杀手杀掉，其实内容已经有所变化了。

杨副官回来，把情况汇报给刘湘之后，刘湘连说荒唐。当年，每个军头都副官如云，少一个半个的，根本无所谓。接下来，他对杨副官倒是有了点兴趣，接连盘问杨森生活的细节，连爱吃什么，兴趣和爱好，都问到了。问完之后，他就把杨副官给刘从云送去，说这个人说不定对老师有用。杨副官就这样做了刘从云的随从，后来还信了孔孟道，被赏了一个刘从云用过的丫鬟，过上了安逸的小日子，自己的感觉大好。

邓锡侯、田颂尧、赖心辉、刘存厚这些军头，在四川都属于二流军阀。刘存厚资格最老，出道最早，川中大多数军头都做过他的部下，但是此时最没落，只能躲在贫瘠的川北苟延残喘，手下的兵都是大烟鬼，枪也是土枪，都没有人乐意打他。因为打他缴获的枪械不能用，俘虏的兵也不能用，都是资深的大烟鬼。二流军阀中，邓锡侯人称水晶猴子，为人最为圆滑，弯子转得最快，此时对杨森最为巴结。杨森上台之后，他居然给杨森写呈文，自称卑职。所以，在直系当家的时候，杨森给邓锡侯讨了一个四川省长的头衔，在成都邓锡侯有省长公署。那个时代，是督军当家，省长就是陪衬，省长一般都是文人，即使不甘陪衬，也没办法。如果省长是武人，一般就会生出麻烦，两雄不能并立，就要出事。邓锡侯虽然也是武人，但自甘做陪衬，非常明白自己陪衬的地位。所以，他基本上不去成都，但只要去，一定参加朝会，吹捧杨森一通。

不过，最近邓锡侯碰上点难心的事儿。别看邓锡侯在川军混战中老溜边，在他的常驻地南充，邓家军一向比较霸道。外面横不了，在家里总可以横一横。有一回，他麾下一个连长嫖娼，因为刚刚赌输了，腰包空空，就不付钱了。四川的规矩，宁欠赌债，不欠嫖资，妓院老板就问他讨要。正好赶上老板多喝了几杯，口气就不那么客气，连长就发了飙，叫来连里的若干弟兄，不仅把妓院给砸了，老板给打了，还把里面的妓女都给轮奸了。别看妓院里的都是妓女，但妓院的宗旨是，欢迎来嫖，但强奸不可接受，这等于对本行当的羞辱，被人白玩了。其中一个被轮奸得最惨的妓女气不过，跳到河里自杀了。无论什么情况，只要出了人命，都是大事，原本就对邓家统治不满的南充人闹将起来，整个南充罢了市，妓院人家也是生意。邓锡侯出兵弹压，一个一个逼着商家开门营业，硬把事儿给压下去了。

南充的袍哥不服，出面找邓锡侯理论。邓锡侯也就是把连长撤了职，就算了了事。如果放在从前，事情到这一步，也就了了。现在不一样了，因为有了满妹。南充的袍哥找到成都，成都的双龙头老大亲自来到金堂，要满妹出面，给袍哥争一个面子回来。满妹听了，觉得这事的确太不像话，太欺负人了，就派了一个小队，由林忆带领，星夜来到南充，在当地袍哥的配合下查明情况，把那个连的连长（实际上还在连里待着）和所有参与打砸妓院的大兵，一股脑儿悉数阉割，依旧把他们的生殖器挨个钉在了营房的大门上。这事儿，他们已经干得轻车熟路了。

邓锡侯得知此事，原来还很愤怒，打算带人去成都理论此事。待到他省长公署的人把满妹的情况用电报告诉了他，意思说认账吧，惹翻了人家，弄到你老人家头上，也不是不可能，他也就蔫了。连杨森都惹不起的人，他凭什么惹？何况，是他的人理亏。既然不惹满妹，那么就得乖一点。回过头来，这个水晶猴子把这些被阉割了，奄奄一息的家伙，统统拉出去当众枪毙，告示贴得满大街都是，告诉市民，本省长办事一秉大公。

有意思的是，事情过后，这些原本边缘的军头，从邓锡侯、田颂尧到刘存厚，不但没有记恨满妹，反而瞧不起杨森了。就因为一个小小的袍哥堂口，励志要一统全川的杨森，威望在军头之中直线下跌。

袍哥因为满妹她们气势壮了不少，而一向居于优势地位的军头们就有点萎。有意思的是，大家都萎了，却对那个目前看起来最牛的表示了鄙视。

不过，自负的杨森对此没有感觉。在他看来，这一阶段，无论是伸还是屈，他都收发自如，一切都在掌控之中。现在的局面，离他一统全川的大业是越来越近了。自己这些天刚柔相济，权谋玩得出神入化，连刘湘、刘文辉这样的军头都被自己玩弄于股掌之上，虽然金堂这小丑还被容忍，但让他们蹦跶几天好了，终有他们玩完的时候。

能听从。但是，感恩室推行到老部队就有点麻烦。你跟新兵说，你们的饭是领袖赏的，这没问题。但是，对于老兵来说，我当兵吃粮是应该的，因为我也给你卖命了。感恩什么的，想都别想。尽管如此，杨森本人却对这种形式感到大欢喜，几次暗示要在全军推广。但折腾一通，也就是在几个新兵师有了眉目，纷纷建感恩室。此时在杨森麾下的部队，尤其是老部队，有好些都是像王缵绪这样自己拉起来的队伍。这些队伍要他们以连为单位，建立什么感恩室，难度有点大。这些部队的主官都不大乐意。比如说，在杨森以前的恩公黄毓成所部，这个命令干脆被束之高阁，大家理都不理。

跟推行感恩室同时的，是有些将领觉得，要士兵感领袖的恩，领袖对士兵也得有点表示，于是提议要杨森学习日本，实行"军人优先"制度，要商民一体执行。怎么个军人优先？买东西优先，上澡堂子洗澡优先，上戏园子优先。这个事儿，倒是一些军人所乐见的。报告打上来，华新之建议暂不执行的好，因为一旦执行起来，就会有军人不给钱，尤其是看戏不花钱。他说："中国不是日本，军人不大守规矩。而且百姓对军人也没有起码的尊重。关键是，现在跟袍哥关系紧张，实行这个，容易引起袍哥的反感。"杨森想了想，就把这个事儿给压下来了。

在王缵绪那里，在他没有对杨森产生恶感的时候，都不大能够建起感恩室来，他自己感觉杨森不错是一回事，但要他对杨森感恩又是另一回事。这事儿，说不通。不过现在有了异志，为了掩饰，王缵绪的意思是，还是应付一下的好，所以把事情交给下面的人去办了。只是下面好多军官对于所谓的感恩室感到很恶心，所以干脆把感恩室安在了厕所旁边，不仅没有人去磕头，还有人在那儿撒尿。

哪里都会有些不安分的好事者，王缵绪的队伍里也有这样的人，他们出于向上献媚的动机，总是会挑一下自己所在部队的错。这样的事儿居然被人告了。一封信，写到了督府。华新之接到信之后，知道如果将信转给杨森，这事可能会有麻烦，索性把信给烧了。性子急的马屁精见信没有回音，就直接到王缵绪那里告。王缵绪一看，原来我的队伍里还有这样的人，坏了规矩，还敢上门找死，这可不能惯着。他一不做二不休，找人直接打了这人的黑枪，然后扔在江里喂鱼去了。

对于感恩室这个事儿，杨森的自我感觉特别好，觉得这是士兵自发崇拜他的结果。能这样干，说明前阶段的宣传有了效果。按理说，连家门口的金堂都收拾不下，自己的姨太太接二连三地跑，丢人还丢不够呢，哪里来这样好的自我感觉呢？但是，人嘛，尤其是比较牛叉的人，一旦进入某个通道，说也奇怪，所有不愉快的事情都自动地被屏蔽了，被属下的吹捧给屏蔽了，剩下的都是好事儿。这么聪明的人，硬是想不到这种事儿其实是下属拍马屁的一个果实，跟普通士兵半毛钱关系都没有。有感恩室的误导，杨森有了一个特别大的错觉，觉得自己的宣传攻势起了作用，士兵对他的崇拜已经初步建立，可以为他赴汤蹈火了。

其实，无论在成都的茶馆，还是在一些老兵的兵营里，到处都充斥着杨森的笑话，他的所有糗事都被人夸张地当笑话在传。堂堂的一省督理，虽然已经被中央政府免掉，但毕竟还是手握重兵的蜀中大将，现在已经变成了人们嘴中的小丑。这一切，华新之他们当然知道，但谁敢跟这个魔头讲呢。

在权力不够大，威势不够足，事功不够多的时候，强推个人崇拜，结果反倒是个人威望的直线下坠。这个道理，当时的杨森其实不明白。

五十八、潜伏

满妹这两天有点烦，刘文辉传来命令，让她的全部人马做好准备，准备潜入成都。命令是刘文彩亲自来传达的。

满妹说："我们不是说好了听调不听宣的吗？"

刘文彩说："这就是调啊，如果直接下令，就不用我来了。"

满妹有心不从，刚刚拿了人家的枪，怎么的，都有点不好意思。

她去找小红和黄七爷商量。小红跟她说："看来，他们要打起来了，刘文辉要的是成都。"

满妹说："这些年，川军这些军头，你打过来，我打过去，谁占了成都还不是一个样。我们的武装是保卫乡里的，不管什么理由，掺和他们的内战，我心里还是不舒服。"

小红说："我知道他们都不是好东西，但比较起来，杨森最不是东西。别人干，我们还能过我们的日子。他来了，我们一天都不能安生。我不勉强你，你愿意干就干，不愿意就算了。"

这时候，黄七爷插了一句："我看还是干吧，不然的话，小红怎么能在成都登台呢？"

小红说："目前这个情势，金堂也为难。以前不管谁当家，你们换面旗子就行了，现在已经跟杨森闹僵，他要是不倒，金堂的处境就一直都很尴尬，没法回归正常。"

满妹想想，也是这个理儿。看来，不管怎么的，都得把杨森推倒。都是烂西瓜，在一堆烂西瓜里，怎么也得挑一个好一点的。想到这儿，她跟黄七爷说："七爷，你看这样行不行？长枪队，你带着，留守金堂，多放几个流动哨，盯紧点成都方向。我带短枪队进城，先派两个人去跟成都的袍哥联系一下，寻个落脚的地方。"

小红说："我也跟你一道去。"

"不要，太危险了！"

"有什么危险的？我还进可园。我们俩联手，打谁都不是问题。再说，还有林忆，这也是个高手。"

满妹说："实在要去，给你挑支好枪吧。"

"不用，你们两支枪，再加上我的一把石头子，怕谁？"其实，就她们三个进城就够了，去了这么多农民，反而生出好些的麻烦。

刘湘这几天非常紧张。刘从云那里的情报显示，杨森整军已毕，部队调动频繁，看来有大打的意思。他和刘从云天天忙于策划行动，连女人都不沾了。要是杨森跟刘湘单挑，刘湘的部队才及杨森的四分之一，怎么算计，要想打赢，都有点难度。

刘从云的意思，单单说动了一个王缵绪还远远不够，拉来了客军贵州的袁祖铭也未必能有胜算，而刘文辉到时候能不能参战，现在也不好说，现在最大的问题是要说服邓锡侯、田颂尧和赖心辉这些人参与反杨联盟，开战的时候，让杨森有后顾之忧，不能把全部兵力都压到他们这边。刘存厚远在川北，完全没有了实力和斗志，倒是可以忽略不计。这几个人中间，邓锡侯实力最强，只要说动了他，别人就会跟上。

刘湘对此表示忧虑，说："邓锡侯这家伙，滑得掉进油锅不沾油，即使口头答应，到时候能不能出兵，都不好说。"

刘从云说："只要他同意加入就好办，至少，他们就不会站那一边了。或多或少，杨森会有所顾虑，怎么也得留点兵力应付那边。最要害的一点，是要王缵绪恰到好处的倒戈。就跟直奉大战冯玉祥似的，关键时刻倒戈，整个一翼反戈一击，就算是吴佩孚这个常胜将军也没办法善后，何况杨森！而众多诸侯一起倒杨，对于争取王缵绪倒戈，很有帮助。"

"那怎么才能说动水晶猴子呢？"

"水晶猴子最在乎的，是什么？"

刘湘沉默了一会儿："我明白了，是武器、弹药。"

"对了，你只要承诺接济他武器、弹药，他一定会答应的。他跟在杨森屁股后面那么久，杨森连一支成都的土枪都不给他。你只要许诺给他三千支汉阳造，四挺马克沁机枪，先付一半，他不可能不动心。反正这些年你扣下的武器，也不少了。"

刘湘和刘从云对击了一下手掌，"好，就这么干！"

五十九、狗咬羊子

刘湘和袁祖铭、邓锡侯、田颂尧以及赖心辉的代表，在重庆秘密签了建立反杨联盟的协议。这个联盟里没有刘文辉，是刘湘不想拉他的小幺叔进来。但他知道，只要他这边仗打顺了，刘文辉肯定会插进来的。就算打赢了，也得防着刘文辉一点，很可能下一个对手就是他的小幺叔。

对于这个联盟，杨森也有所耳闻，但是他并不太当回事。不光是因为他自负，还因为这么多年混下来，他太知道这些军头了，什么邓锡侯和田颂尧、刘存厚这些人，根本不经一打。田颂尧和刘存厚的武器都太差了，吓唬老百姓还凑合，拉出来打仗，基本上就是白给。邓锡侯稍微好一点，但是一向首鼠两端，随风转。只要他占了上风，无论先前承诺了什么，只要他打赢了，都会跟着他屁股舔的。刘存厚远离中心区已经有很多日子了，成都无论谁当家，他都不管，只管缩在川北抽大烟。而田颂尧外号冬瓜，倒是经常跟着通电起哄，但实际上谁也不拿他当事，武器差、兵力弱，别的军头都不乐意打他们。打了别人，有缴获，可以把对方士兵转成自己的；打了他们，两头落空，武器不能要，兵也不能用。

有意思的是，邓锡侯在跟刘湘他们签约之后，却给杨森发了一封言辞卑下的电报，把杨森捧得高高的，还是以属下自居。

事实上，无论什么联盟，要邓锡侯掺和进来，非得看战场形势不可。真真一点风险，他都不能有。不过既然肯跟刘湘签协议，至少在邓锡侯看来，杨森的确有点不行了，连个眼皮底下的金堂都摆不平，连跑了的两个姨太太都没法抓回来。当然，邓锡侯他们乐意反杨，也是因为风传已久的杨森一统全川的计划。杨森当然有这个计划，但是在任何的公开场合，他都否认。可是，风传却依旧在风传，这样的风传，事实上把全川的军头都逼到了他的对立面上去了。

邓锡侯跟刘湘结成反杨联盟，一点都没影响到他省长的位置，杨森没有驱逐邓的驻省人员，省长公署依旧办公，当然原本就无公可办。杨森很忙，顾不得这个闹不出大事的水晶猴子。

战云密布，连小翠都感到寂寞，杨森不来了，华新之也跟着忙，谁都没工夫搭理她。这样乏味的生活，可不是小翠所要的。于是，她离开了华新之，重新回到了叠翠楼，跟原来的姐妹在一起，至少可以一起打牌、逛街、吃宵夜，弄巧了，再碰上个中意的帅哥，可以爽上几天。没想到，小翠回到叠翠楼之后，生意特别的好。因为此时她已经变成了"杨森的女人"。这个广告性的概念可是非同小可。睡杨森女人去！有哪个闲人不想呢？这使得小翠可以挑三拣四，在闲人中找自己中意的人睡，睡了，还能拿到钱。当然，只要有了闲空，她还是会回督府转转。

但是进驻成都的满妹的人，可不是省油的灯。小红再次进了可园，跟尹仲锡挑明了，这次回来就是要把杨森掀翻。尹仲锡虽然有点害怕，但拿这个故旧的女儿也没有什么办法。出于对杨森深入骨髓的反感，他也乐见反杨的人成事。为了怕日后殃及自己，在安顿下小红之后，他带着家人离开了成都，过了许久，看没有什么事儿，方才回来。

歌颂杨森的川剧演了一次后，就再没有人问津了。但一出讽刺杨森娱乐的川剧《狗咬羊子》，却问世了。剧中说某地新督军上台，因自己姓羊，下令禁止宰羊，而且有人汇报说狗子吃羊，就下令打狗，在所有的地方都不许百姓养狗，不仅不许养狗，还不许人家杀羊、吃羊肉、喝羊肉汤。这川剧虽然没有在成都上台演出，但里面的段子传得到处都是。以前，成都人平时哼哼的是传统川剧唱段，这一段，好些闲人都在哼《狗咬羊子》的段子。在这出新编川剧里，羊子最后被狗子吃了。

只有小红知道这出戏是哪个写的。不过，行里的人猜猜就知道，就是刘麻子嘛。小红是识字的，她很喜欢《狗咬羊子》，还亲自动手对剧做了一点改编，在里面添加了一个督军身边拍马屁的秘书长，对督军和百姓两面讨好，来回变脸。督军自然是小丑来演，而秘书长却是小生戏，一个能变脸的小生。这个角色是小红留给自己的。一旦戏上演，她就得上手。

《狗咬羊子》在成都没法演，但刘麻子想让它在别人的地盘上露个面，作好作歹，也得演一演，否则，他这个编剧岂不是白忙乎了？

满妹的人毕竟是些农民，让他们打枪、捅攘子还行，让他们在城里潜伏下来，未免有点麻烦，一亮相就会被人看出来不是城里人。不是城里人，当然也可以在城里待着，但无所事事地闲着，难免就要出事。

满妹的两个小队的其中一个小队长，是黄七爷的远房侄子，名叫黄阿狗。这个黄阿狗倒是蛮聪明伶俐的，就是有点管不住自己，住下来不久就迷上了赌博。他学得倒是挺快，从来没有碰过的推牌九，看过两把就学会了。但是城里人欺负乡下人由来已久，你再怎么聪明，也难逃他们的算计。赌场上的人见他是个新手，又是乡下人，就出老千坑他。很快，他身上的零花钱就全都搭进去了。他心有不甘，还想要赌。人家说，你身上值钱的东西就是那支手枪了，把枪押给庄家，庄家借给你钱，包你能赢，赢了钱，再把枪赎回去。这个憨货扳回心切，居然信了，结果当然又输了。枪拿不回来，黄阿狗急了，非要拿回来不可。吵起来之后，乡下人憨而且直，当即动武，捅倒了一个，抢回了自己的手枪。

　　这事儿，有点大。

六十、暴露

那时候的成都不大，城墙里面就更小，突然多了这么些乡下人，多少有点扎眼。侦缉队长有着天生的好嗅觉，他似乎感觉到了什么，命令部下四处巡查，看看有没有什么异样。他的主公一统全川的大业就要进行，成都可不能在这个时候出事。

侦缉队长是个中学生出身的官僚，在当年的成都，算是读书人了，人很聪明，鬼点子也多。杨森的体系里面，真正崇拜杨森的人不多，但也有一些，侦缉队长就是一个。他很推崇杨森那些宏伟的规划，渴望四川的现代化。成都主马路如此快地修成，让他对杨森充满了崇敬。说崇敬有点过，这个崇敬是跟其他军头比较来的，因为在他看来，四川的其他的军头就是混饭吃的混世魔王，什么也干不了。

成都的赌场都有靠山，这个堵场的靠山是杨森军队的人。被捅的人，伤得倒是不很严重。但是黄阿狗惹到人了，犯了赌场的大忌，等于砸场子。他逃走之后，马上被人跟踪，被找出了住所。虽然明知道他有袍哥背景，赌场的人还是准备收拾他。因为在他们眼里，即使是袍哥，也不能犯赌场的规矩。

堪堪黄阿狗就要暴露，另一个队员又出事了。这家伙，家里是有几个钱的绅粮，进了成都，腰包有钱，就跑去叠翠楼消遣。因为他听说叠翠楼是成都最好的妓院，自己第一回进城，怎么也得潇洒一下，在家被老爹看得紧，出来了就得见识见识。

这个队员叫小宝，小宝闻名去了叠翠楼，运气很好，头一次就看见了小翠。小翠他是认识的，当然小翠也知道他。看在老相识的份上，小翠接了他。完了事儿，小翠心里直嘀咕，这小子来城里干吗呢？按说他爹是不会让他进城，而且在妓院过夜的。一个好奇的青楼女子，想从一个涉世未深的男孩子那里掏出实情来，实在太容易了。都露了底儿，小宝还不觉得。

知道真相之后，轮到小翠纠结了。要不要把实情告诉杨森呢？告诉了，这袍哥道义可就没了；不告诉吧，这可是事关杨森性命的事儿，杨森待她可是不薄。但是反过来，告诉了杨森，这些金堂人的命兴许就没了。小宝走后，小翠连穿衣服的心情都没有，赤着身子躺在床上，两条白生生的腿支起来，放下去，就是拿不定主意，不知道该怎么办好。屋子外面的龟儿看得心焦，端了一杯茶给她送了过来。妓院的龟儿跟妓女是以兄弟姐妹相称的，跟谁也不能跟妓女，好了就算乱伦。这是妓院的第一号禁忌，没有人敢破，但凑过来过个眼瘾，谁也不好说什么。

赌场儿那边原来是打算从军队里找几个人把黄阿狗给做了，但在向军队报信的路上碰上了一个熟人。这个熟人就是侦缉队的侦探。赌场的人嘴欠，就把事情跟侦探说了。侦探立功心切，竟然让赌场的人带着自己去了黄阿狗的住处。在门口的胡同里候了一阵儿，终于等到了黄阿狗出来，侦探一支枪顶上了黄阿狗的胸口。黄阿狗有枪，但让人用枪顶上了胸口，哪里来得及拔枪。他心里明白，赌场的事发了。侦探让他举起双手，一只手伸过来，要搜他的身。就在转身的那一刹那，黄阿狗迅速掏出了腰间的匕首，就在侦探的枪响的时候，匕首也插进了侦探胸口，两个人一并倒下。赌场的人见出了人命，转身就跑，一溜烟没影了。

　　枪声惊动了小队的另外几个队员，当大家围过来的时候，两人都已经没气了。

六十一、小翠的纠结

黄阿狗死了，跟一个虽说是便衣但很可疑的人一起死了。小红闻讯来一看，就明白是怎么回事了，马上告诉满妹：你的人暴露了，赶紧撤。

满妹的人刚走，侦缉队连同警备司令部的人都过来了，大搜捕之后，什么也没找到，只抓了几个毛贼。

赌场的人倒是也见过死人，但是这样的死法，让他们感觉这里的事儿可是不小。赌场也是生意，这个赌场的庄家曾经干过一票昧良心的事儿，可不想把事情闹大，于是也就没有再声张。但是这个事儿引起了小红和满妹的注意。

有了这个事儿之后，满妹和小红有了警觉，赶紧约束队伍，不再放人出来。已经恋上了小翠的小宝也只能忍了。大家聚在一个大的堂口，在一个固定的码头当挑夫。所有人都在满妹视线之内。其实，即使不这样约束，有了黄阿狗的教训，人也都学乖了。

这个事儿让这个赌场和赌场的庄家再一次出现在满妹的视线里。满妹和小红多了一个心眼，开始查这个赌场。仁字号堂口的人告诉她们，当年告密的是一个赌徒，一查，发现这个赌徒根本不问世事，就是好赌，她们未免心疑，终于从上次告发黄七爷的那个赌徒家人那里寻出了蛛丝马迹。也是该着这个庄家败露，因为那个告密的人事先把告密这事儿告诉了自己的家人。小红发现，原来此人告密是庄家露的消息。这一回，赌场的庄家没有滑过去，得了他该得的。

小翠依旧在纠结，几次走到督府门口，又走了回来。她知道，如果把袍哥兄弟的事儿告官，是三刀六洞的事儿，袍哥的人饶不了她。但是女人的思维跟男人不一样。虽然说青楼女子也是江湖儿女，但为了自己心仪之人，无视江湖规矩，也是可能的。

小翠是个简单的人，她的哲学就是谁对她好，她就对谁好。她的好，就是用她的身子尽量讨人家的欢心。如果人家待她不好，就不伺候，或者干脆逃跑。她从来没遇到过像现在这样的难题，又没有人可以问。纠结的她，一时间茶饭不思，小腰围都减了半圈。同行的小姐妹见她不开心，搞不清楚情况，就拼命拉她搓麻将，故意输点钱给她。一般来说，小翠在叠翠楼的人缘还是不错的。

刘湘这段时间也非常紧张。四川的军头打打杀杀，自打护国运动以来，已经十来年了，从来没有什么战争让刘湘这样紧张过。此前无论怎么打，大家大抵按照江湖规矩来，战事再激烈，也不会伤及对方的家人和财产。打赢了的人，一般也不会对输家做穷寇之追，而且会特意派兵保护对方留在城里的家眷，甚至还可能发封电报给对手，告诉他"令尊、令慈大人，我来替你尽孝了"。当然，无论仗打得多么激烈，任何一方也不会派人去暗杀对手。即使打败了，财产还在，再买点枪，东山再起也是不难。

但是这回不一样了，因为狼子野心的杨森要一统全川。如果他赢了，不会给任何人留余地的。他赢了，套用一句老话，那别的军头就是"无噍类"了，都得死。

正因为如此，刘从云动了心思，想要在开战之前把杨森给做了。他说他算了一卦，今年杨森流年不利。关键是，以他的判断，只要杨森死了，杨森庞大的队伍立即作鸟兽散，那就不用刘湘动武了。

每当把这个道理跟刘湘讲的时候，刘湘都会笑笑，不置可否，始终没有点头同意。刘从云也是以诸葛亮自命的人，《三国演义》上，诸葛亮经常自作主张，不经主公同意，就擅自行动，刘从云也想自作主张。为了此次行动，刘从云仔细盘问了杨森那里过来的杨副官，详细了解了杨森的饮食起居、各种癖好，然后自作主张地开始找刺客。找到的人，不是别人，就是杨森雇来刺杀小红的那位老家伙，江湖人称鬼见愁。但是，临要行动的时候，还是被刘湘派人给拦住了。

刘从云很生气，一连几天都不见刘湘。他有点想不通，不管杨森多凶，只要他翘了，他的集团就解体，这样便宜省力的好事干吗不做呢？其实，当年的军阀都是这样，只要老大完了，集团也就完了，杨森如此，刘湘也如此。但互相派人行刺，却是一种不合道义，也不合规矩的事儿。在四川，尤其如此。大家像是约好了似的，谁也不干。行刺成功还好，一旦失手，那么，就会立即成为众矢之的，以后的日子就不好混了。

最后，刘湘给刘从云送去了一个美艳的女子，还让这女子带了一封信。刘从云也不客气，先把女子受用了，心满意足，再打开那封信。信上只有一句话：军中袍哥遍地，如果不按江湖道义来，人心解体。

尝了一个美艳的女子的肉体，再看到这句话，道理讲透了，刘从云心里也就平衡了，转头给了那个刺客点银子，把人给打发了。

六十二、刺杀刘湘

然而，这事儿居然起了波澜。鬼见愁吃这碗饭，一辈子没有失过手，前几日在金堂失手，这一回，好好的生意又胎死腹中。这对他的职业信心是一个重大的打击。甚至，他觉得这是对他的羞辱。杀手很冷酷，似乎不信神佛，但是他们很迷信自己的运气，而且认为这种运气会因为一点小事，比如说穿什么衣服，看见了什么东西而改变。在接手这个大买卖之前，他做过一个梦，梦见他走在峨眉山洗象池的山间小道上，正往上走的时候，突然一个汉子推了他一把，他就从山崖上跌了下来。惊醒之后，中间人来报，说刺杀杨森的事儿，黄了。

鬼见愁是川中一等一的高手，但是在政治问题上头脑简单，他不会想到雇主撤回委托是有别的缘故，而把它归咎于对他的不信任和羞臊。他感觉梦里那个大汉在哪儿见过，想了半天，终于想起来了，这人就是刘湘，或者说，他认定就是刘湘。他已经有年纪了，这碗饭也吃不了几天，此番挫折，说不定就让他的职业生涯终结了。想到这里，他很恨刘湘，想来想去，忽生邪念。这回，不要谁出钱，他要做了刘湘。以他对四川军头的了解，做这样的事儿并不难。

那时候，由于谁也不动刺杀的心思，所以，川中各大军头对于防范行刺基本上都没有什么概念。每个人倒是都有护兵，也有警卫副官，但大体上形同虚设。警卫副官跟生活副官差不多，都是伺候长官起居的。在鬼见愁看来，刺杀刘湘并不难，难的是如何全身而退。这回是不拿钱的买卖，可不能把自己的命搭进去。

一般来说，杀手都有自己打探消息的渠道。那时消息的获得很简单，找人买就行。鬼见愁打听到的消息，说是卢作孚的民生公司最近订购了一艘大的轮船，经过改造，三天后要举行投产剪彩仪式。这个仪式，刘湘会出席。鬼见愁心想，重庆人最多、最乱的地方就是码头，在码头行刺，可以从岸上溜走，实在不行，还可以从水上逃遁。所以，这是一个行刺的绝佳机会，只要计划得当，较大概率，可以全身而退。

第三天头晌，鬼见愁早早地就混进了码头。当年的军头，走到哪里，虽然派头十足，却很少清场。北京政府，即使总统出行，也没有这个规矩。而刘湘连派头都不怎么讲，轻车简从就上了码头。对杀手唯一有点障碍的，是宾客太多，他一个生人不大好往上凑。这对鬼见愁来说，也不是难事。他走到一个偏僻的地方，借口借火，就把一个小军官给拧死了，然后换上小军官的衣服，假装是哪个要人的随从，三转两转，就混到了离刘湘很近的地方。

就在鬼见愁拔枪要射的时候，一只手突然伸了过来，把他的胳膊肘托了一下，枪子从刘湘的头上飞了过去。随即，场面大乱。在混乱中，大家看到一个胖子正在跟一个人扭打，这个胖子，就是范绍增。他来晚了，刚想往前凑，正好撞上刺客要扣动扳机。范绍增也是神枪手，玩枪玩得很溜，小时候自打一接触枪，就喜欢玩枪，从小嗨袍哥，一直玩下来的。加上那个时候，范绍增还年轻，所以出手很快，伸手就托了一下。大家醒过味来，原来胖子对付的这家伙就是刺客，于是一起拥过来，把人给抓住了。

经过审讯，鬼见愁如实交代了他的动机。但审讯者怎么看，怎么都不像那么回事。中国人都是天生的阴谋论者，认定行刺的背后一定有指使者。然而，再怎么加刑，别的也问不出来了。尽管如此，刘湘的人还是怀疑他是杨森派来的。问题是，刘从云虽然雇过他，但都是通过的中间人，此时中间人怕惹是非，早溜了，所以没有人认识他，也没有人来为杨森洗地。

最后，刺客被枪毙。但刘湘遇刺的消息从一开始就被川中媒体报道，报人的猜测，多半指向杨森。媒体人大抵唯恐天下不乱，所以，但凡有点事儿，就喜欢添油加醋、妄加猜测。更何况，这件事怎么看怎么都是那么回事。最终，杨森派杀手杀刘湘的传闻在媒体中几乎成了一个不争的事实。很多人都觉得，这个不讲江湖道义的家伙是干得出来这种事儿的。这个事儿，让川中其他的军头非常愤怒。大家都觉得杨森是个害群之马，不除掉是不行的了。现在的问题，就是谁来出头动这个锄头。如果大家一起动，那会不会有人到时候耍滑，让别人多动，自己不动。

这回，算是范绍增救了刘湘一命。当时刘湘的确很感激，但时间长了，也就淡了。身居高位的人对于别人的恩情，慢慢就会记不得的，因为那是应该的。后来，范绍增犯了点事，刘湘撤了他的职。刘湘撤过好些部下的职，撤职之后，如果表现好，还会让他们复职。这回撤职剥夺范绍增兵权之后，范绍增却非常愤怒，这愤怒，就跟这次救命之恩有关。一直怀恨在心的范绍增，最终还是报复了回去。当然，这是后话了。

林忆洗手不干，鬼见愁又死了，四川的顶尖杀手没了。后来二刘大战，刘文彩要刺杀刘湘，雇的杀手都是二流的了，没有成事，反而留下话柄。

六十三、新编川剧

《狗咬羊子》的演出终于有了眉目。通过黄七爷，刘麻子认识了刘文彩。刘文彩早就听说刘麻子的大名，而且他也是一个喜欢跟文人墨客打交道的人，跟刘麻子一见如故。当刘麻子跟他讲这部戏的时候，刘文彩不住地大笑，很是欢喜。但一谈到演出，刘文彩还是有顾虑。

开始刘麻子说，演员队伍，他可以自己拉，演出地点就在大邑。大邑离成都近，成都的戏迷可以过来听戏。但是，刘文彩考虑到恰是因为近，风险太大，惹恼了羊子，万一打起来，可是不好。

直到最近，刘文彩拉刘麻子见了五弟刘文辉，听刘麻子那张嘴一讲，刘文辉倒是有心想看看，于是，就决定在宜宾演。为了这个戏，小红当然要凑热闹。小红还拉上了川中名丑蒋八娃，要他演羊子，自己演秘书长。

一帮子川剧名角排演一个戏倒是很便当。戏很快就排了出来，虽然宜宾偏了一点，但依旧有成都和重庆的戏迷跑去看戏。这样的时事性的讽刺剧，虽然没有点名道姓，但说的哪个，大家都心照不宣。随着剧情的发展，时不时发出会心的一笑。北洋时期，京剧被称为国剧，但京剧即使是后来新编的剧目，也很少有针对现实的现代剧。可是这回，人家川剧就有。

不消说，演出大获成功。自然，消息还是传到了成都杨森的耳朵里。杨森这种自命为伟人的人，对这种有损自己声誉的东西特别的敏感，让手下人查是哪个编的剧，哪个组织的演戏，同时给刘文辉发了一个电报，让他禁演此剧。刘文辉回电说："民国有言论自由，政府不能管艺术。我只能禁那些有伤风化的戏，但这台戏绝对没有有伤风化，不知督理为何如此大动肝火？"

还没等杨森把《狗咬羊子》的事儿摆平，媒体上都在报道他派人刺杀刘湘的事儿。对比起来，这事儿对他的杀伤力更大。

这时，小翠对心仪男人的情欲最终还是战胜了她心目中的江湖道义，她下了决心，要去见杨森，把危险告诉他。不知为何，她这回去督府，发现督府的戒备比之前森严了许多，她好不容易进了督府，但在二门那里被拦下了，因为杨督理在里面召开记者招待会。招待会上，杨森很愤怒，愤怒的是记者们问的一个核心问题——是不是他派人刺杀刘湘？

小翠好不容易等到杨森从花厅出来，远远地看见他，就扯着嗓子喊："杨督理，我有事找你！"

小翠一贯娇滴滴的，声音太小，杨森看见了她，以为她来找他是想他了。可是，现在的杨森很忙，他马上就要去开另一个会，就冲小翠摆了摆手，头也不回地走了。听见小翠似乎还在喊，自己笑了笑，自语道："这个婆娘，倒是痴情。"因为看见了小翠，杨森心中的恼怒似乎平息了不少。

小翠很轴，一次次地要见杨森，次次都无果而终，根本说不上话。最后一次，小翠没有见到杨森，回到住所，心里反倒平静了。反正我已经尽力了，见不到杨森，那就是命了。兴许杨森命大，满妹她们奈何不了他。

小翠没见到杨森，但是华新之来找她了。华新之是奉了杨森之命，要追查讽刺川剧《狗咬羊子》的作者。华新之觉得，写戏的酸文人一般都和妓院关系密切，小翠多半能知道一点消息。

小翠觉得这事简直就是扯蛋，只有脑壳有病的人才会关心这个。华新之操心这个，分明是脑子有病。漫说狗咬羊子，就是咬猪仔，又有什么要紧？但她不知道，杨森对这事才真正的在意。杨森认为此剧大损他的形象，成都之外，甚至因此而传说他真的禁止宰羊，下令打狗，所以他要把作者捉出来，剥了他的皮。因此，尽管一统全川的军情紧急，他还是要华新之来查。

小翠说她不知道谁是作者，而且对此事也很不以为然。一场戏嘛，有什么要紧？但她要华新之转告杨森，说金堂的人已经潜入成都，让他当心点，那个满妹明显就是冲杨森来的。华新之听了小翠的话，很不以为然，他也不想转告，觉得小翠大惊小怪，一个满妹进入成都又能怎么样？看小翠对杨森这样上心，心里头酸酸的。当然，《狗咬羊子》的作者还是给查出来了，查出来又怎么样，人家刘麻子根本就不在成都，到哪儿去抓？

侦缉队长在自己的一个得力手下莫名其妙被杀之后，行动的步伐加快。他已经查到了那个赌场，赌场的人在他的严词盘问下供出来有黄阿狗这个人，说他有短枪，好像是金堂口音。循着蛛丝马迹，这样找下去，满妹她们暴露的可能性眼见得是越来越大了。

就在这个时候，满妹本人居然被侦缉队长发现了。当初第一次抓满妹的时候，虽然是夜里，但侦缉队长对满妹的身影印象深刻。然而，在码头附近的一个茶馆里，竟然出现这个熟悉的身影，而且频繁出现。于是，他悄然在茶馆附近做了埋伏，准备动手，抓了再说，反正他不在乎错抓甚至错杀。

就在女扮男装的满妹从茶馆里出来，埋伏的人就要动手的时候，在诸多护卫簇拥下的杨公子出现了。杨公子看见侦缉队长，马上就扯着嗓子大声叫喊出来，说："队长，你来干什么？"还一把就把队长给拉住了。满妹一听，马上钻进了巷子。侦缉队长着急，但又不敢惹杨公子不高兴，只好眼睁睁地看着满妹消失了。当然，杨公子认识侦缉队长，觉得这家伙多半会对满妹不怀好意，于是故意上去打岔。有什么办法，杨公子喜欢满妹，没什么道理。一个半大的孩子，大约是新编武侠小说看多了，就是喜欢身手俊的人。

　　杨公子为何会在这个时刻出现在那个茶馆呢？这是因为杨公子有个学武的师傅就住在附近，没事经常进出这个茶馆。自打平江不肖生和宫白羽的新武侠小说风靡之后，这样的半大男孩子喜欢习武是一种风尚。当时的北洋政府也鼓励这种做法，认为是在弘扬国粹。所以，那时候的人把武术称之为国术。军阀也爱国，儿子喜欢国术，老子当然不能挡着。所以，杨公子就经常过来找老师，这回正好让他撞上了满妹。

　　成都堂口的老大觉得侦缉队长的威胁太大了，建议满妹干脆做掉他。但是这个家伙最近非常谨慎，但凡有行动，一般都拉警备司令部的人一起，自己也住在警备司令部里。满妹、小红和林忆想了半天，觉得要想做掉他，只能想办法把他诱出来。

　　成都袍哥的人原本也常去那个赌场赌的，一个袍哥的执事这几天有意多去了几次。赌场里也有侦缉队的眼线，袍哥的人装作无意之中闲扯，说在某某巷子看见了两个金堂来的人，身上还有枪，就住在那里，明天就要离开成都了。

　　当赌场的眼线把事情报告给侦缉队长的时候，已经是赌场收摊之后的后半夜了。赌场的人所说的那个巷子就来了一队侦缉队的人，抹黑进了巷子，但是一个接一个地挨闷棍、套索，悉数被放倒。结果，这几个人在巷子里先后挨了闷棍，然后被捅了一个透明窟窿。在查验身份的时候，发现竟然没有侦缉队长，只好把这些人套上麻袋，坠上石头，丢进了江里。

其实，这样的行动，原本是该叫上警备司令部的人一起干的。但后半夜了，警备司令部的人硬是叫不起了，没办法，侦缉队只好自己干。侦缉队长留了个心眼，自己没去，让副队长带的队。结果，这个副队长做了他的替罪羊。

他的人一出事，他真的怕了，躲在警备司令部死活都不肯出来，老婆、孩子也不管了。成都的袍哥建议满妹绑了他的老婆、孩子，逼他出来，满妹又不肯。满妹围着警备司令部转了几圈，发现周围的房子有一处地方可以看得见司令部的院子，只是距离有点远，有七八百米的样子。满妹问成都仁字号堂口的老大能不能搞一支好一点的七九步枪？这种步枪，枪管长，子弹大，射程远。老大说没有问题，他可以从杨森近卫旅的人那里借。

借来枪之后，满妹到郊外校了校枪，然后埋伏在那个可以看见司令部院子的地方，静静地等。她就不相信这个家伙连房门都不出，或早或晚，总会在院子里的某个地方露面。两个小时之后，那家伙露面了。满妹摸到了这家伙的活动规律，然后打开标尺，瞄准了一个他出现概率最高的地方，就在这家伙在那儿停下来抽烟的时候，枪响了，一枪爆头。这家伙一头扎在地上，半天都没有人理，谁也搞不清楚这枪子是从哪儿来的。满妹最早练枪，就是练的步枪。当年虽然没有狙击步枪，但枪法好的也有这样的本事，可以远距离狙击。成都的袍哥老大还枪的时候，塞了对方几块大洋，人家问都没问。

侦缉队长失踪这样的事儿，警备司令部居然一直都没有汇报，开始是没弄明白他是怎么死的，子弹打哪儿来，后来则是根本没有机会汇报。因为杨森很忙，要打仗了。

杨森很想做一个说一不二的强人，如果先低调一点，慢慢把川中军头都干掉，自己君临西蜀，那个时候再强化统治，扫荡和改造袍哥，感觉还有那么点意思。但是他刚做上督理，就想做一个独裁者，未免太性急了。他的统治还是太粗糙了。一个四川的军头，野心萌发，就想干改造全川的大事业，凭借的就是自己那点枪杆子，没有政党，没有主义，也没有工具，连特务都没有，一个侦缉队长都被人废了，自己还没感觉。

虽然民国时期武术被奉为国术，但主要是小说和影视界的热闹，真正重视所谓国术的，还只有冯玉祥的队伍。冯玉祥的队伍比较穷，子弹每每不足，所以，他就找来武林高手，让他们做军中教练，教他的士兵耍大刀。但在四川军界，武术根本没有地位，大家都是袍哥兄弟，犯不着你死我活地硬拼。作战时，士兵们刺刀都不会拼，哪里用得着大刀。

听说刘湘的队伍里有了神军，给杨森儿子做师傅的武术老师也动了凡心，撺掇杨森的儿子，让他老子成立一个由武林高手组成的特务营。但是杨森说，他的队伍里倒是有几个会武术的，都在侦缉队，要干就去侦缉队干吧，可以给儿子的师傅一个小队长干干。那师傅一听，凉了半截。杨森就是杨森，他不信这些国粹的玩意儿。

六十四、作战计划

这一阵儿，杨森在忙着开军事会议，商讨作战计划。

在现代战争条件下，一般来说，作战计划主要是参谋部唱主角，由参谋部把自己和对手的兵力、分布、装备状况做详尽的说明，然后拿出自己的作战部署，好一点的，还有沙盘演示。但是，北洋时期，中国军队有参谋，有参谋长，这一套却没有。所谓作战规划，就是几个大头凑在一起，商量一下大体怎么打，防守还是进攻，如果是进攻的话，谁来主攻，谁助攻。作战地图也相当的粗糙，具体的地形地貌都没有，道路桥梁标注得也不清楚。最后，由最大的头儿在地图上划几条线，大家带人去打就是。漫说川军，就是吴佩孚制定作战计划，也就是他自己做主，随便在地图上画几条线也就搞定了。有时候，规定的进军路线居然没有路，只有悬崖。中国的军事现代化，虽说到北洋时代时已经走了半个多世纪，但总的来说还相当的粗糙，参谋部的作用还提不上日程。

在这方面，川军比内地的军头还要粗线条。开作战会议，内地的参谋和参谋长还能说上几句话，提几条建议，而这里的参谋只配给大头头们倒茶点烟，再加上跑跑腿。川中的军头，好多人一直都没弄明白参谋和副官有什么区别。

一统全川，先拿刘湘开刀，原来是杨森所部几个大头已经确定下来的。但是，谁知道在这个会议上，杨森突然改主意了，不知哪根筋搭错了，别出心裁地提出要先打赖心辉。

四川众军头按毕业学校分，有保定系和速成系两大类，即使像范绍增这种袍哥出身的，至少也是四川人。但赖心辉是云南人，而且是云南讲武堂毕业，虽然独树一帜，但势力很弱，没有朋友，也没有乡党和同学。由于蔡锷的缘故，云南讲武堂在国内算是名校，赖心辉是炮科毕业，比较善于用炮，当年在打进步党人戴戡的时候，利用余弦函数计算，硬是用炮把戴戡的贵州兵给打垮了，因此得了一个外号，叫赖大炮。但是，大炮的另一层意思是贬义的，说这个人爱吹牛放大炮。此时比较起来，在众军头中，赖心辉最为弱势，而且孤立无援，打他实在是最容易的事儿。

明明刘湘是心腹大患，是一统全川道路上的最大的绊脚石，先打赖心辉干吗呢？这个提议让人想不通，尤其是同为云南人的黄毓成，更是想不通。如果赖心辉的防地在进攻刘湘的道路上，还勉强说得过去，可又不是。在他看来，像赖心辉这样无足轻重的角色，只要打下了刘湘，不用费事，自己就会投过来的。

由于黄毓成当年对杨森有知遇之恩，加上川中将领都对这个曾经的云南讲武堂的老师的军事素养很佩服，杨森对黄毓成还是挺尊重的。所以，黄毓成反对他的看法，他并没有生气。他解释道："因为赖心辉跟谁都不搭界，哪个系也不是，所以，打他最好打。打了赖心辉，刘湘会想，我们的行动仅仅是冲着一个弱小的对象，可以起到隐蔽行动目的的作用。"

黄毓成心想，全四川都知道你要打刘湘，还隐蔽个什么呢？打了赖心辉，正是打草惊蛇，而且没什么价值。但是他没说出口，他突然感觉到，此前如此看好杨森，可能是自己错了。

其他参会的将领对杨森的提议倒是一致赞同。毕竟，赖心辉比刘湘要好打多了。别的不讲，刘湘手下潘文华部下的郭勋祺就不好对付。柿子找软的捏，军人也有这个爱好。捏软柿子，建功立业比较容易。

于是，事儿就这样定下来了，首战打赖心辉。

那边作战计划已经瞄准了赖心辉。但此时的赖心辉正躺在竹榻上喷云吐雾，旁边一边一个年纪小的女人。赖心辉每天不过足瘾、玩够了女人，是不出房间的。赖心辉是参加过云南辛亥起义以及护国讨袁的人，当年也是一个热血青年。热血的事儿干完了，就开始挣自家的事业了，偏偏他这个云南佬把自己的事业定在了四川。然而，地缘省籍的门槛却比他想象的大。尽管他为川中的军头立下了汗马功劳，但得不到应有的地位，好不容易拉出来独当一面了，发展却举步维艰，没有帮忙的。现在他只好偏居一隅，抽大烟、讨小老婆，混吃等死了。

虽然说刘湘组织反杨联盟，他也凑数算一个，但他知道，两边都不会把他当回事的。现在，他最关心的不是他的部队，也不是战事，而是辖区鸦片的产量。自打偏居一隅以来，他让辖区的百姓把所有像点样的田地都种上了鸦片，而且，还特意从老家云南搞来了优良品种，发给农民，逼农民种烟。开始农民不乐意，后来也就习惯了。他赖心辉养兵，全靠这点鸦片了。他的队伍，参与护送鸦片的行动次数，比打仗都多。这时候的赖心辉跟四川的老牌军头刘存厚，实际上也差不多了。

他做梦都不会想到，大祸就要临头了。

六十五、马寡妇

尽管大战在即，但是成渝两地的百姓好像一点感觉都没有，两地的麻将照搓，茶照喝，戏照唱，空气里弥散着一股子安逸糜烂的气息，让人沉醉。川中混战，天下第一，频度虽然高，但烈度不足。有地方的袍哥武装挡着，哪次战争的危害也不怎么大。反正打的时候，别凑近乎，老百姓躲开点就是了。再早，成都巷战，还有好事的闲人搬上板凳，搭起凉棚，前去观战，就像看戏一样，硬是不怕流弹伤到。川人好起哄，平时婆娘吵架、流氓斗殴、婚丧嫁娶，都是大伙跟着起哄的好时机。有些人硬是把打仗也等量齐观。又要大战了，成渝两地的人也都知道，但知道归知道，不过是在摆龙门阵的时候多了一个话题，谁在乎？

满妹她们进城之后，金堂的生活又恢复了旧观，该下田的人下田，该做生意的做生意。黄七爷照旧在茶馆喝茶，揉搓着他那两颗铁球，给人吃讲茶，而且饱暖思淫欲。此时的七爷，又有了一个新的相好。

黄七爷相好的女人在隔壁镇上，也是个漂亮的寡妇。川中兵多，混战频繁，虽说烈度不大，但打仗总是要死人的，所以寡妇也多。这个寡妇姓马，跟小曲《马寡妇开店》里的马寡妇一个姓。跟过去的余寡妇不一样的是，这个寡妇有一个儿子，所以，可以名正言顺地守寡在家了。这个儿子才十六岁，却被杨森被抓了丁，做了杨森的新兵。

马寡妇跟黄七爷好上，由头就是因为来求助黄七爷，想办法把儿子弄回来。一来二去，马寡妇自己过得也艰难，就傍上了七爷。

这个婆娘虽然已经三十出头，但风骚劲儿不小。余寡妇在跟七爷之前已经跟很多人睡过，几乎夜夜不空。但马寡妇却没有这个名声，见到七爷之后，才大爆发，所以骚劲很大，一夜得好几次才饶过七爷。七爷新鲜劲一过，多少有点吃不消。

马寡妇和七爷的"性福生活"没过多久，黄七爷还没想出办法怎么把马寡妇的儿子弄出来，马寡妇的儿子竟然自己逃回来了。当年军阀的士兵，理论上都是雇佣的，当兵不仅吃粮，还得有军饷。但是军头多了，军队多了，军粮倒是可以吃上，但军饷就有点靠不住。没有了钱，乐意当兵的人就不多了。所以，杨森大扩军，非得拉人不可。

既然是拉人当兵，逃兵就难免。杨森对此有一套办法，办法之一，就是到当兵的家乡去抓逃兵。他们知道川娃子恋家，闯劲不足，做逃兵，一般都往家里跑。招兵的时候，都在他们的家乡取了乡保，核实好了家庭所在地，到时候一逮一个准。所以，马寡妇的儿子刚回来，抓逃兵的人也跟着来了。

然而，傍上黄七爷的马寡妇现在有仗头了，只消带儿子躲到金堂就没事了。黄七爷问马寡妇的儿子，为何要逃。马寡妇的儿子说，现在他所在部队，正在进行动员，马上就要打仗了。打仗就打仗呗，他的部队搞什么写血书表忠心的活动，效忠领袖杨森，为杨森而战，誓死捍卫领袖的尊严，等等。血书的稿子，都是上面统一发下来的，执笔，则由团里的师爷代劳。但是，却要求每个新兵都割破指头取血。用血来当墨汁，哪里会有那么多呢？有人提议，杀只鸡来代替，还被团长骂了一顿，说是不能糊弄领袖。没办法，排长只好逼着每个新兵，都割手指，一个指头不够，还得割一只。马寡妇的儿子，有点怪，自幼怕血，别说自己的血，别人的血，甚至鸡血看见了都犯晕。原来老娘捎信叫他跑，他还犹犹豫豫的，为了避免割自己的指头，只好不顾一切，排除万难，连夜逃了。马寡妇的儿子，在队伍里是最小的一个，平时胆子就小，还挺听话的，所以，谁也没想到他会跑，结果反倒让他跑成了。

黄七爷听了之后，感觉金堂也不大保险，于是派了个人，直接把马寡妇的儿子送到成都满妹那儿了。满妹觉得一个怕血的人没法用。还是小红有办法，将他搁在了可园，在戏园子里打杂。杨森的兵多，不是所在的连队，没人会认出来。而那个连的人做梦也想不到，一个逃兵竟然敢上成都来。

杨森的部队，士兵献血书表忠心的活动还在轰轰烈烈地开展。不过，这都是新兵团才干的，充斥老兵油子的团队，就是长官想干，都折腾不起来。只是，有的新兵团没那么轴，他们用鸡血或者鸭血来替代，由于血量太大，血书红漆漆的一片，都看不出写了什么了。但是，杨森看了下面送上来的血书，却很得意，他坚信吴佩孚的话，对领袖的崇拜就是战斗力的源泉。他的兵都能写血书了，那么上前线，还不生龙活虎啊？一高兴，下令给所有写血书的部队每人一元大洋，以示奖励。这一下，血书就更多了。

六十六、电报战

到了这个份上，刘湘和杨森已经开始在报纸上发通电，互相指责了。当年的军阀混战，只要你看两个军头突然开始发通电，互相指责，乃至谩骂，而且骂得文绉绉的，骈四骊六的，那就说明两家要开打了。先打电报战，再真刀实枪，这是不成文的规矩。这一幕，在川中也适用。这一阵的报纸销路特好，军头们互相指责的电文都是要给报社钱的，而看报纸的闲人们也乐不得看看两家到底是怎么骂的。所以，报社两边挣钱，不亦乐乎。

比较起来，刘湘这边罗列的杨森罪状比较多，从成都兵工厂，盐都的吃独食，到摧残袍哥，制造惨案，桩桩件件，触目惊心，事儿都挺大，稍微做点文学性的加工，就容易激起一些人的愤怒。这在以前还没有过。反过来，杨森指责刘湘的，无非是贪钱、贪色、收罗乡下妹子供刘神仙享乐等等，最大一件事就是扣押他杨森的武器。但是，这样的事，无非是军头之间的那点纠葛，干老百姓什么事儿呢？

当然，电报战从来没有输赢，因为即使有输赢，跟具体的战局的关系也不大。毕竟这个仗是军头们用枪炮打的，似乎没有看报的人什么鸟事。但是，在四川，袍哥们茶馆里闲扯，还是因为这电报战多了好些滋味。袍哥的新闻，或多或少，还是要靠报纸提供的。十个袍哥，总有一个是有文化的。摆龙门阵，传报上消息，是他们的专利。川中即将到来的大战，给茶馆里的茶客添了不少的谈资，这一回，尤其多。好事的，竟然开了赌局，赌刘杨两家哪个能赢。

川中的电报战跟内地没法比。内地的电报战，是军头幕僚才子们一逞文采的舞台，人们看这些电报，可以给中学生当范文，看了之后，不愁文思之不畅。虽然说川中的电报战，文采也是不错，川中自古多才子，哪个军头的幕僚笔下没有几瓶墨水呢？但是，看通电的人不怎么多，也没有中学生来效法作文。因为川中文风较盛，学生娃子看不上大兵。

大战在即，刘湘紧张归紧张，但这一阵儿高兴的事儿还是比较多。重庆的经济不错，工商业繁荣，让卢作孚主政北碚，帮助他改善地方政治，初见成效。他听了卢作孚的话，把沿江的厘卡都撤销了，当初还引起部下的激烈反对，但现在效果出来了，重庆的工商业繁盛，四川输入的粮食、蔗糖，以及手工业品大增，税收自然大幅度增加，使得他购买枪械大有底气。有了枪，刘湘给反杨联盟许诺的武器弹药支持也就有了着落。即便是像邓锡侯这样的滑头，如果开战，至少会出来应个景。

各个军头在彼此的驻地都设有办事处。即便两家开战，办事处依旧不会关门。大家也都像约好了似的，绝对不会伤害彼此的办事处人员，除非开不下去，自己撤。前方两家交战，打得你死我活，后面两家的人坐在一起打麻将，这样的景观是常见的。不管怎样，都会留个后手，以后好见面。现在，各军头驻重庆的办事处都非常热闹，反杨联盟各军头的办事处在忙着接受武器弹药。但奇怪的是，这一阵儿，哪儿的办事处都没有杨森的办事处热闹。

杨森办事处这两天天天高朋满座，办事处的人天天叫条子、喝花酒。来的客人还凑趣，要办事处处长开个堂会，叫杨森的女人小红出来唱一出。杨森的办事处长也不以为是冒犯，大家嘻嘻哈哈，搂着女人，喝酒狂欢。办事处就是干这个的，吃喝、应酬、联络，连带着收集情报。

原本杨森办事处处长是要请范绍增来吃饭的，就要开战了，多联络对方的将领，也好套出点情报来。当然，范绍增呢，倒也不在乎跟对方的联络处来往。这个时候，要说让他背叛刘湘，他肯定是不干的，因为至少在目前刘湘还没有什么对不起他的地方。但对方一个袍哥弟兄平时待他就不错，一起喝喝酒，怎么就不可以呢。

可是范绍增这两天去不了，他有一件烦心事要处理。他的袍哥堂口的一位舵主级的人物最近犯事了。怎么回事呢？原来，那位舵主的堂口下面有位弟兄，在杨森那里当连长，老是不回家，家里有几分姿色的婆娘却比较骚，不知怎么一来，就跟舵主有了一腿。原本一直都没事，这个婆娘反正闲着也是闲着，找个野汉子解解闷。但是也不知怎么啦，有一次连长突然回家，正好发现婆娘不在家，悄悄一找，给堵了个正着，于是乎，就闹将起来。这位舵主一向在堂口人缘不错，即使犯了淫戒，弟兄们也不想下狠手，安排拿钱堵连长的嘴，但连长就是不肯。实在没辙了，兄弟们就把事儿推给了他这位双龙头大爷。

范绍增是刘湘的人，那连长是杨森的人，两家马上就要开战，按阵营分野，他似乎不该处罚这位舵主。但是，袍哥的规矩是不讲政治界限的，犯了淫戒，不管你是谁，哪怕是他范绍增，只要是睡了帮中兄弟的婆娘，那就是三刀六洞，没得说。

说起来，那位舵主是他多年的好兄弟，感情很深，让他下手处置，他还真的下不了手。可是，不按帮规处置，他这个双龙头大爷还怎么当呢？那位舵主倒是很爽气，一直跟他说"大哥，别为难，给我一把刀，我自己了断"，其实还是恋生，否则自己早早了断就算了，何必拖到今天！

实在被逼得没办法了，范哈儿跟那位舵主喝了一夜的酒，第二天，还是送他上了路，然后把舵主的家眷都养了起来，厚厚地安葬了这位犯了错的好兄弟。大家原以为杨森的连长会杀了自己的婆娘，但是没有。看来，一顶绿帽子也压不死人。在看到结果之后，连长带上婆娘走了，临走的时候留给了范绍增一封信，表示感谢。

不讲范绍增的纠结，这边刘湘接到了刘从云的急报，让他去一趟。刘湘到了之后，发现刘从云第一次这样慌乱，身边的女人一个都不在，只有他一个人，在客厅里徘徊。

看见刘湘进来，刘从云拍拍自己的脑袋，对刘湘说："是不是我此前的推算都错了？杨森压根没有算计我们的意思？"

刘湘说："这怎么说起？"

"有情报证实，杨森要打赖心辉。"

六十七、赖心辉

大兵压境，赖心辉如梦方醒。他奶奶的，原来羊子这个狗娘养的，是柿子找软的捏，想要吃掉我，妈个卖皮，没那么容易！刘湘和杨森的电报战都打了好几天了，哪知道真的打起来，杨森的兵锋却指向了全不相干的赖心辉，这叫什么事儿呀。

赖心辉毕竟曾经是一条汉子，赤条条来到四川打天下，赖大炮的名声也不是白给的。他摔掉了烟枪，把家里的所有大烟都运到了部队里。在川军那里，烟土就是硬通货，只是跟大洋一样，要分成色。这回赖心辉带到队伍上的都是上好的云土。他发下命令，只要顶住敢打的，一律赏大烟五两；如果打死对方排级军官的，赏大烟十两；击毙连级以上军官的，赏二十两。

尽管众寡悬殊，但最初的冲击，赖心辉凭借沱江天险，还是顶住了。赖大炮的名声不是白给的。他指挥他不多的几门山炮，瞄准强渡的兵船，打翻了几只，剩下的都退了回去。前敌总指挥不是别个，就是一个学王缵绪两支胳膊都刺了森字的一个师长。杨森的新兵在强渡沱江之时，经常一船人惊慌失措，一个都上不了岸，硬是过不了江。没办法，杨森临时换人，战况才好了一点。

赖心辉一边抵抗，一边急急发电给刘湘、刘文辉、邓锡侯等人，要他们前来救援。但是电报一个个发出去，却没有得到半点回音。离他最近的刘文辉也按兵不动。

尽管赖心辉尽力了，但毕竟敌人过于强大，打到最后，炮弹没有了，强渡的船一只又一只地涌上来，眼看就要顶不住了。赖心辉号称赖大炮，但奈何大炮不多，而且炮弹更不多，谁让他全然没有准备呢。在这个节骨眼上，前线的一个团还倒了戈，一下子，全线崩溃。赖心辉只好转身逃亡西康，在全线撤退之前，发了一个通电，在媒体上刊登。

通电云："衮衮诸公，椠椠大才。逼我上吊，你们不来。时机一到，一起下台。"

然后，赖心辉落荒而逃，跑得飞快。但凡落荒而逃的军头，一般不仅部队剩不下多少人，而且关键的武器，尤其是机枪大炮都丢了。川军打仗，向来不做穷寇之追。杨森的人见赖心辉跑了，重武器都落下了，也就停止了军事行动。

赖心辉被打垮，但他的通电对别人也许无所谓，可让刘湘醒了。杨森养了这么多兵，这么大的野心，难道会满足于吃掉一个赖心辉吗？别人不了解杨森，他这老同学应该不糊涂。

然而，此时的刘湘确实有点糊涂。跟杨森比起来，刘湘的野心没那么大，而且待人也不够狠。对他来说，袍哥哲学，有饭大家吃，有钱大家赚，挺对他的脾气。如果杨森到此为止，不管此前有多么咄咄逼人，目前的刘湘都能接受。当然，刘湘也知道这不大可能，但是不是中间会有一个较大的间歇时间呢？

杨森也挺有意思，打垮赖心辉之后，不仅对赖的残部没有做穷寇之追，而且下一步对刘湘的行动，也暂时停了下来，大部队在修整。所有迹象表明，他只是吃掉了一条小鱼，尚无一统全川的意思。是不是，从此天下可以太平一阵儿？川中的军头，都有点拿不准。

这让刘文辉也感到很困惑，如果杨森跟刘湘没有打起来，那么他渔翁得利的可能也就没有了。满妹她们在成都待的时间已经太久了，队伍里的农民很有抱怨了，只好让满妹她们先从成都撤出来。

然而，满妹的人倒是撤了，但满妹、小红和林忆却在成都待了下来。毕竟成都是个好玩，也有好东西吃的地方，没有了队伍的羁绊，她们得好好玩几天。同时，满妹也通过这个行动，对刘文辉表示了不满，表明自己实际上并不真的是他的下属。

杨森暂停行动，主要原因是感觉他前段时间训练的新兵，战斗力出人意料的差。马屁精的指挥官不会打仗，而混弄事儿练出来的新兵上阵后连枪栓都拉不开。最后顶用的，还是过去的老兵。但是，你让这个如此自负的人检讨此前的用人以及马屁成风的氛围，当然是不可能的。这些人再烂，他也得用，因为也没有可用之人。这一阵儿，连属于客卿的黄毓成都离开了。这样一来，连唯一的一个可以说点不同意见的人也没有了。明明是此前自己乱推对自己的个人崇拜惹得祸，杨森却认为，还是因为士兵对他的崇拜不够，才有现在的问题。

以五倍的优势兵力、压倒性的武器装备，打败一个孤立无援、缺兵少枪的赖心辉，自己损失还不小，其实没有可以值得夸赞的。但是，杨森偏要庆祝大捷，借此树立他战无不胜的形象。杨森坚定地认为，此举有助于让军中所有人都崇拜他、信仰他。

这个时候，原来的朝会也变了模样，凡是杨森本人不到的地方都要供杨森的画像。开会的时候，要喊三句话："热爱杨森，崇拜杨森，信仰杨森！"军队训练要喊口号，口号是三句话："热爱杨森！崇拜杨森！信仰杨森！"场外的老百姓听了，就是杨森，杨森，杨森！有人嘀咕，"这不是在叫魂吗？"公务人员早上上班，人到齐了，也是先喊三声，才能办自己的事儿。杨森队伍里，对他的崇拜是真是假不说，反正里面的人，尤其是些文人，总是得想办法弄出些歪点子来讨他的欢心。这不，这个点子就是华新之出的。

沱江大捷的庆祝活动是三件事，开一个庆功宴，还要开一个大会，唱一台大戏。原本大戏是要演《领袖杨森》来着，后来幕僚怕人都跑了，反而不好，委婉地劝他，还是改唱五袍记吧。杨森想了想，也答应了。听到这个消息，满妹她们原本就是在成都耍耍，可这一回，她们决定要给杨森捣一下乱，好好耍耍这个羊子，玩得更开心一点。

六十八、停战疑云

　　杨森打赖心辉，打完之后，又停住不动作，可是把刘湘他们给蒙住了。难道所谓的一统全川，只是一个吓唬人的口号？不止刘湘，连老谋深算的刘从云都感到迷惑。此时，刘从云全川的情报网传回来的消息，都是杨森休兵。

　　刘从云大烟抽得少了，也不怎么跟丫鬟们玩了。最受宠的小云，都感觉到了寂寞，开始跟刘从云的随从打情骂俏。当然，来真的，她还不敢，她的肉体只有刘从云和刘湘才能享用。小云这一阵儿特盼着刘湘来，偏偏刘湘这一阵儿就不来，没办法，只好自己揉搓自己。她还不懂，这就叫自慰。刘从云感到焦虑的时候，表现就是这样的。一个从底层爬上来的人，有时候还是会有点不自信。其实，他并不相信杨森会就此止步。

　　当然，更可怕的是刘湘全军上下的懈怠，原来绷得很紧的弦，冷不丁就松了下来。一下子，大家都觉得没事了。当兵的开始请假回家，当官的下馆子、逛妓院、喷云吐雾。日常的训练原来抓得挺紧，现在则若有若无。重庆的街上，闲逛的军人多了，看戏不给钱的多了，犯事的也多了。在商民的呼吁下，刘湘不得不把执法队派上了街。扛着大刀、拿着令旗的执法队在街上走来走去，秩序才稍微好了一点。如果这样下去，杨森冷不丁打过来，刘湘还真可能有麻烦。

转机，是通过一个小小的口子出现的。那位老婆被人睡了的杨森部的连长，是他们团长的亲戚。打完赖心辉之后，这家伙立了功，升为营长。一次，俩人一起喝酒。

前连长说："这回该放假，安逸几天了吧？"

团长摇摇头："安逸？"

"那为什么？"

团长四下瞧瞧，压低声音说："就要打大仗了。"

"打哪个？"

团长四周看看，看见墙壁上有一只壁虎在爬，一指那壁虎："呶。"

"当真？"

"千真万确。对了，这是头等机密，咱们团，我只告诉你一个人，你不要跟任何人讲。"

前连长吃过饭之后，倒是觉得他该跟一个人讲讲。这个人，就是范绍增。上回处罚舵主，前连长觉得自己欠了范绍增一个人情。他为了自己，把铁哥们都杀了。他是杨森的人，范绍增是刘湘的人，但他们都是袍哥，袍哥是他们的底色，袍哥的道义是首先要讲的。袍哥人家，不能拉稀摆带，袍哥人家，更是得恩怨分明，有仇报仇，有恩报恩。

无论开战还是不开战，两个阵营的人互相来往，本是稀松平常的事儿。前连长很容易地找到了范绍增，悄悄地把杨森即将打刘湘的消息告诉了他。最有意思的是，前连长一本正经地建议范绍增可以考虑离开刘湘。因为他觉得，刘湘可能顶不住。

范绍增得知消息之后，并没有急于告知刘湘。他得盘算一下这个情报的真伪。范绍增有自己的渠道，这个渠道就是全川的袍哥。在四川，他范绍增的大名可是如雷贯耳，只要他想刻意打听点事儿，基本上没有不遂愿的。很快，反馈回来的信息就先后到了他的耳朵里。十个知情的袍哥身份的杨森部队的军官，有六个证实杨森的确要有大动作，而且目标就是刘湘，命令已经传达到了王缵绪那里，让他担任侧翼的主攻。但耐人寻味的是，王缵绪并没有把消息及时反馈给刘湘或者刘从云。

到了这个份上，范绍增找到刘湘，把他得到的消息转告了自己的主公。巧了，在这个时候，刘从云那边也急火火地要刘湘过去一趟，显然他也获得了杨森下一步行动的情报。

六十九、捣乱

　　侦缉队长死了之后，杨森重建了侦缉队，这回的队长是他家乡来的一个亲信。小翠将关于金堂的人潜伏在城里的情报，终于送到了杨森的耳朵里，可再去抓人，已经连影子都没有了。但是，成都并没消停，事儿反而更多。庆功宴上，不知是酒菜有了什么问题，参加的人没等吃完喝完，就开始跑肚拉稀，弄得大家不欢而散。有人猜测，是有坏人在饭菜里放了巴豆。而祝捷大会更是热闹。开会那天，会场周围都贴满了标语。这回的标语很简单，就是三句话——热爱杨森，崇拜杨森，信仰杨森。字的个头很大，标语很醒目。

　　但奇怪的是，大会开始后，这些标语的下面居然都有一个小标语，上面写着"狗屎杨森，卖皮杨森，杀死杨森"，到士兵都进场了，还没有被人发现。待到杨森进场登台时，才被心细的华新之发现。华新之赶紧悄悄找人用新标语把它们遮住。标语太多，一些人手忙脚乱地贴标语，焉能不惊动会场里的人？参会的大兵，其实原来还没有人注意到这个，此时却发现了异样，有识字的禁不住念了出来："狗屎杨森，卖皮杨森，杀死杨森！"在场的人哄堂大笑，有人还跟着念"杀死杨森！狗屎杨森"。在上面侃侃而谈的杨森发现底下的人竟然在大笑，乱成一片，自己也蒙了。一时间，台上台下都乱了，笑的、叫的、骂的，一锅乱炖。杨森还没讲完话，后面的授勋仪式也只好算了。

一个给杨森脸上贴金的大会就这样被搅和了。

杨森当然非常愤怒，但是要想找出捣乱的人，谈何容易。不容易，也得找，杨森下了死命令，一定要把人给他找出来，死的活的都行。

可是期限宽限一次，再宽限一次，侦缉队还是找不到人，气得杨森把侦缉队长给换了，听了华新之的建议，换成一个当地的前清老捕快头子。

老捕快头子跟杨森说："案是能破的，但你别管我怎么破，也让你原来的人都歇了，我找我的人来。七天之内，我一定破案。"

杨森没办法，只好答应。

不幸的是，换人之后，事儿还不断地出。最有意思的事儿，是有那么一天，督府的人上班之后，发现自己的背上被贴了标语"狗屎杨森"。连督府的秘书长也不能幸免。幸好，秘书长比较警觉，发现得早，自己把标语揭下来，还堵在门口，一个个地检查，把所有人的标语都揭了下来，没有让杨森发现。只要领导没发现，就等于事情不存在，这是真理。秘书长暗自庆幸，但仔细一想，未免脊梁后面发凉：人家要我的头，岂不是轻而易举？

不管怎么说，庆祝大会也算是开完了，剩下的，就是一场大戏。

戏在可园演。事前，秘书长派人仔细检查了可园的每一个角落，确保没有标语，然后再贴上崇拜和信仰杨森的标语，再在每个标语下面派一个士兵看着，荷枪实弹。而新上任的侦缉队长得到确切的消息，说是在演戏的时候，作案者肯定会出现在戏园子。他早早就带着人潜伏在了暗处。

然而，戏开锣之后，一部戏一部戏地演，好像什么情况都没有，演到最后的大轴戏《白袍记》时，一些老戏迷们发现，出演薛仁贵的武生除了脸不像之外，身段、演技、唱腔，怎么看怎么像过去的头牌小红，那个帅劲儿，那个利索，那个美，真是迷人。但是，怎么可能呢？下面可是坐着杨森哪！薛仁贵两边的龙套，身手也是绝了，扎着硬靠，翻起空心跟头，又高又飘。两个角色还会变脸，亮一回相，就换一副面目。

这个大轴戏让观众非常过瘾，几乎人人都沉浸在剧情里，沉浸在表演里，叫好声、喝彩声此起彼伏。最后一场压轴戏，大变脸之际有喷火。在一阵烟火暄腾中，观众只见戏园子的上面飘落了好些纸条，纸条落到地上，落到人的脸上、胳膊上，大家捡起来一看，还是四个字——"狗屎杨森"！

连杨森自己的脸上也飘落了一张。杨森看了一眼，像被烫了一下似的，跳将起来，大叫："抓人，给我抓人哪！"

全场的人，包括侦缉队长，都一脸的懵懂，抓谁呢？

"把四门都堵上，所有人，一个不许走！"

哪里堵得住呦，成都当年的戏园子跟茶馆似的，门多窗户多，演戏不卖门票，现场收茶钱。情急之下，堵了门，堵不了窗户。不一会儿，所有人，连同台上演戏的，都四散走光了。

七十、义气与告密

大战在即，杨森的主力部队却出了一件不大不小的事儿。因为自己老婆的事儿，跟范绍增通风报信的那位前连长，现在的营长，姓张，他为了报答范绍增的恩情，将两军即将开战的事儿告诉了主公的敌人。这个事儿以现在的眼光看起来好像很是大逆不道，但就袍哥道义来讲，却没什么。此前此后，这样的事儿也多了，对于一个好袍哥来说，还有什么比袍哥道义更要紧的吗？范绍增自己也是这样，只要有必要，主公的大业就得为自家兄弟的义气让路。

但是，张营长悄悄去重庆找范绍增这个事儿，他麾下的一个连副是知情的，张营长当时也没有想刻意隐瞒。这个连副当然也是袍哥兄弟，跟张营长的关系不错。但仗打完了之后，一个升为营长，一个却原地踏步。张营长呢，一时半会儿也没有找到机会给连副挪个位置。对方已经有几分不爽在里面了。然而张营长千不该，万不该，把自家的婆娘带到了部队上。而那个连副又没有家室，即使有，也没有资格带。

军营里阳气太重，多少天都见不着一个雌性，张营长的婆娘偏偏有几分姿色，此前犯了事儿，见丈夫也没有什么严厉的处罚，连一顿胖揍都没有挨，到了军营，在众多如狼似虎的眼神凝视之下，未免有点得意，一得意，就犯了骚劲。别人慑于营长的淫威，不敢怎样，但连副原来就跟张营长级别差不多，经常在一起喝酒、玩女人，根本就不怕他。于是，他就有了想法，越是想，就越是欲火中烧。趁营长不备，他就冒险偷袭了一次，居然得手，从此欲罢不能。

如果仅仅是偷情，这事儿还不大。但是，那个婆娘却喜欢上了连副。连副呢，也想娶婆娘。明摆着的事儿，若要拿下这个婆娘，得搬掉绊脚石。那时节，不兴离婚，唯一的办法就是做掉营长。再不行，就得等到开战，在背后打黑枪。但开战的时候，他在前面，营长在后面，打黑枪的难度很大。怎么办？邪火烧大发了，什么邪招儿都敢想。突然，他眼前一亮，我不是可以告他吗？告他里通外国，勾结敌军，出卖情报。

可是，作为一个袍哥，兹事体大。是人都知道，袍哥最恨的事儿就是告密，因为当年在秘密地下状态的时候，这种事儿事关袍哥的生死。哪个告密的，若是被兄弟伙抓到，得活活凌迟处死。事实上，这种人不被折磨到死，兄弟们是不会罢休的。偷兄弟的婆娘，已经是犯了袍哥的大忌，惦记着打兄弟黑枪，已经不是人了，现在又想着告密，简直就是妖魔鬼怪了。

脑袋里闪出这样的念头之后，连副自己都吓了一大跳，心想，如果这样干的话，实在是太可恶了。惦记而且偷了人家的婆娘，已经是三刀六洞的罪过了，再因此告密害死本主，这简直就是十恶不赦，不，十二恶不赦了。

尽管如此，邪恶的念头一出来，就总是压不住，会一次次冒出来。最后，鬼迷心窍，情欲终于战胜了对袍哥禁忌的恐惧，这个连副竟然直接把状告到了杨森那里。

这要说上一句，杨森自打强调军人对自己的忠诚和崇拜之后，就特别鼓励下属直接向他打小报告。所以，一个小小的连副只要声称自己有特别的内情，就可以直接上达天听。连副知道，张营长上面有人，如果一级一级上报，张营长还没怎么样，他得先给人做了。

杨森听了密报之后，突然意识到为什么自己一统全川的大业跟袍哥总是这样磕磕绊绊，有这么多冲突了。从根子上讲，他一统江山的事业就是不能容许袍哥义气高于对他的效忠的。军外的袍哥，一时他还管不了，但自己军队内的人是绝对不允许这样干的。这个事儿，可以作为一个典型抓一抓，立个标杆，以后类似的事情就比照这个来。

所以，在一个月黑风高的夜里，张营长就被宪兵队的几个人架走了。经过突击审讯，张营长对见范绍增的事儿供认不讳。在这期间，该团团长等一干将领的说情都被杨森挡了回去。最后，杨森组织了一个军事法庭，公开审判了张营长，希图杀鸡儆猴，告诫全军将士，切不可袍哥道义当先，把主公的大业置于脑后。杨森千不该，万不该，为了奖励那个告密的，竟然把空出来的营长位置给了那个连副。这不等于告诉人们告密的就是他么？

最后的结果显而易见，张营长被公开处决。但是，就在张营长被押上法场的时候，那个告密的连副连同他跟张营长婆娘的私情也同时被人发掘出来。军营里的女人哪里有秘密可保，军营里的私情曝光最快。众多男人，多少双眼睛盯着看哪。连副的私情一冒出来，漫说这个部队的一般官兵，就是将领们，都觉得此事简直令人发指。真正该死的，绝对是那个连副，而不是张营长。那个连副是个什么东西，猪狗不如嘛！这个张营长太值得同情了，见范绍增，不过是朋友间的仗义，有什么错呢？被这样无耻的贼子算计告密，主公的处置，说严重点，是太不像话了。

于是，处决张营长的法场就成了一个悲情的剧场。原来张营长连里的弟兄都来跟他告别。张营长的勤务兵端来了装得满满的一杆子烟枪。

勤务兵泣不成声地说："营长，你是我的恩公，当年我娘过世，是你给了我两块大洋发送的！你要上道了，我没有别的东西，就抽一口吧。"

张营长手脚都被捆着，勤务兵就用手托着，让他的营长过了一回瘾。

他们的团长也来了，实在看不过去，就亲手把老部下的绳子给解开了，告诉他："你的婆娘，本想替你养的，现在看来，是不行了。"

老部下哭着说："团长，我那婆娘，拜托你给我杀了！"

团长拍了拍他的肩膀，什么话也没说。

就这样，张营长上了路，下面的弟兄哭得稀里哗啦的。

连副当然不是傻子，亏心事儿一做，自家心里就犯嘀咕，茶饭不宁的。张营长一上法场，从别人的眼神里，就知道再待下去，凶多吉少。于是，扯上那个婆娘，在一个神不知鬼不觉的夜里逃了。可是，哪里逃得了呦，盯着他们的人太多了。没走多远，就被发现，被抓了回来，他一支枪架不住人家那么多枪指着，他这个营长，也屁用不顶，没有任何一个士兵听他的。这回，等于不打自招。还没有等长官以临阵脱逃的名义发话，两个人就被众兄弟给活活地你一拳我一脚，打得没了气。可怜这个连副，命委实太薄，被任命为营长的命令刚下来还没有两个时辰。下面的人上报给杨森，说实在查不出来是哪个把他们打死的。杨森听了，也无可奈何。

杨森杀了一个张营长，但袍哥的道义，并没有被他战胜，反而，把自己给弄得灰头土脸。由于急于立标杆，抓典型，他居然忽视了此案背后的奸情，然而，这个奸情却非同小可，因为奸情而谋害本夫性命的恶性缘由，恰是国人最不能容忍的事。杨森把对自己忠诚的强调，跟一个无耻的奸夫捆绑在了一起，让所有人大生恶感。经此一事，杨森部队里的袍哥，对他们的主公，离心离德的倾向，比任何时候都要严重。杨森这棵大树，虽然经过他多年的经营，看起来枝繁叶茂，至此，树干已经被蛀空了，貌似高大，但稍有风雨，就会轰然折断。

七十一、两个男人

　　小翠又跟华新之好了。自打袍哥知道小翠把有人要对杨森不利的消息告诉杨森之后，小翠的客人就一下子没了，一个头牌，门可罗雀。小翠可以跟杨森睡，这没问题，但是泄露袍哥中人的秘密，这个事儿就是原则问题了。只是小翠还算不得袍哥中人，所以也没有人对她动家法，鉴于她一个众所周知的美女，也没有人下得了手。但是很明显，这个女人被鄙夷了。连昔日的姐妹都对她不冷不热的，打麻将、摆龙门阵、吃宵夜都不叫她。甚至，连妓院的茶壶龟儿都待她轻慢了不少。

　　年轻的女子，被同伴冷落是很难受的。日子没法过了，小翠只好再去找华新之，跟华继续同居。杨森呢，有空就会过来，再一次鸳梦重温。此前小翠应付两个男人，是偏了杨森，冷了华新之；但这回，则是两边对等，对待华新之也提升了些许温度，只要有空，也尽量对华新之温存些。

　　重新得到小翠半个人青睐的华新之，对于杨森，开始有了嫉妒。有的时候，听见杨森的喘息声和小翠的娇喘声，他恨不得手里有把枪。其实，就算有把枪，他也不敢做什么。他多次告诫自己，不过一个烟花女子罢了，何必这样认真？但就是不行，隐隐约约，内心深处还是有些许醋劲儿。

有一天，华新之回来，让小翠闭上眼睛，说他托人从外江带回来一件礼物。小翠闭上眼睛，睁开一看，眼前是一双小巧的高跟鞋。那个时候，成都穿高跟鞋的女子不多，小翠只听说过，却没有见过。这一下，她欢喜得不得了。

　　华新之见她欢喜，就说："试试？"

　　小翠甩掉自己原来穿的鞋，套上了高跟鞋："哇，正合适！"

　　"原本就是照着你的尺寸买的。"

　　小翠踩着高跟鞋，扭来扭去的，兴奋得不住脚。

　　华新之又说："你穿旗袍再试试？"

　　小翠连忙扒下衣服，一丝不挂，然后换上一身淡红色的旗袍。这一回，身材凸凹有致，扭得更好看了。她兴奋得径直走出了客厅，走到了房门外头，收获了不少男人的目光，晃够了，嘚嘚瑟瑟地回来了。

　　华新之又说："你什么都不穿试试？"

　　小翠犹豫了一下，脱下了旗袍，净着身子在屋里扭了扭，转个身儿，然后躬下身子，屁股挺得老高。华新之伸手，拍了小翠翘起来的屁股一下，身上感觉很热。

　　就在华新之欲火中烧的当口，杨森过来了。他是看见小翠穿旗袍出来晃时凑过来的，正正好。

　　见主公来了，华新之立马蔫了，灰溜溜地溜了出去，剩下热血沸腾、血脉偾张的杨森。但是不知怎么，这回被压在下面的小翠，脚上还套着高跟鞋，虽然身子依旧很顺从，但心里多少有点不痛快。

　　杨森忙里偷闲寻欢，但刘湘那边可要动手了。

　　刘湘召开最高军事会议。在会上，范绍增建议，可以先发制人，"我们联合所有反杨联盟的成员，一起对杨森发起进攻。"这个建议得到了潘文华的支持。在他看来，杨森的行动一度迷惑了他们。反过来，杨森也认为自己的迷惑有效，所以，他完全想不到他们会率先发难。这样的行动有突然袭击的效果。只有刘从云不大同意，他还是认为应该后发制人，等着杨森来攻，以逸待劳，要更好一些。

这一回，刘湘没有同意刘从云的意见，他倾向于主动进攻。此前，潘文华向他汇报，说部队已经整顿完毕，炮兵已经准备了十几个基数的弹药，可以随时出动。同时，作为刘湘拉来的客军袁祖铭部，也已经到位。烟土供应充足，贵州兵嗷嗷叫。

刘从云并没有坚持自己的意见，他也承认现在打杨森的时机最佳。因为杨森内部的离心离德已经到了很严重的地步。这时候，与会的人才发现，刘从云居然穿上了中将师长的大礼服，歪歪斜斜的，看得挺别扭，但老头自我感觉挺好。刘从云身兼他的神军的师长，自然有资格穿军装。

在自己的意见被否决后，刘从云提了一个要求——把他的神军派上前线打先锋，他要亲自指挥。

刘湘他们费了好大的劲儿才劝住了刘神仙，但同意神军上阵。刘湘让自己的部下都拜刘从云为师。但是除了他自己之外，别人对刘从云的尊重其实远远不够。大家看见刘神仙那个样子，那种表态，都憋不住要笑。

七十二、冷落

王缵绪不是杨森的嫡系，但自打黄毓成走了之后，人们说杨森部最能打的就是他。虽然这个说法，杨森未必认账，但王缵绪的队伍老兵多，能打仗，也是不争的事实。王缵绪曾经是刘湘的旧部，这回打刘湘，杨森就不担心他动摇吗？

不担心。在杨森看来，王缵绪这种半大不小的军头很难独立，是个跟着大头走的人。现在的四川，他杨森就是最大的大头，比此前在成都主过政的几个军头势力都大。而且，在杨森看来，目前他跟刘湘的兵力对比，刘湘不过是他的四分之一，而且刘湘的部队各行其是，没有人崇拜刘湘。反过来，杨森的队伍大部分都是他的嫡系，在他看来，已经初步建立了对他的信仰。这样的队伍，在四川是没人可以比的。就算其他几个军头联手，他也不怕。因为从以前的经验来看，只要他全力扑向其中一个，迅速打垮之，其他人一般都会观望的。

尽管如此，用人之际，还是得对人家好一点。此前拖欠的弹药补充，这一阵儿，杨森都给王缵绪补上了，还给了王缵绪一大笔钱，告诉他用来给士兵发双饷。当年军阀打仗，开战的时候，按规矩，都得给士兵发双饷，特别有钱的军头还给士兵发三倍、四倍的军饷。西南的军头还给士兵发烟土。虽然军饷经常拖欠，但北洋时期的军人理论上还是雇佣兵。

当然，王缵绪是不是真的发双饷，倒未可知。但是，他拿到了弹药和钱还是挺高兴，一高兴，就差点忘了已经答应刘湘，到时候归顺过去。杨森这边的事儿，糟就糟在杨森总是想着人们崇拜他，而下面的马屁精们投其所好，一天到晚总是会弄出些事来，折腾得人心烦。

就在王缵绪刚有点感觉到杨森的好的时候，有人带给他一份高级将领联名的请战书。请战就请战呗，况且他的大名已经在上面了。但是这份请战书把那三句流行的口号——热爱杨森、崇拜杨森和信仰杨森都放上去了，而且要求每个人签名的时候，都得咬破指头，按一个血印。

王缵绪心想，老子对自己的老子都不热爱、不崇拜、不信仰，当年对清朝的皇帝，老子也没有热爱、崇拜加信仰，老子热爱你、崇拜你、信仰你？见你妈的卖皮鬼！清朝覆灭的时候，王缵绪还是个中学生，一个反清积极分子，对皇帝很是蔑视。王缵绪心想，如果还在杨森的圈子里面混，别的不讲，早晚得被这帮人给恶心死。老子当年年纪小，连皇帝都没有跪过，如果这个龟儿子羊子赢了，早早晚晚，得让我们给他下跪。刚刚对杨森产生的那丁点好感，马上烟消云散了。

庆祝演戏结束后，转过天，侦缉队长才醒过味儿来，原来那几个作案的人就在戏班子里。因为他的人查到一些江湖帮的小偷也参与了作案，那天也都去了戏园子。这里的奥秘，十有八九就在戏班子里。就在他打算带人去戏班子查案的时候，来了一个人。这个人，他认识，是当地一个有名的仁字号堂口的红旗老五。

老五问他："你嗨没嗨过袍哥？"

"我嗨过。"

"那袍哥有事，你帮不帮？"

"当然帮。"

"那就莫管闲事。我问你，你的脑壳，是铜的，还是铁的？"

"就是皮包了点骨头。"

"想不想要啊？"

"我做公差，得给皇上效命啊！"

"皇上？你知道满妹没的？"

"知道。是金堂那个小么么？"

"知道就好。莫怪兄弟我事先没有打招呼。"

来人转身走了，丢下侦缉队长在那里愣了半晌。等他想明白了，他既不查案，也不去杨森那里复命，连夜带上家眷开溜了。他一走，那帮他找来的旧人也作鸟兽散。

于是，标语和传单案就成了无头案。

不过，杨森已经无暇顾及这些小事了，因为前线传来消息，说刘湘和袁祖铭已经挥军北上，快要打上门了。

七十三、不祥之兆

满妹她们不带自己的兵，在城里混得更开。满妹是袍哥英雄，小红是川剧天后，在江湖上的名声特别的大，无论她们想干什么，江湖中人都争相配合，生怕落下。更何况，她们干的，是跟杨森对着干的事儿。

江湖中人，原本有各种各样的行当，正当行业的人就不说了。做小买卖、做手工、做挑夫的嗨袍哥，只是为了求个安全，有个依靠。不正当行业，比如丐帮、小偷的江湖帮，原本在清末就是袍哥中人。梨园行在那时介于正当和不正当行业之间，也是在清末就嗨了袍哥。

清末以来，大把的士绅由于喜欢川剧，也掺和在里面，戏子的地位有所上升。但在一般人眼里，戏子依旧是下九流。梨园行有梨园行的规矩，各行都有各行的规矩，但这些规矩都得服从袍哥的大规矩。即便满妹和小红要干的事儿不合各行的规矩，但由于她们是袍哥中响当当的人物，干事合乎袍哥道义，人们也就只能委屈自己的行规了，比如教外人变脸，教别人不行，但教满妹就没人说什么。利用唱戏跟杨森捣乱，戏班子也得配合。搞乱标语、撒传单，交给小偷的江湖帮来干。小偷和乞丐早就仰慕满妹的大名，有机会给满妹效劳，乐不得的。何况，这样给官府捣乱的事儿，原本就是他们喜欢干的。这个时候，满妹已经是袍哥的神了，她说话就跟神一样好使。

只要不是正经八百的军事行动，捣乱的事儿让这些江湖人来干，真是得心应手。清流袍哥中的士绅，比如尹仲锡这样列于五老七贤中的人物，当然不屑于直接跟乞丐和小偷打交道，但对于满妹、小红她们为了给杨森捣乱，跟这些人来往，倒也犯不上反对，反而会睁只眼闭只眼，乐见其成。

所以，没有了自己的兵，满妹她们反而放开了，捣乱捣得更加肆无忌惮，昏天黑地。在捕快出身的侦缉队长开溜之后，在成都城里，她们几乎可以说是为所欲为。杨森名义上还是成都的统治者、大军头，但在市面上已经成了一个笑话。街巷里，反倒是满妹她们的天下。

打完赖心辉之后，杨森的庆祝造势活动被满妹她们一通蛋捣的，变成了一场闹剧，不仅没有达到给自己脸上贴金的目的，反而对部队的人心士气造成了严重影响，主帅杨森的形象愈发小丑化。可是，杨森自己还不觉味儿。这回刘湘他们打过来了，在他看来，是正好。反正下一步我就要打你了，你打过来，反而给我增加了道义上的分数。然而，这么长时间的倒行逆施，至少在成都，杨森无论干什么都是错的。而成都的民间舆论又是整个成都平原的风向标。刚刚打败赖心辉，杨森觉得自己的势力无论如何，都正是顺风顺水，处于顶峰，这个时候刘湘送上门来，真是正好。

有独裁霸道心思的军头，必然喜欢下面的人拍马屁。只要他们喜欢，下面就会马屁成风。马屁一旦成了风，我们今天所说的形式主义这一套玩意，就必然会盛行起来。干事的仪式感特别强，事情的内容反倒没人在意了。杨森自以为是领袖，领袖的风采必须通过表面上的各种形式才能烘托出来。而下属的阿谀奉承，也通过仪式才能表现得像那么回事。这样的仪式，实际上，就是马屁的一种表现形式。

这不，杨森出征，部下们说一定要搞一个出征仪式。

仪式之一，是一个祭旗仪式。过去祭旗是要杀人的，至少也得杀牛或者杀羊。都民国了，杀人肯定不时兴了。杀牛羊，自己姓杨，也不合适。再说，杨森很现代，不喜欢过去那一套。

不杀牲口，下属就会在别的方面动脑筋。这回是在校场上树一个三丈高的旗杆，下面是仪仗队，一队骑兵，一队步兵，再来一队宪兵，然后还有一队鼓手、一队号手、一队吹牛角的，跟民间大户人家办丧事类似，一队和尚、一队喇嘛、一队道士、一队尼姑。

仪式开始，仪仗队排好阵势，然后鼓角齐鸣，军号吹得呜呜响，喊礼的人大喊一声"有请领袖"！杨森骑着高头大马，走到旗杆下面，发令升旗。于是一面有一个斗大"杨"字的旗帜就缓缓地升起来。所有人都对着杨字大旗立正敬礼。然后，再把这面大旗拿下来，打仗的时候带到前线，让旗手举着大旗往前冲。

然而，这回的祭旗仪式竟然出事了。杨字大旗快要升到顶端的时候，就在大家都仰着脖子看的当口，绳子突然断了，大旗颓然地从上面掉了下来，一头栽到地上。见状，所有人都大惊失色。在讲史的戏剧和小说里，凡是出现了这样的事儿，绝对都是不祥之兆。如果旗杆断了，或者说旗帜下来，都是天意，上天告诉你——你要倒大霉了。如果是军事行动，必定要失败的。只是他们不知道，这个事儿不是天意，而是民意，是满妹她们事先把绳子用酸腐蚀了，升旗的时候就会断掉。

这个事儿让杨森心里很堵，即便他宣称不迷信，但毕竟是中国人，不可能对此无动于衷。以至于接下来的出征仪式，他都心不在焉。

这个仪式，就是在军中找一个姓杨名叫得胜的士兵，打扮好了，一溜小跑，跑到杨森面前，立正、敬礼，报告说："报告领袖，杨得胜向你报到。"

按道理，杨得胜报告完了，杨森得大声回一声"好，杨得胜"！这个仪式寓意非常明显，就是他姓杨的获胜嘛。但是，杨得胜报告完了之后，杨森竟然没有反应，搞得杨得胜不知道是该下场，还是继续待着。

　　凡是看过这一幕的人都心情大坏，大家心里都在嘀咕：不祥之兆，不祥之兆。这仗，还能打吗？

七十四、神军出征

　　谁也想不到，为刘湘部队打头阵的竟然是刘从云的神军。虽说四川人都知道刘湘有一支神军，但神军是怎么回事，还是个谜。义和团的时候，四川没闹过，后来的红枪会也没有传过来。刘从云的神军当然也发新式的快枪，但是他们平时的训练跟义和团一样，喝了神符，念了咒，光了膀子运气，用大刀往肚子上砍。稍有不同的是，义和团练神功是一个村一个村的，三三两两；而神军是排列阵势，几百上千人一起砍肚皮，一起挥舞大刀，然后就是一起往前冲。

　　为了这次处女出征，刘神仙特地拉上他的八个大徒弟，摆开架势，做了一个大大的道场。所有神军士兵都在下面看着。刘神仙和大徒弟，加上几队童子，又是鼓乐又是念经，折腾了大半天，说是把天上的罗祖、玉皇大帝、关圣帝君，以及张飞、赵云都请了下来，届时神灵附体，料无问题。

　　不用说，神军练的是刀枪不入的功夫，比当年的义和团，多了些行伍范儿。但请神下降却是必不可少的一关。刘从云通权谋，平时运筹帷幄也挺靠谱，但他偏偏信这一套。

　　说句良心话，刘从云的神军所喝的符、念的咒，比起当年的义和团，还是像样多了。符是正经鬼画符的道教神符，咒语也都是从青城山上请下来的。要知道，四川可是道教的大本营。当时在中原，红枪会干的也是这一套，但符咒都是简化版。虽然在现实中，红枪会没有什么神奇，跟大队的军阀部队相遇，人家一开枪，照样死伤枕藉。但红枪会的事迹传到四川，却神乎其神。大家都说只要神功上身，就刀枪不入。按说，义和团的时候，这一套已经被证明根本不灵了。可是中国人，尤其是底层民众，特别健忘，若干年过去，神功就又来了。老义和团还活着的，当然不会参与，但是他们的后代却乐此不疲。有意思的是，刘从云对此事是相信的。在他看来，在这个世界上，的确是有刀枪不入的功夫的，只要这种功夫运用得好，绝对可以打败用洋枪、洋炮武装起来的正规军。一旦战胜，其震慑的威力会大得不得了。此后不用打了，只消神军现身，对方就会土崩瓦解。那么，他的地位可就不是今天这个样子了。

刘从云好不容易被说服，不亲自带人上前线了，但一定要他的神军打头阵。而他呢，则在后面观阵，还不要炮兵火力掩护，就凭神功取胜。刘湘拗不过他，只好答应，只不过暗中布置了后续接应队伍。

你还别说，当神军出动之后，最初遭遇的是对方作为游动哨的一个排，这个排的一帮新兵蛋子见对面黑压压地来了一群光着膀子，挥舞着大刀，喊着刀枪不入的汉子，马上慌了，慌乱之中开了几枪，也没把人给挡住，当即吓破了胆，真以为对方刀枪不入，转身就跑。但他们哪里跑得了，瞬间就被追上，一个排的人都被剁成了肉酱。这个狠劲，也就是疯魔的神军才有。

刘从云从望远镜里看到这一幕，乐得开了花，对潘文华、范绍增等人非常骄傲地翘了翘胡子，好像在说"你们看，我的兵怎么样"。

神军初战获胜，士气大振。原来后队还有拿枪的，现在把枪都扔了，大家都脱光了上身，挥着大刀，疯魔似的列队前进。

终于，神军撞上了敌人布置好的阵地。到了阵地前，神军停了下来，在领头老师带领下一起念咒、喝符，然后突然爆发，一声怪叫，蜂拥而上。这劲头很吓人，但在对方的机枪和排枪面前，神军像被割的草一样一排排地倒下。开始，前面倒下，后面还往上拥，待到第三排的人也倒下的时候，神军动摇了，开始是止步不前，然后就是往后退，进而崩溃了。都是血肉之躯，哪里真有不怕死的？前一分钟还豪气干云的神军士兵，后一分钟就跟丢了魂似的，四散逃命了。神军从嚣张到溃败，也就是一袋烟的功夫。

从望远镜里看到自己训练出来的神军在血泊中瞬间崩溃，刘从云傻眼了。他一个劲儿地擦拭望远镜，死活都不肯相信，过了许久，一声不响，脑袋垂得很低，低到了双膝之间，嘴里还一个劲儿地嘟囔："没练好，没练好。"

刘湘担心他出事，马上派人用一顶滑竿把他送了回去，然后派人把溃败的神军收拢起来，带回后方。此役过后，神军还在，但已经跟其他部队一样，不再练神功了。没了神功，刘神仙对这支军队也没了兴趣，师长也跟着换人，神军从此就变成了刘湘的一般性部队。

当双方正经八百的部队开始对垒时，刘湘部队的优势开始显现。他的队伍人数不如对方，但火力优势明显。常言道：新兵怕炮，老兵怕机枪。刘湘的部队，炮和机枪都多，弹药又相当充足，杨森的部队明显被压制了。

当年军阀打仗，就是靠大炮轰、机枪扫、步兵冲。只要炮火足够猛烈，冲锋比较猛烈，大抵就能赢。装甲车和坦克只在北洋后期装备比较好的奉军那里才有一点。很多军阀的部队，冲锋就是扛着大旗，上了刺刀，一窝蜂往上涌。这种时候，只要哪一方有火力的优势，就会占便宜。刘湘的兵炮火足，能给对方足够的压制。双方打仗，任何一方赏赐多，冲锋就比较勇敢。

如果杨森的兵只是守，还能多坚持一点时日。偏偏前方的将领依仗自己人多，非要发动进攻。成渝之间虽然没有险要的关口，但是进攻的一方如果火力不够强，而对方火力足够强，机枪大炮比较多，那就要吃亏。所以，大军压上的杨森部队死伤枕藉。而袁祖铭的部队过足了大烟瘾的话，也十分凶悍，会爬山、善跑路，包抄迂回是拿手好戏。他们在杨森队伍的侧翼发起了突袭，很快，杨森的队伍就顶不住了，只好仓促转入防守。

由于原来根本没有准备守，连战壕都没挖，于是守也守不住，杨森的第一道防线在第一天就被突破了。

在杨森没有膨胀之前，他的部队要说训练和战术水平，在川军中算是好的。杨森跟刘湘部队的武器差距，杨森是知道的，但他没料到会有那么大。因为川军进口武器，即使像刘湘那样没有人拦阻，也有一个资金的问题。他没有想到刘湘用了一些财政理财专家，放开了经济，财政状况有了飞跃，资金的瓶颈已经不严重了。反过来，杨森没有想到，经过他的整军经武，他的部队的战术水平反而下降了。不是刘湘的兵变强了，而是杨森的兵变弱了。双方一接触，见了真章，杨森那些专会拍马屁的下属就露馅了。

内地军阀之间的战争，也就是在第二次直奉战争期间，才出现了一个阵地反复争夺，双方死伤枕藉的惨状。在此前，战争的惨烈程度都是有限的，不管参战的人数有多少万，因战争而死亡的人数都非常有限。而在四川，这样玩命的血战一直都没出现过。虽然一直在打仗，大家都不是很玩命，也没有必要玩命，一看大事不好，就撤退算了。如果撤退了人家还不放过，就投降呗。

这一回，杨森自以为他的兵都会为他卖命的。其实，大家还都是川军。况且，在战前，众多袍哥官兵已经没有了战意。四川军队打仗，除非一次冲锋解决战斗，否则就得歇歇。双方都像是约好了似的，彼此在间歇期间抽大烟，这种时候都不会互相偷袭。这场大战，虽然经过几个间歇，但杨森的队伍明显处于下风。杨森的队伍中抽大烟的人的比例比刘湘队伍低，也不是没有人动过这个心思，趁对方过瘾的时候偷袭，但下面的官兵都不肯干，说这样不仗义。

最有意思的是，刘湘的空军居然也参战了。两架教练机都飞到了前线，一架飞机上两个飞行员，每个人在飞行服的兜里都揣了两颗手雷，飞到杨森的部队上空，欺负川军的娃子们没见过这玩意，低空盘旋一阵，就把炸弹丢了下去。杨森的大兵见天上来了这么个玩意，正奇怪地仰着头看，忽然上面掉下来一个铁疙瘩，落地轰得一声炸开了，炸死了好几个。一会儿，又掉下一颗，又炸死几个。没死的，吓得四散逃命。

空军参战，给对方造成的伤亡倒是不大——八颗手雷用完了，就得回去补充，等补充完了，前线的敌人已经撤退了——但给杨森部队造成的威慑倒是比预想的大。其实，这种木头做的飞机飞得又低又慢，要不是被它吓住，拿步枪就能打下来。

当神军崩溃时，消息传到杨森这儿，杨森特别高兴，因祭旗仪式带来的沮丧一扫而空。他一边让周围的人放鞭炮，一边指使华新之带了大笔光洋和烟土送往前沿，慰问前方将士。待到华新之到达前沿的时候，形势逆转，部队已经退下来了。这些钱倒是有点作用，给退守二线的人打了一针小小的强心剂，让他们多抵抗了些时间。但华新之比较倒霉，放下慰问品，刚转身就挨了一颗流弹，受伤倒地，也没人理会，过了半晌，就死翘翘了。

当年军阀混战，伤兵一般都是没有人救助的，一个师都没有一个军医，只要受了伤，就只能听天由命。但华新之好歹是个副秘书长，可见当时前线已经忙乱成什么样了。

刘湘、袁祖铭跟杨森已经全面开战，但邓锡侯这边基本上还是按兵不动。田颂尧也只是意思意思，挠了挠痒痒。

要说邓锡侯完全按兵不动，也不全对。他派一支部队去了自贡。但是，当他的部队到达自贡的时候，发现刘文辉的人已经到那里了，而且经过强攻，已经攻进了城。邓锡侯的部队到达，倒是彻底瓦解了杨森守军的斗志，因为守军发现对方的人太多了，源源不断。邓家军其实也没有怎么打，但见者有份，所以刘文辉就跟邓锡侯分享了盐都。

刘文辉当然不知道满妹她们在成都的折腾捣乱，心里一个劲儿地后悔，悔不该把满妹的队伍撤出来。尽管如此，他还是派重兵向成都挺进。刘文辉实际上没有参加反杨联盟，但他比邓锡侯他们还积极。逼近成都之后，他却止兵不前，并没有跟杨森的部队发生冲突。他要等着，享受渔翁之利。而杨森在成都的部队，正在不断调往前线。

七十五、溃败

尽管有了大洋和烟土，前线的将领带着大部分没经过战争的新兵，还是早早就不行了；老兵比较多的部队，也渐渐吃不住劲儿了；预备队也已经调上来了，可大多是新兵，拍马屁的高手，一般干事都不大行，训练出来的新兵一点用都没有。尽管杨森兵多，但填上去，不是被打死，就是跑散，队伍只好往后撤。

正在这个关头，霹雳一声震天响，左翼王缵绪的队伍突然调转枪口，从永川一线对杨森发起突袭。原本就撑不住的队伍遭此横向一击，顷刻土崩瓦解。即便是老兵，也全无战意。成千上万的杨森新兵，都变成了刘湘的俘虏。当初拜杨森的磕头功夫，现在都用上了。刘湘和袁祖铭的队伍一时间净忙活处理俘虏了。如此强大的杨森，这一仗就跟此前多次川中混战一样，败者都是闪崩，而且崩得稀里哗啦，一地鸡毛。

一般来说，像王缵绪这样的将领，如果不想跟一个人干了，可以打个电报知会一声，然后把队伍拉走就是。像今天这样，不仅不打招呼，而且反戈一击的，很少见，可见杨森之不得人心。川中内战，双方兵力悬殊，未有像今天这样，以压倒性优势的兵力败得这样惨。杨森的队伍以前以能战著称，但此番一战，却是土崩之势。骨子里，就是袍哥起了作用。

当前线战况不利的消息传到在离一线不远的地方督战的杨森耳朵里时，杨森根本就没办法相信。明明自己的兵力占优势，士气正盛，怎么这么快就不行了呢？容不得他多想，王缵绪倒戈的消息又来了，这回也不用想了，赶紧走人吧。

这种时候，不仅邓锡侯、田颂尧都起来攻击杨森，连只剩下残兵的赖心辉也迅速出来收复失地，捡取杨森队伍丢下的枪械，竟然还真就恢复了元气，战后依然是一方诸侯。各地的袍哥武装不只像以前那样换旗帜，而且主动起来袭击杨森的散兵游勇。墙倒众人推，是川中混战的惯例，但就数这回推的人多，几乎是遍地都在推，害得杨森的官兵不仅逃跑，而且在跑的过程中竞相把自己的军服脱了扔掉，否则就大有可能被人算计掉，即使躲到乡间，也一样被老百姓揍。此前天天喊自己是杨森士兵的人，现在就怕人家认出来他们是杨森的士兵。

各地的袍哥武装，原本他们的装备就是在历次混战中捡的洋落，但哪一次也没有这回捡得多。大批四散逃命的杨森新兵手里的家伙，相当一大部分都落在了袍哥武装手里。金堂黄七爷的队伍，战斗力最强，此时他的武装已经足以装备一个整团了。

原本杨森除了前线的主力之外，还有一些预备队，这一下，预备队也被人吃掉或者击溃了。杨森只好随着前线溃退的部队退到了成都城里。在慌乱之余，他急令杨汉域收拢残兵，准备在成都死守。仓促之中点验部队，发现十万大军，剩下的已经不到两万了，大部分的火炮机枪基本上都丢了。

杨森毕竟还是川中的一员战将，当他亲自布防的时候，还是能把惊魂未定的队伍暂时稳定下来的。守城的兵员配备、火力搭配还大体像那么回事。他放出话来，如果谁来攻城，他就要与成都共存亡；如果要他死，整个成都都要跟他一起殉葬。

成都倒是此前打过巷战，但那是驻在城中的两支或者三支部队之间的火拼。所谓的巷战，也就是意思意思。唯一的恶战，就是当年赖心辉打皇城里面的黔军。说是恶战，其实也就是放了几炮，对方就投降了。真正的婴城固守还没有出现过，与城共存亡更是闻所未闻。川军混战，每每就是打个意思，一方稍感不支，就会撤退逃跑，哪里有过死守烂打的？成都可是川人眼中的明珠，吃喝玩乐的圣地，这样打，还不真的给打烂了？

　　杨森这一手，让所有人——打他的刘湘以及反杨阵线，还有成都城里的人，都不寒而栗，一时之间，大家不知道该怎么办好。而城里的人想要逃出去，又被杨森的兵拦回来，四门紧闭。人们感觉，自己已经成了杨森的人质。

　　民国时的军阀混战，由于是在学习西方军事现代化的前提下进行的，造成的人道危机并不严重。只有到了北洋末期，才冒出来几次长时间的围城战，其中也就是西安围城最为惨烈。近代军阀跟历史上的其他军阀不同，如果哪个罔顾老百姓的死活，会遭受全国乃至世界舆论谴责的。在四川，军头们彬彬有礼，更没有军阀像杨森这样拿民众当人质，同归于尽的。在人们看来，这纯粹是疯了。这样的作为，在洋人那里也过不去。毕竟在中国很多地方，包括四川，都有西方炮舰的存在。军头们所谓的玩命一般都是假的。所以，没有人敢冒天下之大不韪，真的胡来。这回杨森如此说，多半也是吓唬人，就算他想这么干，手下人也未必陪着。

　　杨森当然不会真的玩命，但是此前气吹得那么大，现在垮得又这么快，总得给他一个转弯的时间。

　　但是从来没有经过这个阵仗的四川人，哪里能辨得清楚这个杨森到底是玩真的，还是假的呢？所以，已经逼近成都的刘湘和袁祖铭，包括王缵绪，都没有再进一步行动。不惯做穷寇之追的川人碰到这样玩命的，一时不知道该怎么办了。

战局，突然沉寂下来。

城里的五老七贤在危机面前再一次拉下老脸，集体去见杨森，要求他出城，他们可以筹一大笔钱供他开拔之用，如果嫌少，可以由杨森开价，他们去想办法。这是军阀混战的规矩，为了让某些明明打不过还要硬撑的军头自己走人，当地的商人会给他们提供一笔所谓的开拔费，如果商人不乐意，军阀就会宣称要死磕。不过，一般都会拿到点钱的。拿了钱，军头都会自动带着军队走人，当地就可以免于战火。所谓的开拔费，实际上就是确保当地太平的赎金。

但是，杨森再一次不给五老七贤面子，不仅不给面子，还当场翻了脸，把这几个老士绅悉数扣下，不由分说，都给软禁在了督府里。在他看来，这几个是全川闻名的人物，是最好的人质，借此不仅可以跟成都的商民要赎金，还可以跟反杨联盟讨价还价了。这一下，整个成都人心惶惶，人人都觉得世界末日到了。

刘湘对成都的军事行动，仅仅是派了一架飞机飞临成都上空，往下撒了些传单，劝告成都军民放下武器。在飞机飞过督府的时候，杨森用手枪对飞机开了几枪，还真打中了，但没有打到飞行员。此后，飞机也就不再来了。巴望着看飞机的成都市民，虽然有人还在期待奇迹，但奇迹没有到来。

七十六、救人

　　成都有闲人主张举行市民起义，但袍哥首领没有肯出头的。成都人都安逸惯了，看打仗还行，跟着起哄也擅长，让他们自己出来打仗玩命，恐怕没有这个可能。但是，此时成都人还有指望，因为满妹她们几个还在城里。

　　面对这个局面，满妹她们姐妹自然不会袖手旁观。成都的袍哥大佬们也乐意听满妹她们的，全力协助。小红认为，当务之急，首先得把五老七贤救出来，然后再说其他。靠别人当然不行，她们得自己来。

　　小红、满妹和林忆三个，以最快的速度设计了一个方案，找来熟悉督府内部的袍哥兄弟，详细了解了里面的地形，觉得趁黑夜摸进去救出这几个老人不难，但把这几个七老八十的老人安全带出来，有点难度。七老八十了，又经过惊吓，有的人未必能迈得动步子。

　　最后想出的办法是，由她们三个翻墙进去救人，同时让江湖帮和丐帮的人在警备司令部和几处军营放火，吸引杨森的注意力，并告诉成都市民的救火会，只要着火了就出动，明为救火，实则添乱，只要防止火延烧到别处就行了，再找一帮子胆子大的袍哥青壮年，抬着十几顶轿子，在督府后面的小门外等候，人一出来，就马上抬走。

　　事不宜迟，当天夜里动手。满妹等三人，三支手枪，小红则带了一口袋的石子，身边还自动跟了几个江湖帮的高手。自打满妹用他们，他们就特别自豪，有事没事，都在随时待命。每个高手都有十几个高徒，也是随时待命。她们翻墙进去，很快摸到了安置五老七贤的房间门口。就在摸掉门岗的时候，竟然被夜里出来闲逛的小翠看见了。在昏暗的灯光下，小翠认出了满妹，但她没有作声，只是躲在柱子后面看，结果还是被满妹发现，在小翠还愣神的时候，就被捂着嘴拖了出来。林忆一见，一把就把她抓过来，正要上刀，小翠出声了，低低地说："我肯定不声张。"满妹没有多想，就把她放了。这时候，几个神偷已经轻松地打开了门锁，然后把督府大院二门、后门的锁也都打开了。在这个时候，成都好几个地方都着了火，乱糟糟的，督府的其他人也没有注意府里发生了什么。

就这样，五老七贤一共十二个人，被她们悄悄地带了出来。其中一个太老了，吓得走不动路，还是小翠和林忆扶着出来的。老人们出了后门，上了轿子，一干大汉飞也似的抬着就走了。在路上还碰上了巡逻队，三下五除二，都被小红的石子打倒。她们都远去了，这几个大兵还没有起来。

第二天一早，杨森还没来得及发现有异，刘文辉的部队就开始攻城了。杨森只好亲自督战，逼着他的残兵抵抗。但是，杨森剩下的残兵已经没有了战心。川军打仗，打到前线溃败，就稀里哗啦了，哪有剩下不到五分之一的兵力，还继续抵抗的？人家不来打，也就罢了，只要有人来打，一般来说，只能习惯性地逃跑。杨森的兵还算给面子，多少放了几枪，抵抗了一下，但眼看就顶不住了。

杨森派上督战队，扛着大刀督战。这一招儿，也是学吴佩孚的。督战队砍了几个溃兵，剩下的兵，都绕着他们走，走不了的，就调转枪口打督战队。这么一来，督战也没戏了。杨森知道，这回算是大势已去了。

　　杨森跑回督府，准备拉上自己的卫队一起逃跑，一眼就看见了小翠，他像老鹰抓小鸡似的，把小翠拎回房里，扔在床上，三下五除二，就把小翠剥了个干净，然后扑将上去。小翠一声不响，一动不动，任由他折腾。没想到，折腾够了，杨森面对躺在床上的小翠，死死地看了一会儿，嚎叫一声，从搁在床边的皮带枪套上拔出枪来，瞄准了小翠。啪的一枪，小翠雪白的胸脯就多了一个血窟窿。小翠眼睛睁得大大的，看着杨森，咽下了最后一口气。杨森走过去，最后看了一眼小翠，自言自语道："这么甜的女娃，这么销魂的肉体，我不睡，别人也别想再睡。"

　　杨森走出房间，大声招呼他的卫队，但是喊了好几声，一点回音都没有。人呢？人呢？莫非他们都已经跑了？

　　杨森再一抬头，看见了三个站着的女人。

七十七、战成都

刘文辉的队伍已经进了城。虽然还有零星的巷战阻击，但已经不成气候。他可没有刘湘的顾虑，他不信杨森会破釜沉舟，就算杨森拉成都人做人质，做垫背，跟他又有什么相干？没想到，他的炮一响，爬城的云梯一竖起来，攻城居然如此顺利，杨森的部队没打多久就散了。杨森折腾了这么些年，学习效仿吴佩孚练兵，但手下的官兵还是川军。川军打仗，从来不过分，干吗要真的玩命呢，对方不是自己的乡亲，就是自己的兄弟，再不济，还都是袍哥弟兄，打一打，分个胜负，也就罢了。杨森的溃兵，此时已经建制混乱，人心不稳了，哪里会有战心？更何况，城中两个制高点的机枪阵地都已经被满妹她们搞掉了。刘文辉部队的进军就更加顺畅。

跟抓的俘虏打听，听说杨森还在城里，刘文辉就动了心思，想抓个活的，整不整死他再说，先羞臊羞臊这个家伙。部队往里突，他也跟着往里突。抵抗的人虽然还有，但已经算不得正经的巷战了。他们冲到督府，发现里外大门四开，里面的兵不是死，就是蹲在地下做俘虏，站着的人只有三个，就是满妹、小红和林忆。

原来，她们三个在救下五老七贤之后，几个老头刚刚消停下来，有一人惊魂未定地告诉他们，里面还有一个人——成都的商会会长。

于是，她们反身再去，可是天已经大亮。别的不足惧，督府三层大楼的天台上有个机枪阵地，那儿有两挺机枪，有点麻烦。

小红喊来江湖帮的人，说："你们敢不敢从督府的后面翻过院墙，用爪钩从后面爬到天台上去？不用害怕，他们机枪是架着冲前面的，就是发现你们也转不过来，你们上去几个人，一人一个石灰包，把他们砸瞎了就行（小红知道，用石灰包砸人，是小偷的拿手好戏）。下面的人，我们三个包了。"

众小偷很兴奋，拿石灰包砸官府的人是他们的最爱，一包石灰砸到人眼睛上，顿时就什么都看不见了。

于是，一干儿小偷翻过院墙，从督府大楼后面攀了上去，用石灰包砸得那些机枪手晕头转向，解决了机枪阵地。被砸瞎了的人，都被他们捆了起来。同时满妹她们三支枪加上一把石子，从大门直冲进去。守卫督府的士兵都是杨森的卫队，人高马大，武器好，虽说战斗力不弱，但碰上这三位，居然也是白给。没有了房顶的机枪支持，几乎在片刻之间，他们就被三员女将打了个稀里哗啦，非死即伤，都倒在了地上，剩下的都缴械投了降。满妹她们，只有林忆胳膊上被一颗子弹擦伤。

她们救出了在另外一个房间里的商会会长，让小偷们把他送回了家，然后登上楼顶平台，调转机枪，把两挺机枪都对准了不远的警备司令部的岗楼，几个点射，就把岗楼上的机枪打哑了。然后，三个女将下来了，站在督府的院子里，没看见杨森，正琢磨着该不该进房间搜搜，杨森自己出来了。

满妹她们进攻督府的时候，杨森正在房间里按着小翠办事，全然不知外面发生了什么。等他出来，眼前就是三位充满敌意的女人了。杨森抬手就要开枪，被小红一个石头子打在了手腕上。杨森一声惊叫，那支精美的银柄左轮枪"当"的一声，掉在了地上。

杨森一看，是小红，说了句："你是想谋杀亲夫吗？"

"亲夫？哼，就算你是亲夫，我想杀你，一百个都杀了。"

"别跟他废话。"满妹说着把枪递给了小红，"你亲手毙了他。"

"弄死他，不用枪。不过，我看还是放了他吧。要不以后江湖上传说是我杀了他，好说不好听。杨森，你记住了，你的命是我给的。我们的事儿从此搁过，不要再提，以后再也别来纠缠我。否则，我让你死得好看。"

"哼——"

"不信？"小红凑过去，"我今天就可以让你死，死得很难堪——剥光了衣服，把你吊在督府的大门上。还可以让你不死，弄瞎你的眼睛，让你当一辈子瞎子；弄瘸你的腿，让你做一辈子瘸子。你现在就可以选一样。"说着，小红飞出一个石子，督府院墙上的一个装电线的瓷葫芦应声而碎。

"来人，把杨督理的裤子给我扒了！"林忆断喝一声。几个小偷像是从地里钻出来的，马上答应，当即就要动手。

杨森立马怂了，说："我答应，我答应。"一个拉车的、扛包的倒是不怕人家给他裤子脱了，但杨森这种体面人，却怕死了这个。

"你发誓。"

"他们这种人，发誓有个屁用。你看这些家伙天天发誓，今天发誓，明天反悔，跟放屁似的，让他走吧。"小红用脚挑起杨森掉在地上的左轮枪，用一个特俊的武生身段把枪踢给了他，"你走吧，趁着现在还能走，拿好了你的破枪走出去，当心被野狗给啃了。"

杨森接过起手枪，故作镇定，一步一步地走出了督府，出了大门，看看四下没人，就大步流星地往城外跑。他知道，有一个城门肯定没有人看着。川军攻城，一般都会留一个城门让守军逃跑，这是规律。

杨森出城之后，才觉得右手的手腕子钻心地疼。他肚子里直嘟囔，这个婆娘还真厉害，以前看走眼了。之后，他非常幸运地撞上了杨汉域。杨汉域手下还有两千来人。这种时候就看出来了，还是自家人靠得住。这点漏网之鱼，在四川到处有人截杀，他们就往外省跑，一直跑到万县，才被范绍增的人截下。范绍增看着杨森那可怜巴巴的样子，不仅没有杀他，反而给了他一笔盘缠。杨森就出了川，到了湖北。

　　这种时候，范绍增脑袋里想的居然是《三国演义》里，关云长华容道上放走曹操的勾当。要知道，在袍哥的山堂上供的最高的神，就是关公，还有一个，说是《说唐演义》中的王伯当。他们的特点就是不问是非，不论主公的政治大业，一味讲义气，你待我好，我就回报，唯有这样，才像一个真正值得称道的袍哥。范绍增和杨森还真就像小说里的关羽和曹操一样，对了几句话，范绍增非常潇洒地一挥手，就放杨森过去了。

　　后来刘湘知道了这事，也没怪罪范绍增。原本他脑子里也没有赶尽杀绝的念头，即使杨森想这样干，但他不能这样干。人生在世，何必把路走绝呢？

　　后来也真是这样，刘湘一统四川后，给所有人都留了一条活路，留了一个防区。

　　刘文辉知道杨森被放走之后，问满妹她们为何要放走杨森。

　　小红说："你真想斩尽杀绝吗？我倒是想留着他。现在成都是你的了，放着杨森做个榜样，看看你将来怎么样。"

　　刘文辉事前知道督府防守严密，火力强大，原本以为在这里会有一场恶战，没想到就被这三个小女子轻易拿下了。这一回，他算是见识了满妹她们的厉害。听小红这样说，刘文辉也就没有什么话好讲。再说，督府里这么多精良的军械，等于这几个女人白送给他了，如果换了别个，那他得花多少大洋啊。

他们正说着话，督府秘书长捧着四川督军的白玉大印走了过来。这颗大印原本是前清的四川布政使之印（总督没有印），民国后磨掉重刻的。杨森自称督理，印上却还是督军。督府秘书长已经伺候过好几任督军了，现在，他把这颗大印献给了刘文辉。此公不由得让人想起三国里蜀中的谯周，总是迎来送往。

就在这个时候，刘文辉的兵起了一点小小的骚动。他们走过去一问，原来是士兵们发现了小翠赤裸的尸体，一惊一乍的。满妹她们进去一看，小翠光着身子被打死在床上。小红特别后悔："真不该放了那个畜生！"随后，小红吩咐江湖帮的人赶紧找口棺材，把人装殓了，找块坟地给埋了。

临分别的时候，都走老远了，满妹还特意跑回来一趟，跟刘文辉说了一声，"别动杨森的家眷，尤其是他们家那个男孩子。"

刘文辉说："这个自然，你放心好了，我还按规矩来的。"

搜剿杨森溃兵的事儿非常痛快，事实上也很容易。各个堂口的袍哥自动就把这些溃兵收拾了。川军溃兵扰害地方的事儿在四川基本没有。溃兵根本不是有组织、有武装的袍哥的对手，碰上了，只有缴械的份儿。三三两两，哪里敢胡来呢？万一有个把抢劫、强奸的，袍哥的私刑可是挺可怕的。

刘文辉如愿以偿地占了成都，一时却什么名分都没有。但这不要紧，在那个时代，只要占了一个地方，只要你占得住，名分多半是会有的。

七十八、没有结局的结局

杨森失败了，输得只剩下一条短裤。如果不是范绍增手下留情，连这条可怜的短裤都未必能留下。战败后的杨森，为了防止士兵逃亡，每天晚上睡觉，都让士兵把裤子脱下来。所有的机枪都由几个亲属子侄亲自掌管。此后，杨森虽然又回来了，但在四川军头中，他就变成了一个小角色，再也掀不起大浪了。

杨森不过一个军头，手底下不过是一些吃粮当兵的军人，却想做社会革命家，通过建立对他个人的崇拜，以他自己为杠杆，翘动四川这个袍哥社会，进而彻底改造这个社会，让他成为全社会的信仰，取代关云长，取代王伯当。显然，杨森过于自不量力了。没有组织、没有政党、没有主义，也没有信仰，他凭什么？单凭着自己心狠手辣吗，还是差点儿。

杨森自起家以来，遭遇过很多次失败，但这一次是败得最惨的，不仅丢了自己的实力，而且彻底丢失了人心。这个川中似乎最有能力的军头，从此失去了在川中争雄的资格。在1926年，吴佩孚东山再起，做十四省联军总司令的时候，杨森还跟着动了一动，但随着吴佩孚的最后失败，也就老实了。

其实，一个国家，一个地区，能不能出一个像神一样的强人，最关键的因素是形势。要看有没有那个形势，有了这个形势，你还得有特别的战绩。说白了，你得战而胜之，否则，就算机关算尽，也是白费。中国人的确容易臣服于强人，但军阀混战时代的军头，想要变成超级强人，事实上没有这个可能。这块土地上，原子化的农民虽然比较好欺负，但如果有了袍哥这样的基层组织，也就有了黏合剂，不大好随意宰割了。

四川的袍哥显然不是凭着几条枪就能扫荡的。把袍哥和袍哥文化连根拔起，漫说杨森，就是川中所有将军加在一起也没戏。他的失败，不是从一个逃妾开始的，而是因为这个逃妾引发了一系列的袍哥纷争，在纷争的漩涡中给了他的敌人可乘之机。

刘文辉占了成都，也占了大半个自贡，出力最少，却似乎成了此番大战的最大赢家。

成为成都主人的刘文辉，就像被传染了一样，接下来又开始复制杨森，只是他比杨森在个人崇拜上要低调一点，但依旧幻想着一统全川，灭掉所有军头，改造四川的袍哥社会。

战后，刘湘像是个失败者，出力最大，但收获甚少，成都没有份儿，自贡也没有份，只是把长江沿线都囊括在了自己名下。内部都有人发牢骚，说咱们出钱出力还流血，却为刘文辉和邓锡侯做了嫁衣裳。战后的刘湘看起来还是老样子，唯一的变化，是把整个全川进出外江的通道全部卡住了。但在悄然之间，他的工商业收入已经压倒了自贡的盐业，也压倒了日益萎缩的烟土贩卖。实际上，经过反杨之战，刘湘在实力上已经大大地压倒了川中各个军头。

刘湘依旧尊重刘从云。刘湘的各个部下，包括新投过来的王缵绪，也都像以前一样，给自己弄钱、盖公馆、讨小老婆。只要不造反，刘湘让他们各取所需。这些二等军头虽然没有一个崇拜刘湘的，甚至连起码的尊敬都做不到，但是比较起来，在刘湘手下混事是最舒服、最自在的。于别的军头，反叛成为一个大问题，但在刘湘这里，这个问题基本上不存在。

后来，刘湘和刘文辉又打起来了，史称"二刘大战"。这场大战，刘文辉学杨森，再次要一统全川，结果却败得一塌糊涂，只好退守西康，苟且偷生。这点残山剩水，还是刘湘看在小幺叔的面子上给他留下的。

"二刘大战"之后，刘湘真正统一了全川，按照袍哥的逻辑做了全川的老大。以前的各个军头貌似都还存在，在各自的防区也还是老大，但独立性却大大降低，都得服从于刘湘的命令。而刘湘，则把全川看得见的好处与各军头共享，比如自贡盐井的收益，大家均分；每个军头，无论大小，都有自己的一块防区；军队也是各自带各自的。包括后来又回来的杨森，好处也都有一份。大家在各自的防区，关起门可以做老大，但谁也别想挑战刘湘。

自此，袍哥文化彻底统治了全川，即使在军界，也是袍哥的天下，确切地说，是袍哥伦理、袍哥文化的天下。人们按照袍哥的规矩相处，大家都不过分，彼此和睦，相安无事。这样强悍的袍哥文化，使得即使刘湘死了，川军势力被压扁，蒋介石进入重庆陪都，袍哥依旧没有被消灭。

满妹原本回到了金堂。她辞去了刘文辉给她的旅长职务，也没有答应众多袍哥大佬的要求，自己拉队伍。但是，满妹已经没办法继续做她的金堂小幺了。作为袍哥的英雄和神话，她的生活彻底完了。最终，她和林忆两个悄然上了峨眉山，出家做了尼姑。整个四川，没有人能找到她们。满妹一个女娃，成了袍哥之神，但是袍哥的天下还是男人的。女子的地位，没有因此而有丝毫的改变。

黄七爷还是金堂的舵爷，只是自己有了婆娘——他终于跟邻镇的马寡妇结了婚。马寡妇很勤快，把舵爷伺候得很好，两人居然又有了一个儿子。

马寡妇的儿子在可园跑腿，日子过得还不错。

金堂的生活，复归平静，人们又开始过着跟以前一样的日子，好像什么都没有发生过。

刘麻子也回了成都，重开他的浴室，小日子一时过得也不错。

小红还是在唱她的戏，一直没有嫁人，但跟她睡觉的男人倒不少，个个都是人中龙凤。杨森破例，真的再也没有来纠缠小红。小红最后一个相好，是一个从北京回来写本子的四川籍才子。有了这个才子，小红不再唱传统的五袍记，改唱新编川剧，有的唱得红，有的唱不红，但是她依旧是小红，一个川剧天后。

川剧的变脸依旧是绝技。而川人政治上的变脸还是那个样子。川中袍哥还是谁的臣子也不算，哪怕强大如蒋介石，该跟他翻脸，也一样翻脸。川中的军头，从范哈儿、王缵绪到刘文辉、邓锡侯、田颂尧，最后都成了起义将领。然而，众多的川中袍哥，却再也没有了变脸的资格。

七十九、回声

不知过了多少个春夏秋冬，风云变幻，花果飘零，斗转星移。一天，峨眉山脚下，鬓带银丝的小红非常憔悴地出现在一个小小的禅院里，她是来找满妹的。然而，禅院没有人。她静静地等了许久，等来了林忆。林忆看见小红，一点儿也不惊奇，她对小红施了一礼，没有寒暄，等着小红说话。小红说要找满妹，她也想遁入空门。林忆面无表情地说："现在没有空门了，不空大师昨天就在金顶之上圆寂了。"不空大师，就是满妹。而她自己，也快要还俗下山了。

袍哥没了，川剧没法演了，连空门也没有了。小红登上金顶，上面一个人都没有。她看着下面的滚滚云海，云雾飘渺，空无一物，再往下，是望不到底的深渊。她对着云海喊了一嗓子："满妹！"听见了无数回声，满妹——满妹——满妹——